中华文化读本

第五卷 文化之贞

余秋雨

中华书局

《中华文化读本·文化之贞》题记

　　中华文化发展到现代，本来已经脉弱力薄，却又遇到了国破家亡的社会灾难。在兵荒马乱之中，中华文化时时都有可能陨灭，却居然一息尚存，为今后的复兴保留了种子。这主要是因为，有一批人保持了对中华文化的忠贞。

　　在灾难中，能保持这种忠贞的文化人并不太多。因此，这批人弥足珍贵。他们他们让人遥想中华文化在历史上熬过一次次危难的艰难情景。

　　我说过，明、清之后，中国的历史主轴已经与文化不亲。这个趋势发展到现代，就更加严重。文化的地位不仅大大降低，而且有很多非文化的强力要求文化为之效力，甚至效命。时间一长，让人误会这就是文化本身。在这种情况下，对文化的忠贞就要承担一系列悲剧性的抗争，随之付出个人的血泪代价。

本书记述了几个著名文化人在现代的灾难中对于文化的忠贞。他们中，有巴金、黄佐临、谢晋、章培恒，还有台湾的白先勇、林怀民、余光中、星云大师。他们是中华文化在现代最杰出的代表，因此，了解了他们，也就了解了现代中国文化史中最高贵的那一部分。

他们，也可以看作《中国文脉》和《君子之道》在现代的延续。他们用生命解答了文化的本义。

我写的这些人物，绝大多数与我熟识，是我的忘年之交。在大陆的几位，都已经去世。我写他们，笔蘸深情，常常写到一半频频拭泪，搁笔长叹。我很难把自己与他们分开，因此也就写到了不少自己的亲身经历。我以亲身经历告诉当代年轻读者，文化的创建，未必要等到灾难过于之后。我在一首表述自己在浩劫中感受的词作中，把文化说成是"泪中大善"、"绝顶风梅"、"黑海银桅"，诚是由衷之言。就散文而论，这些篇目是我最为动心的记忆之作，自己非常珍惜。

在记述这些文化群像之后，本书还附录了我的几篇文化演讲。第一篇是在境外获得荣誉文学博士称号时论述文化基本原理的演讲；第二篇是在联合国世界文明大会上反驳"中国威胁论"的演讲；第三篇是联合国发布成立后第一份文化宣言的当天与联合国教科文组织总干事的对话，批评了亨廷顿教授的文明冲突论；还有两篇，论述了城市文化的几个要点和当代人的文化修养。

这几篇演讲是对文化本义所作的学理回答，也是《中华文化读本》整套丛书中集中进行理性论述的部分。其中有两篇，稍稍有点儿艰深，但读者不必担心，因为这毕竟是在大庭广众间的演讲，也不会艰深到哪里去。

目 录

学理的回答

生命的回答

谢家门孔

直到今天，谢晋的小儿子阿四，还不知道"死亡"是什么。

大家觉得，这次该让他知道了。但是，不管怎么解释，他诚实的眼神告诉你，他还是不知道。

十几年前，同样弱智的阿三走了，阿四不知道这位小哥到哪里去了，爸爸对大家说，别给阿四解释死亡。

两个月前，阿四的大哥谢衍走了，阿四不知道他到哪里去了，爸爸对大家说，别给阿四解释死亡。

现在，爸爸自己走了，阿四不知道他到哪里去了，家里只剩下了他和八十三岁的妈妈，阿四已经不想听解释。谁解释，就是谁把小哥、大哥、爸爸弄走了。他就一定跟着走，去找。

二

阿三还在的时候，谢晋对我说："你看他的眉毛，稀稀落落，是整天扒在门孔上磨的。只要我出门，他就离不开门了，分分秒秒等我回来。"

谢晋说的门孔，俗称"猫眼"，谁都知道是大门中央张望外面世界的一个小装置。平日听到敲门或电铃，先在这里看一眼，认出是谁，再决定开门还是不开门。但对阿三来说，这个闪着亮光的玻璃小孔，是一种永远的等待。

他不允许自己有一丝一毫的松懈，因为爸爸每时每刻都可能会在那里出现，他不能漏掉第一时间。除了睡觉、吃饭，他都在那里看。双脚麻木了，脖子酸痛了，眼睛迷糊了，眉毛脱落了，他都没有撤退。

爸爸在外面做什么？他不知道，也不想知道。

有一次，谢晋与我长谈，说起在封闭的时代要在电影中加入一点儿人性的光亮是多么不容易。我突然产生联想，说："谢导，你就是阿三！"

"什么？"他奇怪地看着我。

我说："你就像你家阿三，在关闭着的大门上找到一个孔，便目不转睛地盯着，看亮光，等亲情，除了睡觉、吃饭，你都没有放过。"

他听了一震，目光炯炯地看着我，不说话。

我又说："你的门孔，也成了全国观众的门孔。不管什么时节，一个玻璃亮眼，大家从那里看到了很多风景，很多人性。你的优点也与阿三一样，那就是无休无止地坚持。"

三

谢晋在六十岁的时候对我说："现在，我总算和全国人民一起成熟了！"那时，"文革"结束不久。

"成熟"了的他，拍了《牧马人》《天云山传奇》《芙蓉镇》《清凉寺的钟声》《高山下的花环》《最后的贵族》《鸦片战争》……那么，他的艺术历程也就大致可以分为两段，前一段为探寻期，后一段为成熟期。探寻期更多地依附于时代，成熟期更多地依附于人性。

一切依附于时代的作品，往往会以普遍流行的时代话语，笼罩艺术家自身的主体话语。谢晋的可贵在于，即使被笼罩，他的主体话语还在顽皮地扑闪腾跃。其中最顽皮之处，就是集中表现女性。不管外在题材是什么，只要抓住了女性命题，艺术也就具有了亦刚亦柔的功能，人性也就具有了悄然渗透的理由。在这方面，《舞台姐妹》就是很好的例证。尽管这部作品里也带有不少时代给予的概念化痕迹，但"文革"中批判它的最大罪名，就是"人性论"。

谢晋说，当时针对这部作品，批判会开了不少，造反派怕文艺界批判"人性论"不力，就拿到"阶级立场最坚定"的工人中去放映，然后批判。没想到，在放映时，纺织厂的女工已经哭成一片，她们被深深感染了。"人性论"和"阶级论"的理论对峙，就在这一片哭声中见出了分晓。

但是，在谢晋看来，这样的作品还不成熟。让纺织女工哭成一片，很多民间戏曲也能做到。他觉得自己应该做更大的事。"文革"的炼狱，使他获得了浴火重生的机会。"文革"以后的他，不再在时代话语的缝隙中捕捉人性，而是反过来，以人性的标准来拷问时代了。

对于一个电影艺术家来说，"成熟"在六十岁，确实是晚了一点儿。但是，到了六十岁还有勇气"成熟"，这正是二三十年前中国最优秀知识分子的良知凸现。也有不少人一直表白自己"成熟"得很早，不仅早过谢晋，而且几乎没有不成熟的阶段。这也可能吧，但全国民众都未曾看到。谢晋是永远让大家看到的，因此大家与他相陪相伴地不成熟，然后一起成熟。

这让我想起云南丽江雪山上的一种桃子，由于气温太低，成熟期拖得特别长，因此收获时的果实也特别大，大到让人欢呼。

"成熟"后的谢晋让全国观众眼睛一亮。他成了万人瞩目的思想者，每天在大量的文学作品中寻找着既符合自己切身感受，又必然能感染民众的描写，然后思考着如何用镜头震撼全民族的心灵。没有他，那些文学描写只在一角流传；有了他，一座座通向亿万观众的桥梁搭了起来。

于是，由于他，整个民族进入了一个艰难而美丽的苏醒过程，就像罗丹雕塑《青铜时代》传达的那种象征气氛。

那些年的谢晋，大作品一部接着一部，部部深入人心，真可谓手挥五弦，目送归鸿，云蒸霞蔚。

就在这时，他礼贤下士，竟然破例聘请了一个艺术顾问，那就是比他小二十多岁的我。他与我的父亲同龄，我又与他的女儿同龄。这种辈分错乱的礼聘，只能是他，也只能在上海。

那时节，连萧伯纳的嫡传弟子黄佐临先生也在与我们一起玩布莱希特、贫困戏剧、环境戏剧，他应该是我祖父一辈。而我的学生们，也已成果累累。二十世纪八十年代"四世同堂"的上海文化，实在让人难以忘怀。而在这"四世同堂"的热闹中，成果最为显赫的，还是谢晋。他让上海，维持了一段为时不短的文化骄傲。

从更广阔的视角来看，谢晋最大的成果在于用自己的生命接通了中国电影在一九四九年之后的曲折逻辑。不管是幼稚、青涩、豪情，还是深思、严峻、浩叹，他全都经历了，摸索了，梳理了。

他不是散落在岸边的一片美景，而是一条完整的大河，使沿途所有的景色都可依着他而定位。他是一脉彩色的光缆，为很多并不彩色的历史过程提供了审美可能。

我想，当代中国的电影艺术家即便取得再高的国际成就，也不能轻忽谢晋这个名字，因为进入今天这个制高点的那条崎岖山路，是他跌跌绊绊走下来的。当代艺术家的长辈，都从他那里汲取过美，并构成遗传。在这个意义上，谢晋不朽。

四

谢晋聘请我做艺术顾问，旁人以为他会要我介绍当代世界艺术的新思潮，其实并不。他与我最谈得拢的，是具体的艺术感觉。他是文化创造者，要的是现场设计，而不是云端高论。

我们也曾开过一些研讨会，有的理论家在会上高谈阔论，又明显地缺少艺术感觉。谢晋会偷偷地摘下耳机，出神地看着发言者。发言者还以为他在专心听讲，其实他很可能只是在观察发言者脸部的肌肉运动状态和可以划分的角色类型。这好像不太礼貌，但高龄的他有资格这样做。

谢晋特别想说又不愿多说的，是作为文化创造者的苦恼。

我问他："你在创作过程中遇到的最大苦恼是什么？是剧作的等级，演员的悟性，还是摄影师的能力？"

他说："不，不，这些都有办法解决。我最大的苦恼，是遇到了不懂艺术的审查者和评论者。"

他所说的"不懂艺术"，我想很多官员是不太明白其中含义的。他们总觉得自己既有名校学历又看过很多中外电影，还啃过几本艺术理论著作，怎么能说"不懂艺术"呢？

其实，真正的艺术家都知道，这种"懂"，是创造意义上而不是学问意义上的。

那是对每一个感性细节小心翼翼的捧持，是对每一个未明意涵恭恭敬敬地让它保持未明状态，是对作品的有机生命不可稍有割划的万千敏感，是对转瞬即逝的一个眼神、一道光束的震颤性品咂，是对那绵长多变又快速运动的镜头语汇的感同身受，以及感同身受后的气喘吁吁、神驰心飞。

用中国传统美学概念来说，这种"懂"，不"隔"。而一切审查性、评论性的目光，不管包含着多少学问，都恰恰是从"隔"开始的。

平心而论，在这一点上，谢晋的观点比我宽容得多。他不喜欢被审查却也不反对，一直希望有夏衍、田汉这样真正懂艺术的人来审查。而我则认为，即使夏衍、田汉这样的艺术家再世，也没有权利要谢晋这样的艺术家在艺术上服从自己。

谢晋那些最重要的作品，上映前都麻烦重重。如果说，"文革"前的审查总是指责他"爱情太多，女性话题太多，宣扬资产阶级人性论太多"，那么，"文革"后的审查者已经宽容爱情和女性了，主要是指责他"揭露革命事业中的黑暗太多"。

有趣的是，有的审查者一旦投身创作，立场就会发生天翻地覆的变化。我认识两位职业审查者，年老退休后常常被一些电视剧聘为顾问，参与构思。作品拍出来后，交给他们当年退休时物色的徒弟们审查，他们才发现，这些徒弟太不像话了。他们愤怒地说："文化领域那么多诽谤、伪造、低劣都不审查，却总是盯着一些好作品不依不饶！"后来他们扪心自问，才明白自己大半辈子也在这么做。

对于评论，谢晋与他的同代人一样，过于在乎，比较敏感，容易生气。

他平生最生气的评论，是一个叫朱大可的上海评论者所揭露的"谢晋模式"。忘了是说"革命加女人"，还是"革命加爱情"。谢晋认为，以前的审查者不管多么胡言乱语，也没有公开发表，而这个可笑的"谢晋模式"，却被很多报纸刊登了。

他几乎在办公室里大声咆哮："女人怎么啦？没有女人，哪来男人？爱情，我在《红色娘子军》里想加一点儿，不让；《舞台姐妹》里也没有正面爱情。只有造反派才批判我借着革命贩卖爱情，这个朱大可是什么人？"

我劝他："这个人没有什么恶意，只是理论上幼稚，把现象拼凑当作了学问。你不要生气，如果有人把眼睛、鼻子、嘴巴的组合说成是脸部模式，你会发火吗？"

他看着我，不再说话。但后来，每次研讨会我都提议让朱大可来参加，他都不让，而且，还会狠狠地瞪我一眼。

直到有一天，朱大可发表文章说，有一个妓女的手提包里也有我的《文化苦旅》，引起全国对我的讪笑。谢晋也幸灾乐祸地笑了，说："看你再为他辩护！"

但他很快又大声地为我讲话了："妓女？中外艺术中，很多妓女的品德，都比文人高！我还要重拍《桃花扇》，用李香君回击他！"

我连忙说："不，不。中国现在的文艺评论，都是随风一吐的口水，哪里犯得着你大艺术家来回击？"

"你不恨？"他盯着我的眼睛，加了一句，"那么多报纸。"

"当然不恨。"我说。

他把手拍在我肩上。

五

在友情上，谢晋算得上是一个汉子。

他总是充满古意地反复怀念一个个久不见面的老友，怀念得一点儿也不像一个名人；同时，他又无限兴奋地结识一个个刚刚发现的新知，兴奋得一点儿也不像一个老者。他的工作性质、活动方式和从业时间，使他的"老友"和"新知"的范围非常之大，但他一个也不会忘记，一个也不会怠慢。

因此，只要他有召唤，或者，只是以他的名义召唤，再有名的艺术家也没有不来的。

有时，他别出心裁，要让这些艺术家都到他出生的老家去聚合，大家也都乖乖地全数抵达。就在他去世前几天，上海电视台准备拍摄一个纪念他八十五岁生日的节目，开出了一大串响亮的名单，逐一邀请。这些人中的任何一个，在一般情况下是"八抬大轿也抬不动"的，因为有的也已年老，有的非常繁忙，有的片约在身，有的身患重病。但是，一听是谢晋的事，没有一个拒绝。当然，他们没有料到，生日之前，会有一个追悼会……

我从旁观察，发觉谢晋交友，有两个原则。一是拒绝小人，二是不求实用。这就使他身边的热闹中有一种干净。相比之下，有些同样著名的老艺术家永远也摆不出谢导这样的友情阵仗，不是他们缺少魅力，而是本来要来参加的人想到同时还有几双忽闪的眼睛也会到场，借故推托了。有时，好人也会利用小人，但谢晋不利用。

他对小人的办法，不是争吵，不是驱逐，而是在最早的时间冷落。他的冷落，是炬灭烟消，完全不予互动。听对方说了几句话，他就明白是什么人了，便突然变成了一座石山，邪不可侵。转身，眼角扫到一个朋友，石山又变成了一尊活佛。

一些早已不会被他选为演员和编剧的老朋友，永远是他的座上宾。他们谁也不会因为自己已经帮不上他的忙，感到不安。西哲有言："友情的败坏，是从利用开始的。"谢晋的友情，从不败坏。

他一点儿也不势利。再高的官，在他眼中只是他的观众，与天下千万观众没有区别。但因为他们是官，他会特别严厉一点儿。我多次看到，他与官员讲话的声调，远远高于他平日讲话，主要是在批评。他还会把自己对于某个文化高官的批评到处讲，反复讲，希望能传到那个高官的耳朵里，一点儿不担心自己会不会遇到麻烦。

有时，他也会发现，对那个高官的批评搞错了，于是又到处大声讲："那其实是个好人，我过去搞错了！"

对于受到挫折的人，他特别关心，包括官员。

有一年，我认识的一位官员因事入狱。我以前与这位官员倒也没有什么交往，这时却想安慰他几句。正好上海市监狱邀请我去给几千个犯人讲课，我就向监狱长提出要与那个人谈一次话。监狱长说，与那个人谈话是不被允许的。我就问能不能写个条子，监狱长说可以。

　　我就在一张纸上写道："平日大家都忙，没有时间把外语再推进一步，祝贺你有了这个机会。"写完，托监狱长交给那个人。

　　谢晋听我说了这个过程，笑眯眯地动了一会儿脑筋，然后兴奋地拍了一下桌子说："有了！你能送条子，那么，我可以进一步，送月饼！过几天就是中秋节，你告诉监狱长，我谢晋要为犯人讲一次课！"

　　就这样，他为了让那个官员在监狱里过一个像样的中秋节，居然主动去向犯人讲了一次课。提篮桥监狱的犯人，有幸一睹他们心中的艺术偶像。那个入狱的官员，其实与他也没有什么关系。

　　四年以后，那个人刑满释放，第一个电话打给我，说他听了我的话，在里边学外语，现在带出来一部五十万字的翻译稿。然后，他说，急于要请谢晋导演吃饭。谢导那次的中秋节行动，实在把他感动了。

六

我一直有一个错误的想法，觉得拍电影是一个力气活，谢晋已经年迈，不必站在第一线上了。我提议他在拍完《芙蓉镇》后就可以收山，然后以自己的信誉、影响和经验，办一个电影公司，再建一个影视学院。简单说来，让他从一个电影导演变成一个"电影导师"。

有这个想法的，可能不止我一个人。

我过了很久才知道，他对我们的这种想法，深感痛苦。

他想拍电影，他想自己天天拿着话筒指挥现场，然后猫着腰在摄影机后面调度一切。他早已不在乎名利，也不想证明自己依然还保持着艺术创造能力。他只是饥渴，没完没了地饥渴。在这一点上他像一个最单纯、最执着的孩子，一定要做一件事，骂他，损他，毁他，都可以，只要让他做这件事，他立即可以破涕为笑。

他当然知道我们的劝说有点儿道理，因此，也是认认真真地办电影公司，建影视学院，还叫我做"校董"。但是，这一切都不能消解他内心的强烈饥渴。

他越来越要在我们面前表现出他的精力充沛、步履轻健。他由于耳朵不好，本来说话就很大声，现在更大声了。他原来就喜欢喝酒，现在更要与别人频频比赛酒量了。

有一次，他跨着大步走在火车站的月台上，不知怎么突然踉跄了。他想摆脱踉跄，挣扎了一下，谁知更是朝前一冲，被人扶住，脸色发青。这让人们突然想起他的皮夹克、红围巾所包裹着的年龄。

不久后一次吃饭，我又委婉地说起了老话题。

他知道月台上的踉跄被我们看到了，因此也知道我说这些话的原因。

他朝我举起酒杯，我以为他要用干杯的方式来接受我的建议，没想到他对我说："秋雨，你知道什么样的人是真正善饮的吗？我告诉你，第一，端杯稳；第二，双眉平；第三，下口深。"

说着，他又稳又平又深地一连喝了好几杯。

是在证明自己的酒量吗？不，我觉得其中似乎又包含着某种宣示。

即使毫无宣示的意思，那么，只要他拿起酒杯，便立即显得大气磅礴，说什么都难以反驳。

后来，有一位热心的农民企业家想给他资助，开了一个会。这位企业家站起来讲话，意思是大家要把谢晋看作一个珍贵的品牌，进行文化产业的运作。但他不太会讲话，说成了这样一句："谢晋这两个字，不仅仅是一个人名，而且还是一种有待开发的东西。"

"东西？"在场的文化人听了都觉得不是味道。

一位喜剧演员突然有了念头，便大声地在座位上说："你说错了，谢晋不是东西！"他又重复了一句，"谢晋不是东西！"

这是一个毫无恶意的喜剧花招，全场都笑了。

我连忙扭头看谢晋导演，不知他是生气而走，还是蔼然而笑。没想到，我看到的他似乎完全没有听到这句话，只是像木头一样呆坐着，毫无表情。我立即明白了，他从这位企业家的讲话中才知道，连他们也想把自己当作品牌来运作。

"我，难道只能这样了吗？"他想。

他毫无表情的表情，把我震了一下。他心中在想，如果自己真的完全变成了一个品牌，丢失了亲自创造的权利，那谢晋真的"不是东西"了。

从那次之后，我改变了态度，总是悉心倾听他一个又一个的创作计划。

这是一种滔滔不绝的激情，变成了延绵不绝的憧憬。他要重拍《桃花扇》，他要筹拍美国华工修建西部铁路的血泪史，他要拍《拉贝日记》，他要拍《大人家》，他更想拍前辈领袖的女儿们的生死恩仇、悲欢离合……

看到我愿意倾听，他就针对我们以前的想法一吐委屈："你们都说我年事已高，应该退居二线，但是我早就给你说过，我是六十岁才成熟的，那你算算……"

一位杰出艺术家的生命之门既然已经第二度打开，翻卷的洪水再也无可抵挡。

这是创造主体的本能呼喊，也是一个强大的生命要求自我完成的一种尊严。

七

他在中国创建了一个独立而庞大的艺术世界，但回到家，却是一个常人无法想象的天地。

他与夫人徐大雯女士生了四个小孩，脑子正常的只有一个，那就是谢衍。谢衍的两个弟弟就是前面所说的老三和老四，都严重弱智，而姐姐的情况也不好。

这四个孩子，出生在一九四六年至一九五六年这十年间。当时的社会，还很难找到辅导弱智儿童的专业学校，一切麻烦都堆在一门之内。家境极不宽裕，工作极其繁忙，这个门内天天在发生什么？只有天知道。

我们如果把这样一个家庭背景与谢晋的那么多电影联系在

一起，真会产生一种匪夷所思的感觉。每天傍晚，他那高大而疲惫的身影一步步走回家门的图像，不能不让人一次次落泪。不是出于一种同情，而是为了一种伟大。

一个错乱的精神旋涡，能够生发出伟大的精神力量吗？谢晋做出了回答，而全国的电影观众都在点头。

我觉得，这种情景，在整个人类艺术史上都难以重见。

谢晋亲手把错乱的精神旋涡，筑成了人道主义的圣殿。我曾多次在他家里吃饭，他做得一手好菜，常常围着白围单、手握着锅铲招呼客人。客人可能是好莱坞明星、法国大导演、日本制作人，但最后谢晋总会搓搓手，通过翻译介绍自己两个儿子的特殊情况，然后隆重请出。

这种毫不掩饰的坦荡，曾让我百脉俱开。在客人面前，弱智儿子的每一个笑容和动作，在谢晋看来就是人类最本原的可爱造型，因此满眼是欣赏的光彩。他把这种光彩，带给了整个门庭，也带给了所有的客人。

他自己成天到处走，有时也会带着儿子出行。我听谢晋电影公司总经理张惠芳女士说，那次去浙江衢州，坐了一辆面包车，路上要好几个小时，阿四同行。坐在前排的谢晋过一会儿就要回过头来问："阿四累不累？"、"阿四好吗？"、"阿四要不要睡一会儿？"……过几分钟就回一次头，没完没了。

每次回头，那神情，能把雪山消融。

八

他万万没有想到，他家后代唯一的正常人，那个从国外留学回来的典雅君子，他的大儿子谢衍，竟先他而去。

谢衍太知道父母亲的生活重压，一直瞒着自己的病情，不让老人家知道。他把一切事情都料理得一清二楚，然后穿上一套干净的衣服，去了医院，再也没有出来。

他恳求周围的人，千万不要让爸爸、妈妈到医院来。他说，爸爸太出名，一来就会引动媒体，而自己现在的形象又会使爸爸、妈妈吃惊。他一直念叨着："不要来，千万不要来，不要让他们来……"

直到他去世前一星期，周围的人说，现在一定要让你爸爸、妈妈来了。这次，他没有说话。

谢晋一直以为儿子是因一般的病住院，完全不知道事情已经那么严重。眼前病床上，他唯一可以对话的儿子，已经不成样子。

他像一尊突然被风干了的雕像，站在病床前，很久，很久。

他身边，传来工作人员低低的抽泣。

谢衍吃力地对他说："爸爸，我给您添麻烦了！"

他颤声地说："我们治疗，孩子，不要紧，我们治疗……"

从这天起，他天天都陪着夫人去医院。

独身的谢衍已经五十九岁，现在却每天在老人赶到前不断问："爸爸怎么还不来？妈妈怎么还不来？爸爸怎么还不来？"

那天，他实在太痛了，要求打吗啡，但医生有所犹豫。幸好有慈济功德会的志工来唱佛曲，他平静了。

谢晋和夫人陪在儿子身边，那夜几乎陪了通宵。工作人员怕这两位八十多岁的老人撑不住，力劝他们暂时回家休息。但是，两位老人的车还没有到家，谢衍就去世了。

谢衍是二〇〇八年九月二十三日下葬的。第二天，九月二十四日，杭州的朋友就邀请谢晋去散散心，住多久都可以。接待他的，是一位也刚刚丧子的杰出男子，叫叶明。

两人一见面就抱住了，号啕大哭。他们两人，前些天都哭过无数次，但还要找一个机会，不刺激妻子，不为难下属，抱住一个人，一个经得起用力抱的人，痛快淋漓、回肠荡气地哭一哭。

那天谢晋导演的哭声，像虎啸，像狼嚎，像龙吟，像狮吼，把他以前拍过的那么多电影里的哭，全都收纳了，又全都释放了。

那天，秋风起于杭州，连西湖都在呜咽。

他并没有在杭州长住，很快又回到了上海。那几天他很少说话，眼睛直直地看着前方。有时也翻书报，却是乱翻，没有一个字入眼。

突然电话铃响了，是家乡上虞的母校春晖中学打来的，说有一个纪念活动要让他出席，有车来接。他一生，每遇危难总会想念家乡。今天，故乡故宅又有召唤，他毫不犹豫地答应了。他给驾驶员小蒋说："你别管我了，另外有车来接！"

小蒋告诉张惠芳，张惠芳急急赶来询问，门房说，接谢导的车，两分钟前开走了。

春晖中学的纪念活动第二天才开始，这天晚上他在旅馆吃了点儿冷餐，没有喝酒，倒头便睡。这是真正的老家，他出走已久，今天只剩下他一个人回来。他是朝左侧睡的，再也没有醒来。

这天是二〇〇八年十月十八日，离他八十五岁生日，还有一个月零三天。

九

他老家的屋里，有我题写的四个字："东山谢氏"。

那是几年前的一天，他突然来到我家，要我写这几个字。他说，已经请几位老一代书法大家写过，希望能增加我写的一份。东山谢氏？好生了得！我看着他，抱歉地想，认识了他那么多年，也知道他是绍兴上虞人，却没有把他的姓氏与那个遥远而辉煌的门庭联系起来。

他的远祖，是公元四世纪那位打了"淝水之战"的东晋宰相谢安。这仗，是和侄子谢玄一起打的。而谢玄的孙子，便是中国山水诗的鼻祖谢灵运。谢安本来是隐居会稽东山的，经常与大书法家王羲之一起喝酒吟诗，他的侄女谢道韫也嫁给了王羲之的儿子王凝之，而才学又远超丈夫。谢安后来因形势所迫再度做官，这使中国有了一个"东山再起"的成语。

正因为这一切，我写"东山谢氏"这四个字时非常恭敬，一连写了好多幅，最后挑出一张，送去。

谢家，竟然自东晋、南朝至今，就一直住在东山脚下？别的不说，光那股积累了一千六百年的气，已经非比寻常。

谢晋导演对此极为在意，却又不对外说，可见完全不想借远祖之名炫耀。他在意的，是这山、这村、这屋、这姓、这气。但这一切都是秘密的，只是为了要我写字才说，说过一次再也不说。

我想，就凭着这种无以言表的深层皈依，他会一个人回去，在一大批远祖面前画上人生的句号。

十

此刻，他上海的家，只剩下了阿四。他的夫人因心脏问题，住进了医院。

阿四不像阿三那样成天在门孔里观看。他几十年如一日的任务是为爸爸拿包、拿鞋。每天早晨爸爸出门了，他把包递给爸爸，并把爸爸换下的拖鞋放好。晚上爸爸回来，他接过包，再递上拖鞋。

好几天，爸爸的包和鞋都在，人到哪里去了？他有点儿奇怪，却在耐心等待。突然来了很多人，在家里摆了一排排白色的花。

白色的花越来越多，家里放满了。他从门孔里往外一看，还有人送来。阿四穿行在白花间，突然发现，白花把爸爸的拖鞋遮住了。他弯下腰去，拿出爸爸的拖鞋，小心地放在门边。

这个白花的世界，今天就是他一个人，还有一双鞋。

佐临遗言

一

一九三七年七月十日，萧伯纳的寓所。

再过两个多星期，就是萧伯纳八十一岁的生日。这些天，预先来祝贺的人很多，他有点儿烦。

早在二十二年前获诺贝尔奖的时候，他已经在抱怨，奖来晚了。他觉得自己奋斗最艰难的时候常常找不到帮助，等到自己不想再奋斗，奖却来了。

"我已经挣扎到了对岸，你们才抛过来救生圈。"他说。

可见，那时的他，已觉得"对岸"已到，人生的终点已近。

但是谁想得到呢，从那时开始，又过了二十二年，还在庆祝生日，没有一点儿要离开世界的样子。他喜欢嘲笑自己，觉得自己偷占生命余额的时间太长，长得连自己都不好意思了。

更可嘲笑的是，恰恰是他"偷占生命余额"的漫长阶段，最受人尊重。

今天的他，似乎德高望重，社会的每个角落都以打扰他为荣。他尽量推托，但有一些请求却难以拒绝，例如捐款。

他并不吝啬，早已把当时诺贝尔文学奖的奖金八万英镑，全数捐给了瑞典的贫困作家。但他太不喜欢有人在捐款的事情上来带一点儿道德要挟。对此，他想有所表态。

正好有一个妇女协会来信，要他为一项活动捐款，数字很具体。萧伯纳立即回信，说自己对这项活动一无所知，也不感兴趣，因此不捐。

他回信后暗想，随便她们怎么骂吧。没想到过几天收到了她们的感谢信，说她们把他的回信拍卖了，所得款项大大超过了她们当初提出的要求。

"还是被她们卷进去了。"他耸了耸肩。

对于直接找上门来的各种人员，仆人都理所当然地阻拦了。因此，住宅里才有一份安静。

但是，刚才他却听到，电铃响过，有人进门。很快仆人来报："那个您同意接见的中国人黄先生，来了。"

黄先生就是黄佐临，一九二五年到英国留学，先读商科，很快就师从萧伯纳学戏剧，创作了《东西》和《中国茶》，深受萧伯纳赞赏。黄佐临曾经返回中国，两年前又与夫人一起赴英，在剑桥大学皇家学院研究莎士比亚，并在伦敦戏剧学馆学导演，今年应该三十出头了吧？这次他急着要见面，对萧伯纳来说有点儿突然，但他很快猜出了原因。

据他的经验，这位学生不会特地赶那么多路来预祝生日。原因应该与大事有关：《泰晤士报》已有报道，三天前，七月七日，日本正式引发了侵华战争。

萧伯纳想，中国、日本打起来了，祖国成了战场，回不去了，黄先生可能会向自己提出要求，介绍一个能在英国长期居留的工作。当然，是戏剧工作。

萧伯纳边想边走进客厅。他看到，这位年轻的中国人，正在细看客厅壁炉上镌刻着的一段话，他自己的语录。

黄佐临听到脚步声后立即回过头来，向老师萧伯纳问好。

落座后，萧伯纳立即打开话匣子："七月七日发生的事，我知道了。"

"所以，我来与您告别。"黄佐临说。

"告别？去哪儿？"萧伯纳很吃惊。

"回国。"黄佐临说。

"回国？"萧伯纳更吃惊了。顿了顿，他说："那儿已经是战场，仗会越打越大。你不是将军，也不是士兵，回去干什么？"

黄佐临一时无法用英语解释清楚中国文化里的一个沉重概

念："赴国难"。他只是说："我们中国人遇到这样的事情，多数会回去。我不是将军，但也算是士兵。"

萧伯纳看着黄佐临，好一会儿没说话。

"那我能帮助你什么？"萧伯纳问，"昨天我已对中国发生的事发表过谈话。四年前我去过那里，认识宋庆龄、林语堂，他们的英语都不错。还见了一个小个子的作家，叫鲁迅。"

黄佐临点了点头，说："我这次回去，可能回不来了。您能不能像上次那样，再给我题写几句话？"

"上次？"萧伯纳显然忘记了。

"上次您写的是：易卜生不是易卜生派，他是易卜生；我不是萧伯纳派，我是萧伯纳；如果黄先生想有所成就，千万不要做谁的门徒，必须独创一格。"黄佐临背诵了几句。

"想起来了！"萧伯纳呵呵大笑，"这是我的话。"

说话间，黄佐临已经打开一本新买的签名册，放到了萧伯纳前面，说："再给我留一个终身纪念吧。"

萧伯纳拿起笔，抬头想了想，便低头写了起来。黄佐临走到了他的后面。

萧伯纳写出的第一句话是——

起来，中国！东方世界的未来是你们的。

写罢，他侧过头去看了看黄佐临。黄佐临感动地深深点头。

在"七七事变"后的第三天，这句话，能让一切中国人感动。

萧伯纳又写了下去——

    如果你有毅力和勇气，那么，使未来的盛典更壮观的，将是中国戏剧。

黄佐临向萧伯纳鞠了一躬，把签名册收起，然后就离开了。

二

上面这个场景，是八十岁的黄佐临先生在新加坡告诉我的。

那时我正在新加坡讲学，恰逢一个国际戏剧研讨会要在那里举行。参加筹备的各国代表听说萧伯纳的嫡传弟子、亚洲最权威的戏剧大师黄佐临还健在，就大胆地试图把他邀请与会。这是一种幻想，但如果变成现实，那次研讨会就有了惊人的重量。

新加坡的著名戏剧家郭宝昆先生为此专程前往上海，亲自邀请和安排。几个国家的戏剧家还一再来敲我寓所的门，希望我也能出点儿力。

他们找我是对的，因为我是黄佐临先生的"铁杆忘年交"。我为这件事与黄佐临先生通了一次长途电话，他说，他稍感犹豫的不是身体，而是不知道这个会议的"内在等级"。

我说："已经试探过了，来吧。"他就由女儿黄蜀芹陪着，来了。

这一下轰动了那个国际会议，也轰动了新加坡。

新加坡外交部长恭敬拜见他，第一句就问："您什么时候来过新加坡？"

黄佐临先生回答："六十年前。"

外交部长很年轻，他把"六十年前"听成了"六十年代"。这已使他觉得非常遥远了，说："六十年代？这离现在已经二十多年，真是太久太久了！"

黄佐临先生一笑，说："请您把时间再往前推四十年。"

部长迷糊了，却以为是眼前的老人迷糊。我随即解释道："黄先生于公元一九二五年到英国留学，路过新加坡。"

"六十年前？"部长终于搞清楚了，却受了惊吓。

我又接着说："他到英国师从萧伯纳，那时，这位文豪刚刚获得诺贝尔文学奖。等到告别的时候，萧伯纳已经是他今天的年龄了，八十岁。"

部长一听又有点儿迷糊。这是我的故意，新加坡的官场话语总是太刻板，我想用长长的时间魔棍把谈话气氛搅活跃一些。尽管我随口说出的内容，都没有错。

黄佐临先生在那个国际会议上做了演讲。主持人一报他的名字，全场起立鼓掌。他站起来走向演讲台，颀长的身材，银白的头发，稳健的步履，一种世界级的优雅。

他开口了，标准的伦敦英语，语速不快，用词讲究，略带幽默，音色圆润，婉转堂皇。全场肃静，就像在聆听来自天国的指令。

在高层学术文化界，人们看重的是这位演讲者本人，并不在乎他的国籍归属。西方那些著名的文化巨匠，大家都知道他们的作品、学派、观点，却常常说不准他是哪国人？就说黄佐临先生的老师萧伯纳吧，究竟该算是爱尔兰人，还是英国人？毕加索，是西班牙人，还是法国人？爱因斯坦呢？……在文化上，伟大，总是表现为跨疆越界。这么一想，我再回头细细审视会场里的听众，果然发现，大家都不分国籍地成了台上这位优雅长者的虔诚学生。谁能相信，这位长者刚从中国的"文革"灾难中走出？

那就请随意听几句吧——

"在布莱希特之后，荒诞派把他宏大的哲理推向了一条条小巷子，好像走不通，却走通了……"他平静地说，台下都在埋头唰唰地记。

"在演出方式上，请注意在戈登·克雷他们的'整体戏剧'之后的'贫困戏剧'，我特别看重格罗·托夫斯基。最近这几年，最有学术含量的是戏剧人类学。中心，已从英国、波兰移到了美国，纽约大学的理查·谢克纳论述得不错，但实验不及欧洲……"

大家记录得有点儿跟不上，他发现了，笑了笑，说："有些术语和人名的拼写，我会委托大会秘书处发给诸位。"

"请注意，'二战'结束以来的西方戏剧学，看似费解而又杂乱，却更能与东方古典戏剧接轨，因此这里有巨大的交融空间和创造空间。日本对传统戏剧保护得好，但把传统僵化了。中国也想把传统和创新结合，但是大多是行政意愿和理论意愿，缺少真正的大艺术家参与其间。印度，对此还未曾自觉……"

大家还是在努力记录。

总之，在这位优雅长者口中，几乎没有时间障碍，也没有空间障碍。他讲得那么现代，很多专业资讯，连二十几岁的新一代同行学人也跟不上。

三

当年黄佐临先生告别萧伯纳回国，踏上了炮火连天的土地。

几经辗转，最后落脚上海。他想来想去，自己能为"国难"所做的事，还是戏剧。

那时的上海，地位非常特殊。周围已经被日本侵略军占领了，但上海开埠以来逐一形成了英国、法国、美国的势力范围"租界"，日本与这些国家暂时还没有完全翻脸，因此那些地方也就一度成了"孤岛"。在"孤岛"中，各地从炮火血泊中逃出来的艺术家们集合在一起，迸发出了前所未有的社会责任和创作激情。直到太平洋战争爆发后"孤岛"沦陷，不少作品被禁，作者被捕，大家仍在坚持。这中间，黄佐临，就是戏剧界的主要代表。

谁能想得到呢？就在国破家亡的巨大灾难中，中国迎来了戏剧的黄金时代。这些戏，有的配合抗日，有的揭露暴虐，有的批判黑暗，有的则着眼于社会改造和精神重建。其中有很大一部分，则在艺术形式的国际化、民族化上做了探索。由于黄佐临在英国接受过精湛的训练，每次演出都具有生动的情节和鲜明的形象，大受观众欢迎。从我偶尔接触到的零碎资料看，仅仅其中一个不算太重要的戏《视察专员》，四十天里就演了七十七场。其他剧目演出时的拥挤，也十分惊人。

请大家想一想，这么多挤到剧场里来的观众，当时正在承受着多么危难的逃奔之苦。艺术的重大使命，就是在寒冷的乱世中温暖人心。

艺术要温暖人心，必须聚集真正的热能。当时这些演出的艺术水准，从老艺术家们的记述来看，达到了后人难以企及的地步。别的不说，仅从表演一项，黄佐临先生最常用的演员石挥，在当时就被誉为"话剧皇帝"。我们从一些影像资料中可以看出，直到今天，确实还没有人能够超越他。除石挥外，黄佐临先生手下的艺术队伍堪称庞大，开出名字来可以说是浩浩荡荡。

几位很有见识的老艺术家在回忆当时看戏的感觉时写道："那些演出，好得不能再好"；"平生剧场所见，其时已叹为观止"……

这又一次证明我的一个观点：最高贵的艺术，未必出自巨额投入、官方重视、媒体操作，相反，往往是对恶劣环境的直接回答。艺术的最佳背景，不是金色，而是黑色。

那就让我们通过剧名，扫描一下黄佐临先生在那个时期创下的艺术伟绩吧：《边城故事》、《小城故事》、《妙峰山》、《蜕变》、《圆谎记》、《阿Q正传》、《荒岛英雄》、《大马戏团》、《梁上君子》、《乱世英雄》、《秋》、《金小玉》、《天罗地网》、《称心如意》、《视察专员》……可能还很不全。

如果国际间有谁在撰写艺术史的时候要寻找一个例证，说明人类能在烽烟滚滚的乱世中营造出最精彩的艺术殿堂，那么，我必须向他建议，请留意那个时候的上海，请留意黄佐临。

我相信，在那漫长的日子里，黄佐临先生会经常记起他离开英国时与萧伯纳的对话。那就让我们在知道了黄佐临先生回国后所做出的惊人业绩后，再重温一下吧——

> 萧伯纳："回国？……那儿已经是战场，仗会越打越大。你不是将军，也不是士兵，回去干什么？"
>
> 黄佐临："我们中国人遇到这样的事情，多数会回去。我不是将军，但也算是士兵。"

当然，更值得重温的是那段题词：

> 起来，中国！东方世界的未来是你们的。
>
> 如果你有毅力和勇气，那么，使未来的盛典更壮观的，将是中国戏剧。

四

黄佐临先生终于迎来了一九四九年。对于革命，对于新政权，作为一个早就积压了社会改革诉求，又充满着浪漫主义幻想的艺术家，几乎没有任何抵拒就接受了。他表现积极，心态乐观，很想多排演一些新政权所需要的剧目，哪怕带有一些"宣传"气息也不在乎。

但是，有一些事情让他伤心了。他晚年，与我谈得最多的就是那些事情。谈的时候，总是撇开众人，把我招呼在一个角落，好一会儿不说话。我知道，又是这个话题了。

原来，他从英国回来后引领的戏剧活动，没有完全接受共产党地下组织的收编。他当然知道，共产党地下组织也在组织类似的文化活动，其中也有一些不错的文化人。但他把他们看作文化上的同道，自己却不愿意参与政治派别。不仅是共产党，也包括国民党。

我不知道共产党的地下组织为了争取他做过多少工作，看来都没有怎么奏效，因此最后派了一个地下党员李德伦"潜伏"到了他的剧团里。在很多年后，这位已经成了著名音乐指挥家的李德伦先生坦陈："我没有争取到他，他反而以人格魅力和艺术魅力，把我争取了。"

一九四九年之后，当年共产党地下组织的文化人理所当然地成了上海乃至全国文化界的领导，他们对黄佐临长期以来"只问抗战，不问政党；只做艺术，不做工具"的"顽固性"，印象深刻。因此，不管他怎么积极，也只把他当作"同路人"而不是"自己人"。

这种思维，甚至一直延续到"文革"之后的新时期。很多文史资料汇集、现代戏剧史、抗战文化史、上海史方面的诸多著作，对黄佐临先生的重大贡献，涉及不多，甚至还会转弯抹角地予以贬低。这中间，牵涉到一些我们尊敬的革命文化人。

黄佐临先生曾小声地对我说："夏衍气量大一点儿，对我还可以。于伶先生和他的战友，包括'文革'结束后出任宣传部长的王元化先生等等，就比较坚持他们地下斗争时的原则，对我比较冷漠。"

除了这笔历史旧账之外，他还遇到了一个更糟糕的环境。一九四九年之后的中国戏剧界，论导演，一般称之为"北焦南黄"。"北焦"，是指北京艺术剧院的焦菊隐先生。由于当时北京集中了不少文化高端人士，文化气氛比较正常，焦菊隐先生与老舍、曹禺、郭沫若等戏剧家合作，成果连连。而"南黄"，也就是上海的黄佐临先生，却遇到了由上海最高领导柯庆施和他在宣传、文化领域的干将张春桥、姚文元等人组成的"极左思潮征候群"。

我听谢晋导演说，有一次柯庆施破例来看黄佐临新排的一台戏，没等看完，就铁青着脸站起身来走了，黄佐临不知所措。

还有一次，黄佐临导演了一台由工人作者写的戏，戏很一般，但导演手法十分精彩，没想到立即传来张春桥、姚文元对报纸的指示：只宣传作者，不宣传导演。

于是，当"北焦"红得发"焦"的时候，"南黄"真的"黄"了。

黄佐临在承受了一次次委屈之后，自问："我的委屈来自何方？"答案是："我怎么又在乎政治了！"

于是，他找回了从英国回来后的那份尊严："不管他们怎么说，我还是回到艺术。"

黄佐临退出了人们的视野。上海的报纸，更愿意报道北京的焦菊隐，更愿意报道越剧、沪剧、淮剧，这些实在有待于黄佐临先生指点后才有可能脱胎换骨的地方戏曲。

真正国际等级的艺术巨匠在做什么？想什么？匆匆的街市茫然不知，也不想知道。

正在这时，由政治狂热和自然灾害共同造成的大饥荒开始了。上海，一座饥饿中的城市，面黄肌瘦。

在饥荒中，还会有像样的艺术行为吗？谁也不敢奢想。

完全出乎人们的意料之外，一九六二年四月二十五日，北京的《人民日报》发表了黄佐临先生的《漫谈"戏剧观"》一文。虽然题目起得很谦虚，但这是一座现代世界戏剧学上的里程碑。

突然屹立在人们眼前，大家都缺少思想准备。

这篇文章所建立的思维大构架，与当时当地的文化现实完全格格不入，却立即进入了国际学术视野。

这正像，狮王起身，远山震慑，而它身边的燕雀鱼蛙却完全无感。

须知，当时的多数中国文人，还在津津乐道阶级斗争。如果要说戏剧观，也只有无产阶级和资产阶级两种，并已经简称为"香花"和"毒草"。因此，对于黄佐临先生用浅显白话文写出来的文字，读起来却非常隔阂了。

那么，我不能不以国际学术标准来审视他当时的理论成就了。

一、以"造成幻觉"和"打破幻觉"来概括人类戏剧史，是一种化繁为简的高度提炼，属一流理论成果。

二、借用法国柔琏"第四堵墙"的概念来划分"幻觉"内外，使上述提炼获得了一个形象化的概念依托，精确而又有力度。

三、以打破"幻觉"和"第四堵墙"来引出布莱希特，使这位德国戏剧家的"创新功能"上升为"历史断代功能"。

四、以斯坦尼斯拉夫斯基、布莱希特、梅兰芳来标志二十世纪人类的三个戏剧观，理论气度广远，道前人所未道，却非常切合戏剧实际。提出至今，国际上未见重大异议。

五、以三大戏剧观过渡到"写意戏剧观",是一个重大的美学创造。现在,已经成为戏剧界一种通用的工作用语。这在现代文艺的理论建设上,是一个奇迹。

鸟瞰世界,概括世界,又被世界接受,这样的理论成果,历来罕见。

记住了,一九六二年四月二十五日,这是天上的哲学之神、艺术之神都在低头注视中国、注视上海的日子。

我实在想不起,几十年来,全中国的艺术理论,不,全中国的所有文化理论,有哪一项成果,能超过它。

我问过很多文化人、理论家。他们想了好久,找了好久,排了好久,最后都摇头,说:"确实找不到一项。"

那么,我又要提醒大家,就在这个日子的两个星期之后,一九六二年五月九日,上海的另一位文化巨匠巴金,将有一个发言,题为"作家的勇气和责任心",一针见血地指出了阻碍中国文学发展的主要障碍是"棍子"。实践证明,那是对"文革"灾难的预言。

一九六二年的晚春季节,上海显得那么光辉。大创建、大发现、大判断、大预言,居然一起出现。

光辉之强,使整整半个世纪之后的今天还觉得有点儿刺眼,因此大家故意视而不见,就像从来没有发生过这样的事一样。

若问今日媒体：五十年前，这个城市出现过什么值得记忆的文化人物和文化事件？答案可能是两首广泛宣传的歌曲，三段市井听熟的唱词，一堆人人皆知的明星。当然，还可能排出几个据称博学、却不屑写文章发表自己见解的教授。不管再怎么排，也挨不到黄佐临的文章，巴金的发言。

五

黄佐临先生在"文革"中的遭遇，我不想多说。理由是，他自己也不想多说。

对这类事情我早有经验：受苦最深的人最不想说，说得最多的人一定受苦不多，说得高调的人一定是让别人受了苦。

在不想说的人中，也有区别。在我看来，同样是悲剧，巴金把悲剧化作了崇高，而黄佐临则把悲剧化作了喜剧。或者说，巴金提炼了悲剧，黄佐临看穿了悲剧。看穿的结果，是发笑。

他的几个女儿都给我讲过他在"文革"中嘲弄造反派歹徒，而对方却不知道被嘲弄的很多趣事。有几次讲的时候他在场，但他不仅没有掺和，反而轻轻摇头阻止。

不管怎么说，他对那场灾难的最终思维成果是非常严肃的，那就是对知识分子心灵的拷问。"文革"结束后不久，他到北京，导演了布莱希特名作《伽利略传》(与陈颙合作)。

当时,为了拨乱反正,全国科学大会刚刚召开,知识分子在业务上应该有驰骋的空间了,但他们在精神上能不能建立尊严?《伽利略传》及时地提出了这个问题,一时震动了整个京城。

人们说,从来没见过一部戏能够在关键时刻如此摇撼人们的灵魂深处。又说,这是"科学大会"的续篇,只不过这个"大会"在全国知识分子的心底召开。

"北焦"已逝,"南黄"北上,京城一惊,名不虚传!

从北京回上海之后,黄佐临先生决心加紧努力,在"写意戏剧观"的基础上推进"民族演剧体系"的建设。他如饥似渴地学习和探索,从事一个个最前卫的艺术实验,几乎让人忘了,他已经快要八十岁。

那年月,我见过很多"劫后余生"的前辈学者,温厚老成,令人尊敬,但思维都已严重滞后。没有一个能像黄佐临先生那样,依然站在国际艺术的第一线,钻研各种新兴流派,生命勃发,甚至青春烂漫。

那时候的他,变得比过去任何时候都"帅",浑身上下都散发着一种无与伦比的光辉。

他的女儿黄蜀芹导演说,一位中年的苏联女学者尼娜告诉她:"哎呀,我简直是爱上你爸爸了,很少见到像他这样高贵、有气质的！"尼娜看来是真的爱上了，因此到处对别人这样宣称，终于传到了黄佐临先生耳朵里。他回应道："那好啊，中苏友好有指望了！"

老年男子变"帅"，一定是进入了一个足以归结一生的美好创造过程。

我在《霜冷长河》一书中对"老年是诗的年岁"的判断，主要来自对他的长期观察。

当时，我的每一部学术著作出版，他都会在很短时间内读完。我曾经估计，他可能更能接受我的《世界戏剧学》《中国戏剧史》这样的书，却未必能首肯《观众心理美学》(初版名《戏剧审美心理学》)。因为《观众心理美学》几乎否认了自古以来一系列最权威的艺术教条，只从观众接受心理上寻找创作规则。这对前辈艺术家来说，有一种颠覆性的破坏力。没想到，这部书出版才一个月，他的女儿交给我一封他写的长信。

他在信里快乐地说："读完那本书才知道，自己一辈子都在摸索着观众心理美学。这情景，莫里哀在《贵人迷》里已经写到，那个一心想做贵族的土人花钱请老师来教文学，知道不押韵的文章叫散文，终于惊叹道：原来我从小天天都在讲散文！"

他说："我就是那个土人，不小心符合了观众心理美学。"然后，他又在几个艺术关节上与我做了详尽探讨。

这样的老者太有魅力了，我怎么能不尽量与他多交往呢？

他也愿意与我在一起。就连家里来了外国艺术家，或别人送来了螃蟹什么的，他都会邀我去吃饭。他终于在餐桌上知道我能做菜，而且做得不错，就一再鼓动我开一个"余教授餐厅"，专供上海文化界。他替我"坐堂"一星期，看生意好不好，如果不太好，他再坐下去。

后来，他又兴致勃勃地给我讲过一个新构思的"戏剧巡游计划"。选二十台最好的戏，安排在二十辆大货车上做片段演出，一个城市、一个城市轮着走。他每次讲这个计划的时候，都会激动得满脸通红。

他说，剧场是死的，车是活的，古希腊没有机动车，我们现在有了，以前欧洲不少城市也这么做过。但是，当我一泼冷水，说根本选不出"二十台最好的戏"，他想一想，点了点头，也就苦恼了。这个过程多次重复，使我相信，大艺术家就是孩子。

交往再多，真正的"紧密合作"却只有一次，时间倒是不短。

那是二十世纪八十年代中期的事吧，上海文化界也开始要评"职称"了。这是一件要打破头的麻烦事，官员们都不敢涉足。其实他们自己也想参评，于是要找两个能够"摆得平"的人来主事。这两个人，就是黄佐临先生和我。

经过多方协调，他和我一起被任命为"上海文化界高级职称评审委员会"的"双主任"。我说，不能"双主任"，只能由黄佐临先生挂帅，我做副主任。但黄佐临先生解释说，他也是文化界中人，而我则可以算是教育界的，又在负责评审各大学的文科教授，说起来比较客观。因此，"双主任"是他的提议。但是，我仍然坚持自己的意见。

在评审过程中，黄佐临先生的品格充分展现。他表面上讲话很少，心里却什么都明白。

例如，对于一九四九年之后历次政治运动中的"整人干将"，不管官职多高，名声多大，他都不赞成给予高级职称。有一个从延安时代过来的"院长"，很老的资格，不小的官职，也来申报。按惯例，必然通过，但评审委员会的诸多委员们沉默了。黄佐临先生在讨论时只用《哈姆雷特》式的台词轻轻说了一句："搞作品，还是搞人？这是个问题。"过后投票，没有通过。

上海文化界不大，有资格申报高级职称的人，大家都认识。对于其中那些"文革"中的造反派首领和积极分子，怎么办？黄佐临先生说："我们不是政治审查者，只评业务。但是，艺术怎么离得开人格？"

我跟着说："如果痛改前非，业务上又很强，今后也可以考虑。但现在，观察的时间还不够。"因此，这样的人在我们评的第一届，都没有上去。

对于"革命样板戏"剧团的演员，黄佐临先生觉得也不必急着评，以后再说。"那十年的极度风光，责任不在他们。但他们应该知道，当时他们的同行们在受着什么样的煎熬，不能装作没看见。"他说。

对于地方戏曲的从业人员，黄佐临先生和我都主张不能在职称评定上给予特殊照顾。他认为，这些名演员已经拥有不少荣誉，不能什么都要。这是评定职称，必须衡量文化水准、创新等级、理性能力。

我则认为，上海的地方戏曲在整体上水准不高，在风格上缺少力度。那些所谓"流派"，只是当年一些年轻艺人的个人演唱特点，其中有不少是缺点。如果我们的认识乱了，今后就会越来越乱。

那年月，文化理智明晰，艺术高低清楚，实在让人怀念。出乎意料的是，当时被我们搁置的那些人，现在有不少已经上升为"艺术泰斗"、"城市脊梁"。我估计，黄佐临先生的在天之灵又在朗诵《哈姆雷特》了：

"泰斗，还是太逗？这是个问题。"

"脊梁，还是伎俩？这又是个问题。"

就在那次职称评定后不久，国家文化部在我所在的上海戏剧学院经过三次"民意测验"，我均排名第一，便顺势任命我出任院长。

黄佐临先生听说后，立即向媒体发表了那著名的四字感叹：可喜，可惜！

上海电视台的记者祁鸣问他："何谓可喜？"

他说："'文革'十年，把人与人的关系都撕烂了。这位老兄能在十年后获得本单位三次民意测验第一，绝无仅有，实在可喜。文化部总算尊重民意了，也算可喜。"

记者又问："何谓可惜？"

他说："这是一个不小的行政职务，正厅级，但只适合那些懂一点儿艺术又不是太懂、懂一点儿理论又不是太懂的人来做。这位老兄在艺术和学术上的双重天分，耗在行政上，还不可惜？"

他的这些谈话，当时通过报纸广为流传。他称我"老兄"，其实我比他小了整整四十岁。但我已经没有时间与他开玩笑了，连犹豫的空间也不存在，必须走马上任，一耗六年。

这六年，我不断地重温着"可喜，可惜"这四个字。时间一久，后面这两个字的分量渐渐加重，成了引导我必然辞职的咒语。

六年过去，终于辞职成功。那一年，他已经八十五岁了；而我，也已经四十五岁。

六

原以为辞职会带来轻松，我可以在长烟大漠间远行千里了。但实际情况并非如此。上海，从一些奇怪的角落伸出了一双双手，把我拽住了。

这是怎么回事？

原来上海一些文人聪明，想在社会大转型中通过颠覆名人来让自己成名。但他们又胆小，不敢触碰有权的名人。于是，等我一辞职，"有名无权"了，就成了他们的目标。正好，在职称评定中被我签字"否决"的申报者，也找到了吐一口气的机会。于是，我被大规模"围啄"。

我这个人什么也不怕，却为中国文化担忧起来。我们以前多少年的黑夜寻火、鞭下搏斗，不就是争取一种健康的"无伤害文化"吗，怎么结果是这样？

那天，我走进宿舍，在门房取出一些信件。其中有一封特别厚，我就拿起来看是谁寄来的。

一看就紧张了。寄自华东医院东楼的一个病床，而那字迹，我是那么熟悉!

这才想到,黄佐临先生住在医院里。我去探望过,却又有很长时间没去了。

赶快回家,关门,坐下,打开那封厚厚的信。

于是,我读到了——

秋雨:

去年有一天,作曲家沈立群教授兴致勃勃地跑到我家,上气不接下气地告诉我,有精品出现了!她刚从合肥回来,放下行李便跑来通报这个喜讯。她说最后一场戏,马兰哭得唱不下去了,在观众席看彩排的省委领导人哭得也看不下去了,而这场戏则是你老兄开了个通宵赶写出来的。

我听了高兴得不得了。兴奋之余,我与沈立群教授的话题便转到了我国今后歌剧的发展上来。沈说,京、昆音乐结构太严谨,给作曲家许多束缚,而黄梅戏的音乐本身就很优美而且又给予作曲家许多发挥余地。今后我国新歌剧,应从这个剧种攻克。

对种种"风波",时有所闻,也十分注意。倒不是担心你老兄——树大必招风,风过树还在;我发愁的乃是当前中国文化界的风气。好不容易出现一二部绝顶好作品，为什么总是跟着"风波"？真是令人痛心不已。

对于你老兄，我只有三句话相赠。这三句话，来自我的老师萧伯纳。一九三七年"七七事变"后三天我去他公寓辞别，亲眼看到他在壁炉上镌刻着的三句话：

他们骂啦，

骂些什么？

让他们骂去！

你能说他真的不在乎骂吗？不见得，否则为什么还要镌刻在壁炉上头呢？我认为，这只说明这个怪老头子有足够的自信力罢了。

所以我希望你老兄不要（当然也不至于）受种种"风波"的干扰。集中精力从事文化考察和写作，那才是真正的文化。

我这次住院，已经三个月了。原来CT后发现脑血管有黑点，经过三个疗程吊液后，已觉得好些。但目前主要毛病是心脏（早搏、房颤），仍在治疗中。今年已经八十七岁，然而还不知老之将至，还幻想着要写一部书——《世界最好的戏剧从来就是写意的》。你说，太"自不量力"不？

祝你考察和写作顺利。

佐临

华东医院东楼十五楼 16 床

1993.5.21

需要说明的是，他引用萧伯纳壁炉上的三句话，在信上是先写英文，再译成中文的。三句英文为：

They have said.

What said they?

Let them say!

这立即让我想到五十六年前他离开萧伯纳寓所时的情景，他在新加坡给我描述过。

几句话，漂洋过海，历尽沧桑，居然又被一个病榻上的老者捡起，颤颤巍巍地写给了我。我，承接得那么沉重，又突然感到喜悦。

Let them say!

这句简短的英文，成了我后来渡过重重黑水的木筏。从此，一路上变得高兴起来，因为这个木筏的打造者和赠送者，是萧伯纳和黄佐临。他们都是喜剧中人，笑得那么灿烂。

黄佐临先生在写完这封信的第二年，就去世了。

站在他的人生句号上一点点回想，谁都会发现，他这一生，实在精彩。

你看，我们不妨再归纳几句：

"七七事变"后第三天告别萧伯纳"赴国难"；

在国难中开创上海戏剧和中国戏剧的黄金时代；

二十年后，在另一番艰难岁月中发表了世界三大戏剧观的宏伟高论，震动国际；

等灾难过去，北上京城，在剧场里拷问知识分子的心灵；

最后，展开一个童心未泯、又万人钦慕的高贵晚年……

我想不出，在他之前或之后，还有哪一位中国艺术巨匠，拥有这么完满而美好的人生。

对他，我知道不能仅仅表达个人化的感谢。他让中国戏剧、中国艺术、中国文化、中国人，多了一份骄傲的理由。他是一座孤岸的高峰，却让磕磕绊绊的中华现代文化大船，多了一支桅杆。这支桅杆，栉风沐雨，直指云天，远近都能看见。

现在，很多人已经不知道他的名字了，这不是他的遗憾。

我听从他的遗言，从来不对别人的说三道四稍做辩驳。但是，前两年，纪念中国话剧一百周年，几乎所有的文章都没有提黄佐临的名字，大家只把纪念集中在北京人艺和《茶馆》上，我就忍不住了。当然，《茶馆》这个戏不错，尤其是第一场和最后结尾。但是，这可是纪念百年的风云史诗啊，怎么可以这样！

我终于写了文章，说："看到一部丢失了黄佐临的中国话剧史，连焦菊隐、曹禺、田汉、老舍的在天之灵都会惊慌失措。历史就像一件旧家具，抽掉了一个重要环扣就会全盘散架。"

对不起，黄佐临先生，这一次我没有尊重您的遗言：Let them say!

二〇一二年四月十四日

巴金百年

一

在当代华人学者中，我也算是应邀到世界各地演讲最多的人之一吧？但我每次都要求邀请者，不向国内报道。原因，就不说了。

在邀请我的城市中，有一座我很少答应，那就是我生活的上海。原因，也不说了。

但是，二〇〇四年十一月十七日，我破例接受邀请，在外滩的上海档案馆演讲。原因是，八天后，正是巴金百岁寿辰。

庆祝百年大寿，本该有一个隆重的仪式，亲友如云，读者如潮，高官纷至，礼敬有加。这样做，虽也完全应该，却总免不了骚扰住在医院里那位特别朴素又特别喜欢安静的老人。不知是谁出的主意，只让几个文人在黄浦江边花几天时间细细地谈老人。而且，是在档案馆，似乎在提醒这座已经不太明白文化是什么的城市，至少有一种文化，与江边这些不受海风侵蚀的花岗岩有关，与百年沉淀有关。

由我开场。在我之后，作家冰心的女儿吴青、巴金的侄子李致、巴金的研究者陈思和，都是很好的学者，会连着一天天讲下去。讲完，就是寿辰了。

没想到来的听众那么多，而且来了都那么安静，连走路、落座都轻手轻脚。我在台上向下一看，巴金的家里人，下一辈、再下一辈，包括他经常写到的端端，都坐在第一排。我与他们都熟，投去一个微笑，他们也都朝我轻轻点了点头。有他们在，我就知道该用什么语调开口了。

二

家人对老人，容易"熟视无睹"。彼此太熟悉了，忘了他给世界带来的陌生和特殊。

因此，我一开口就说，请大家凝视屏息，对巴金的百岁高龄再添一份神圣的心情。理由，不是一般的尊老，而是出于下面这些年龄排列——

中国古代第一流文学家的年龄：

活到四十多岁的，有曹雪芹、柳宗元；

活到五十多岁的，有司马迁、韩愈；

活到六十多岁的多了，有屈原、陶渊明、李白、苏轼、辛弃疾；

活到七十多岁的不多，有蒲松龄、李清照；

活到八十多岁，现在想起来的，只有陆游。

扩大视野，世界上，活到五十多岁的第一流文学家，有但丁、巴尔扎克、莎士比亚、狄更斯；

活到六十多岁的，有薄伽丘、塞万提斯、左拉、海明威；

活到七十多岁的，有小仲马、马克·吐温、萨特、川端康成、罗曼·罗兰；

活到八十多岁的，有歌德、雨果、托尔斯泰、泰戈尔；

活到九十多岁的，有萧伯纳。

在中外第一流的文学家之后，我又缩小范围，拉近时间，对于中国现代作家的年龄也做了一个统计。

活到七十多岁的，有张爱玲、张恨水；

活到八十多岁的，有周作人、郭沫若、茅盾、丁玲、沈从文、林语堂；

活到九十多岁的，有叶圣陶、夏衍、冰心。

我的记忆可能有误，没时间一一核对了。但在演讲现场，我把这么多名字挨个儿一说，大家的表情果然更加庄严起来。

这个名单里没有巴金，但巴金却是终点。因此，所有的古今中外作家都转过身来，一起都注视着这个中国老人。至少到我演讲的这一刻，他是第一名。

杰出作家的长寿，与别人的长寿不一样。他们让逝去的时间留驻，让枯萎的时间返绿，让冷却的时间转暖。一个重要作家的离去，是一种已经泛化了的社会目光的关闭，也是一种已经被习惯了的情感方式的中断，这种失落不可挽回。我们不妨大胆设想一下：如果能让司马迁看到汉朝的崩溃，曹雪芹看到辛亥革命，鲁迅看到"文革"，将会产生多么大的思维碰撞！他们的反应，大家无法揣测，但他们的目光，大家都已熟悉。

巴金的重要，首先是他敏感地看了一个世纪。这一个世纪的中国，发生了多少让人不敢看又不能不看、看不懂又不必要懂、不相信又不得不信的事情啊。但人们深陷困惑的时候，突然会想起还有一些目光和头脑与自己同时存在。存在最久的，就是他，巴金。

三

巴金的目光省察着百年。

百年的目光也省察着巴金。

巴金的目光，是五四新文化运动所留下的最温和的目光。在最不需要温和的中国现代，这里所说的"最温和"，长期被看成是一种落后存在。

巴金在本质上不是革命者，尽管他年轻时曾着迷过无政府主义的社会改革。从长远看，他不可能像李大钊、陈独秀、郭沫若、茅盾、丁玲他们那样以文化人的身份在革命队列中冲锋陷阵。他也会充满热情地关注他们，并在一定程度上追随他们，但他的思想本质，却是人道主义。

巴金也不是鲁迅。他不会对历史和时代做出高屋建瓴的概括和批判，也不会用"匕首和投枪"进攻自己认为的敌人。他不做惊世之断，不吐警策之语，也不发荒原呐喊，永远只会用不高的音调倾诉诚恳的内心。

巴金又不是胡适、林语堂、徐志摩、钱锺书这样的"西派作家"。他对世界文化潮流并不陌生，但从未领受过中国现代崇洋心理的仰望，从未沾染过丝毫哪怕是变了样的"文化贵族"色彩，基本上只一种朴实的本土存在。

上述这几方面与巴金不同的文化人，都很优秀，可惜他们的作品都不容易通过阅读在当时的中国社会有效普及。当时真正流行的，是"鸳鸯蝴蝶派"、"礼拜六派"、武侠小说、黑幕小说。现在很多年轻人都以为，当时鲁迅的作品应该已经很流行。其实不是，只要查一查发行量就知道了。在文盲率极高的时代，比例很小的"能阅读群体"中的多数，也只是"粗通文墨"而已，能从什么地方捡到几本言情小说、武侠小说读读，已经非常"文化"。今天的研究者们所说的"深刻"与否，与那个时候的实际接受状态关系不大。在这种情况下，巴金就显得很重要。

巴金成功地在"深刻"和"普及"之间搭建了一座桥梁，让五四新文化运动中反封建、求新生、倡自由、争人道的思想启蒙，通过家庭纠纷和命运挣扎，变成了流行。流行了，又不媚俗，不降低，在精神上变成了一种能让当时很多年轻人"够得着"的正义，这就不容易了。

中国现代文学史有一个共同的遗憾，那就是，很多长寿的作家并没有把自己的重量延续到中年之后，他们的光亮仅仅集中在青年时代。尤其在二十世纪中期的一场社会大变革之后，他们中有的人卷入到地位很高却又徒有虚名的行政事务之中，有的人则因为找不到自己与时代的对话方式而选择了沉默。巴金在文学界的很多朋友，都是这样。

完全出人意料，巴金，也仅仅是巴金，在他人生的中点上，又创造了与以前完全不同的新光亮。他，拥有了一九六二年五月九日。一个看似普通的发言，改变了他整个后半生，直到今天。

就在这个重大转折的一年之后，我见到了他。

因此，我的这篇文章，接下来就要换一种写法了。

四

我是十七岁那年见到巴金的。他的女儿李小林与我是同班同学，我们的老师盛钟健先生带着我和别的人，到他们家里去。

那天巴金显得高兴而轻松，当时他已经五十九岁，第一次亲自在家里接待女儿进大学后的老师和同学。以前当然也会有小学、中学的老师和同学来访，大概都是他的妻子萧珊招呼了。

武康路一一三号，一个舒适的庭院，被深秋的草树掩荫着，很安静。大门朝西，门里挂着一个不小的信箱，门上开了一条窄窄的信箱口。二十几年之后，我的《文化苦旅》《山居笔记》《霜冷长河》等书籍的每一篇稿子，都将通过这个信箱出现在海内外读者面前。那天下午当然毫无这种预感，我只在离开时用手指弹了一下信箱，看是铁皮的，还是木头的。

巴金、萧珊夫妇客气地送我们到大门口。他们的笑容，在夕阳的映照下让人难忘。

我们走出一程，那门才悄悄关上。盛钟健老师随即对我说："这么和蔼可亲的人，该说话的时候还很勇敢。去年在上海文代会上的一个发言，直到今天还受到非难。"

"什么发言？"我问。

"你可以到图书馆找来读一读。"盛老师说。

当天晚上我就在图书馆阅览室里找到了这个发言。

发言中有这样一段话——

　　我有点害怕那些一手拿框框、一手捏棍子到处找毛病的人，固然我不会看见棍子就缩回头，但是棍子挨多了，脑筋会震坏的。碰上了他们，麻烦就多了。我不是在开玩笑。在我们社会里有这样一种人，人数很少，你平时看不见他们，也不知道他们在干什么，但是你一开口，一拿笔，他们就出现了。

　　他们喜欢制造简单的框框，也满足于自己制造出来的这些框框，更愿意把人们都套在他们的框框里头。

倘使有人不肯钻进他们的框框里去，倘使别人的花园里多开了几种花，窗前树上多有几声鸟叫，倘使他们听见新鲜的歌声，看到没有见惯的文章，他们会怒火上升，高举棍棒，来一个迎头痛击。……

他们人数虽少，可是他们声势浩大，寄稿制造舆论，他们会到处发表意见，到处寄信，到处抓别人的辫子，给别人戴帽子，然后到处乱打棍子，把有些作者整得提心吊胆，失掉了雄心壮志。

据老人们回忆，当时上海文化界的与会者，听巴金讲这段话的时候都立即肃静，想举手鼓掌，却又把手掌抬起来，捂住了嘴。只有少数几个大胆而贴心的朋友，在休息时暗暗给巴金竖大拇指，但动作很快，就把大拇指放下了。

为什么会这样？从具体原因看，当时上海文化界的人都从巴金的发言中立即想到了"大批判棍子"姚文元，又知道他的后面是张春桥，张的后面还有地位更高的人。这条线，巴金应该是知道的，所以他很勇敢。

但是，我后来在长期的实际遭遇中一次次回忆巴金的发言，才渐渐明白他的话具有更普遍的意义。一个城市在某个时间出现姚文元、张春桥这样的人毕竟有点儿偶然，但巴金的话却不偶然，即使到中国别的城市，即使到今天，也仍然适用。

让我们在五十年后再把巴金的论述分解成一些基本要点来看一看——

第一，使中国作家提心吊胆、失掉雄心壮志的，是一股非常特殊的力量，可以简称为"棍子"，也就是"那些一手拿框框、一手捏棍子到处找毛病的人"。

第二，这些人的行为方式分为五步：自己制造框框；把别人套在里边；根据框框抓辫子；根据辫子戴帽子；然后，乱打棍子。

第三，这些人具有蛰伏性、隐潜性、模糊性，即"平时看不见他们，也不知道他们在干什么"。他们的专业定位，更是不可认真寻访。

第四，这些人嗅觉灵敏，出手迅捷。只要看到哪个作家一开口，一拿笔，他们便立即举起棍子，绝不拖延。

第五，这些人数量很少，却声势浩大，也就是有能力用棍子占据全部传播管道。在制造舆论上，他们是什么都做得出来的狼群。

第六，这些人口头上说得很堂皇，但实际的原始动力，只是出于嫉妒的破坏欲望："倘使别人的花园里多开了几种花，窗前树上多有几声鸟叫，倘使他们听见新鲜的歌声，看到没有见惯的文章，他们会怒火上升，高举棍棒，来一个迎头痛击。"

第七，尽管只是出于嫉妒的破坏欲望，但由于这些人表现出"怒火"，表现出"高举"，表现出"痛击"，很像代表正义，因此只要碰上，就会造成很多麻烦，使人脑筋震坏。中国文化界的暴虐和胆怯，皆由此而来。

以上七点，巴金在一九六二年五月九日已经用平顺而幽默的语气全都表述了，今天重温，仍然深深佩服。因为隔了那么久，似乎一切已变，姚文元、张春桥也早已不在人世，但这些"棍子"依然活着，而且还有大幅度膨胀之势。

巴金的发言还隐藏着一个悖论，必须引起当代智者的严肃关注——

他是代表着受害者讲话的，但乍一看，他的名声远比"棍子"们大，他担任着上海作家协会主席，当然稿酬也比"棍子"们多，处处似乎属于"强者"，而"棍子"们则是"弱者"。但奇怪的现象发生了：为什么高举着棍棒挥舞的"弱者"双手，总是那么强蛮凶狠？为什么战栗于棍棒之下的"强者"生灵，总是那么羸弱无助？

这个深刻的悖论，直指后来的"文革"本质，也直指今天的文坛生态。

其实，中国现代很多灾难都起始于这种"强弱涡旋"。正是这种"似强实弱"、"似弱实强"的倒置式涡旋，为剥夺、抢劫、嫉恨，留出了邪恶的舆论空间和行动空间。这就在社会上，形成了以民粹主义为基础的"精英淘汰制"；在文化上，形成了以文痞主义为基础的"传媒暴力帮"。

巴金凭着切身感受，先人一步地指出了这一点，而且说得一针见血。

就在巴金发言的两个星期之后，一九六二年五月二十五日，美联社从香港发出了一个电讯。于是，大麻烦就来了。

美联社的电讯稿说：

> 巴金五月九日在上海市文学艺术家第二次代表大会上说：缺乏言论自由正在扼杀中国文学的发展。

> 他说："害怕批评和自责"使得许多中国作家，包括他本人在内，成为闲人，他们主要关心的就是"避免犯错误"。

> 巴金一向是多产作家，他在共产党征服中国以前写的小说在今天中国以及在东南亚华侨当中仍然极受欢迎。但是在过去十三年中，他没有写出什么值得注意的东西……

> 这位作家说，看来没有人知道"手拿框子和棍子的人们"来自何方，"但是，只要你一开口，一拿笔，

他们就出现了"。

他说:"这些人在作家当中产生了恐惧。"

这位作家要求他自己和其他作家鼓起充分的勇气,来摆脱这样的恐惧,写出一些具有创造性的东西。

美联社的电讯稿中还说,当时北京的领导显然不赞成巴金的发言,证据是所有全国性的文艺刊物都没有刊登或报道这个发言。原来美联社的电讯晚发了两个星期,是在等这个。

美联社这个电讯,姚文元、张春桥等人都看到了。于是,巴金成了"为帝国主义攻击中国提供炮弹的人"。

那么,我那天与盛钟健老师等人一起进入的院子,居然是"炮弹库"。

五

姚文元、张春桥他们显然对巴金的发言耿耿于怀,如芒在背。几年后他们被提升为恶名昭著的"中央文革小组"要员,权势熏天,却一再自称为"无产阶级的金棍子"。"棍子",是巴金在发言中对他们的称呼,他们接过去了,镀了一层金。

我一直认为,"文革"运动,也就是"棍子运动"。

巴金几年前的论述，被千万倍地实现了。当时的中国大地，除了棍子，还是棍子。揭发的棍子、诽谤的棍子、诬陷的棍子、批斗的棍子、声讨的棍子、围殴的棍子……整个儿是一个棍子世界。

几年前唯一对棍子提出预警的巴金，一刹那显得非常伟大。但他自己，却理所当然地被棍子包围。那扇我记忆中的深秋夕阳下的大门，一次次被歹徒撞开。萧珊到附近的派出所报警，警方不管。

巴金所在的上海作家协会，立即贴满了批判他的大字报。多数是作家们写的，但语言却极为恶浊，把他说成是"反共老手"、"黑老K"、"反动作家"、"寄生虫"……

平日看起来好好的文人们，一夜之间全都"纤维化"、"木质化"了，变成了无血无肉的棍子，这是法国荒诞派作家尤奈斯库写过的题材。

在上海作家协会里，长期以来最有权势的，是来自军队的"革命作家"。"文革"爆发后，以胡万春为代表的"工人造反派作家"正式掌权。"革命作家"里边矛盾很大，争斗激烈，争斗的共同前提，一是争着讨好"工人造反派作家"，二是争着对"死老虎"巴金落井下石。因此，偌大的作家协会，几乎没有人与巴金说话了，除非是训斥。

巴金并不害怕孤独的"寒夜"。每天，他从巨鹿路的作家协会步行回到武康路的家，万分疲惫。他一路走来，没想到这个城市会变成这样，这个国家会变成这样。终于到家了，进门，先看那个信箱，这是多年习惯。但信箱是空的，萧珊已经取走了。

后来知道，萧珊抢先拿走报纸，是为了不让丈夫看到报纸上批判他的一篇篇由"工人造反派作家"写的文章。她把那些报纸在家里藏来藏去，当然很快就被丈夫发现了。后来，那个门上的信箱，就成了夫妻两人密切关注的焦点，谁都想抢先一步，天天都担惊受怕。

他们的女儿李小林，早已离开这个庭院，与我们这些同学一起，发配到外地农场劳动。她在苦役的间隙中看到上海的报纸，上面有文章说巴金也发配到上海郊区的农场劳动去了，但是，"肩挑两百斤，思想反革命"。两百斤？李小林流泪了。

当时在外地农场，很多同学心中，都有一个破败的门庭。长辈们每天带着屈辱和伤痕在门庭中进进出出，一想，都会像李小林那样流泪。我心中的门庭更是不敢多想，爸爸已被关押，叔叔已被逼死，只剩下了年迈的祖母和无助的母亲，衣食无着……

重见门庭是一九七一年林彪事件之后。"文革"已经失败却还在苟延残喘，而且喘得慷慨激昂。周恩来主政后开始文化重建，我们回到了上海，很多文化人回到了原来的工作岗位，这在当时叫作"落实政策"，有"宽大处理"的意思。

但是，那条最大的棍子张春桥还记恨着巴金的发言，他说："对巴金，不枪毙就是落实政策。"当时张春桥位居中央高位，巴金当时的处境，可想而知。

但是，国际文学界在惦念着巴金。法国的几位作家不知他是否还在人世，准备把他提名为诺贝尔文学奖候选人，来做试探。日本作家井上靖和日中文化交流协会更是想方设法寻找他的踪迹。在这种外部压力下，张春桥等人又说："巴金可以不戴反革命分子帽子，算作人民内部矛盾，养起来，做一些翻译工作。"

于是，他被归入当时上海"写作组系统"的一个翻译组里，着手翻译俄罗斯作家赫尔岑的《往事与随想》。

一具受尽折磨的生命，只是在"不枪毙"的缝隙中残留，立即接通了世界上第一流的感情和思维。我想，这就是生命中最难被剥夺的尊严。活着，哪怕只有一丝余绪，也要快速返回这个等级。

那天下午，我又去了那个庭院。巴金的爱妻萧珊已经因病去世，老人抱着骨灰盒号啕大哭，然后陷于更深的寂寞。一走进去就可以感受到，这个我们熟悉的庭院，气氛已经越来越阴沉，越来越萧条了。

李小林和她的丈夫祝鸿生轻声告诉我，他在隔壁。我在犹豫要不要打扰他，突然传来了他的声音。听起来，是在背诵一些文句。

李小林听了几句，平静地告诉我："爸爸在背诵但丁的《神曲》。他在农村劳役中，也背诵。"

"是意大利文？"我问。

"对。"李小林说，"好几种外语他都懂一些，但不精通。"

但丁，《神曲》，一个中国作家苍凉而又坚韧的背诵，意大利文，带着浓重的四川口音。

我听不懂，但我知道内容。

啊，温厚仁慈的活人哪，

你前来访问我们这些用血染红大地的阴魂，

假如宇宙之王是我们的朋友的话，

我们会为你的平安向他祈祷，

因为你可怜我们受这残酷的惩罚。

在风像这里现在这样静止的时候，

凡是你们喜欢听的和喜欢谈的事，

我们都愿意听，

都愿意对你们谈。

……

这便是但丁的声音。

这便是巴金的声音。

相隔整整六百六十年，却交融于顷刻之间。那天下午，我似乎对《神曲》的内涵有了顿悟，就像古代禅师顿悟于不懂的梵文经诵。假、恶、丑，真、善、美，互相对峙，互相扭结，地狱天堂横贯其间。

这里有一种大灾中的平静，平静中的祈祷，祈祷中的坚守。

过了一段时间，形势越来越恶劣了，我告诉李小林："正在托盛钟健老师找地方，想到乡下山间去住一阵。"

盛钟健老师，也就是最早把我带进巴金家庭院的人。李小林一听他的名字就点头，不问别的什么了。当时报纸上已在宣扬，又一场叫作"反击右倾翻案风"的运动又要开始，人人不能脱离。但那时的我，已经在独身抗争中找到自己，一定要做"人人"之外的那个人。

那个倾听巴金诵读《神曲》的记忆，长久地贮存在我心底。我独自隐居乡下山间，决定开始研究中华文化和世界文化的关系，也与那个记忆有关。上海武康路的庭院，意大利佛罗伦萨的小街，全都集合到了山间荒路上，我如梦似幻地跨越时空飞腾悠游。

直到很多年后，我还一次次到佛罗伦萨去寻访但丁故居，白天去，夜间去，一个人去，与妻子一起去，心中总是回荡着四川口音的《神曲》。那时"文革"灾难早已过去，但天堂和地狱的精神分野却越来越清晰，又越来越模糊了。因此，那个记忆，成了很多事情的起点。

六

从那个下午之后再见到巴金，是在大家可以舒眉的年月。那时他早已过了古稀之年，却出乎意料地迎来了毕生最繁忙的日子。

整整一个时代对文化的亏欠，突然遇到了政治性的急转弯。人们立即以夸张的方式"转变立场"，还来不及做任何思考和梳理，就亢奋地拥抱住了文化界的几乎一切老人。尽管前几天，他们还对这些老人嗤之以鼻。

多数老人早已身心疲惫、无力思考。巴金虽也疲惫，却没有停止思考，因此，他成了一种稀有的文化代表。一时间，从者蜂拥，美言滔滔。

巴金对于新时代的到来是高兴的，觉得祖国有了希望。但对于眼前的热闹，却并不适应。

这事说来话长。在还没有互联网的时代，一个人如果遭遇围殴，出拳者主要集中在自己单位之内。正如我前面写到过的，巴金在"文革"中遭遇的各种具体灾难，多数也来自他熟悉的作家。现在，作家们突然转过身来一起宣称，他们一直是与巴金在并肩受难，共同战斗。

对此，至少我是不太服气的。例如，在灾难中，上海每家必须烧制大量"防空洞砖"，巴金家虽然一病一老，却也不能例外，那么请问，单位里有谁来帮助过？萧珊病重很长时间，谁协助巴金处理过医疗问题？萧珊去世后的种种后事，又是谁在张罗？我只知道，是我们班的同学们在出力，并没有看到几个作家露脸。

巴金善良，不忍道破那些虚假，反觉得那些人在当时的大环境下也过得不容易。但晚上常做噩梦，一次次重新见到那些大字报，那些大批判，那些大喇叭。他知道，现在面临的问题不仅出现在眼前这批奉迎者身上，而且隐藏在民族心理的深处。

能不能学会反省？这成了全体中国人经历灾难之后遇到的共同课题。

为此，巴金及时地发出三项呼吁——

第一，呼吁建立"文革博物馆"。

第二，呼吁反省，并由他自己做起，开始写作《随想录》。

第三，呼吁"讲真话"。

"文革博物馆"至今没有建立，原因很复杂。有的作家撰文断言是"上级"阻止，我觉得没有那么简单。试想，"文革博物馆"如果建立，那总少不了上海作家协会一次次批斗巴金的图片和资料吧？那么，照片上会出现多少大家并不陌生的脸？揭发材料上会出现多少大家并不陌生的签名？

巴金不想引起新的互相揭发，知道一旦引起，一定又是"善败恶胜"。因此，他只提倡自我反省。

他的《随想录》不久问世，一个在灾难中受尽屈辱、乃至家破人亡的文化老人，真诚地检讨自己的心灵污渍，实在是把整个中国感动了。最不具备反省能力的中国文化界，也为这本书的出版，安静了三四年。

巴金认为，即使没有灾难，我们也需要反省，也需要建立一些基本品德，例如，"讲真话"。他认为，这是中国人的软项，也是中国文化的软项。如果不讲真话，新的灾难还会层出不穷。因此，他把这一点当作反省的关键。

当时就有权威人士对此表示强烈反对，发表文章说："真话不等于真理。"

我立即撰文反驳，说："我们一生，听过多少'真理'，又听到几句真话？与真话对立的'真理'，我宁肯不要！"

仅仅提出"讲真话"，就立即引来狙击，可见这三个字是如何准确地触动了一个庞大的神经系统。这与他在一九六二年责斥"棍子"时的情景，十分相似。因此，我要对这三个字，做一些文化阐释。

中国文化几千年，严重缺少"辨伪机制"。进入近代之后，又未曾像西方一样经历实证主义的全民训练，因此这个弊病一直没有克服。事实上，许多看似"铁证如山"的指控，全是假的。但是，民众不在乎真假，永远痴迷于"以谣言扫荡一切尊严"的集体狂欢。从无数文章冤案到今天充斥于传媒、网络间的诽谤狂潮，都是这样。

历史应该留下一批造谣者的恶名，但是，他们其实并不重要。真正起控制作用的，是酷爱谣言的群体心理，是闻风而动的斗争哲学，是大假不惩的法律缺失，是无力辨伪的文化传统。

因此，巴金在晚年反复申述的"讲真话"，具有强大的文化挑战性，可视为二十世纪晚期最重要的"中华文化三字箴言"。

至此，似乎可以用最简单的语言对巴金的贡献做一个总结了。

我认为，巴金前半生，以小说的方式参与了两件事，不妨用六个字来概括，那就是：**"反封建"**、**"争人道"**；巴金后半生，以非小说的方式呼喊了两件事，也可以用六个字来概括，那就是：**"斥棍子"**、**"讲真话"**。

前两件事，参与者众多，一时蔚成风气；后两件事，他一个人领头，震动山河大地。

七

巴金晚年，被赋予很高的社会地位，先是全国人大常委，后来是全国政协副主席。同时，又一直是中国作家协会主席。但他已经不能参与会议了，多数时间在病房里度过。

有一次我到华东医院看他，正好是他吃中饭的时间。护士端上饭菜，李小林把他的轮椅摇到小桌子前。他年纪大了，动作不便，吃饭时还要在胸前挂一个围兜。当着客人的面挂一个围兜独自用餐，他有点儿腼腆，尽管客人只是晚辈。我注意了一下他的饭菜，以及他今天的胃口。医院的饭菜实在太简单，他很快吃完了。李小林去推轮椅，他轻轻说了一句四川话，我没听清，李小林却笑了。临走，李小林送我到门外，我问："刚才你爸爸说了一句什么话？"

"爸爸说，这个样子吃饭，在余秋雨面前丢脸了！"

我一听也笑了。

"这里的饭菜不行，你爸爸最想吃什么？"我问。

出乎意料，李小林的回答是："汉堡包，他特别喜欢。"

"这还不容易？"我有点儿奇怪。

"医院里不供应，而我们也没有时间去买。"李小林说。

"这事我来办。"我说。

当时我正在担任上海戏剧学院院长，学院就在医院附近。我回去后立即留下一点儿钱给办公室的工作人员，请他们每天帮我到静安寺买一个汉堡包送到医院。

但是，我当时实在太忙了，交代过后没有多问。直到后来我才知道，只送成两次。不久，巴金离开医院到杭州去养病了。

而我，则已经辞职远行，开始在废墟和荒原间进行文化考察。

考察半途中，在小旅店写下一些文稿。本打算一路带着走，却怕丢失，就想起了一扇大门。

夕阳下的武康路，一个不知是铁皮的还是木头的信箱。巴金和萧珊一次次抢着伸手进去摸过，总是摸出一卷卷不忍卒读的报纸。女主人的背影消失在这个门口，我悄悄推门进去，却听到了苍凉的《神曲》……

我决定把稿子寄给这扇大门，寄给这个信箱。巴金依然主编着《收获》杂志，他病后，由李小林在负责。李小林对文学的判断力，我很清楚。想当年，在张春桥刚刚讲了枪毙不枪毙巴金的凶恶言语之后，我去看她和她的丈夫，只能小声说话。她居然不屑一顾地避开了张春桥的话题，郑重地向我推荐了苏联新生代作家艾特玛托夫的新作，而且从头到底只说艺术，说得那么投入。

我有信心，她能理解我这些写于废墟的文字，尽管在当时处处不合时宜。

有时回到上海，我直接把稿子塞到那个信箱里。通常在夜间，不敲门，也不按电铃。这是一项有关文化的投寄，具体中又带点儿抽象。不要说话，只让月亮看到就可以了。那时武康路还非常安静，安静得也有点儿抽象。

这项投寄，终于成了一堆大家都知道的书籍。

不仅大陆知道，台湾、香港都知道，再远的海外华人读书界都知道。

这一来，这扇大门、这个信箱、这座庭院，又要再一次展示它揭示过、承受过的逻辑了。先是棍子横飞，后是谣言四起，对着我。我对李小林说："莫非是你爸爸要让晚辈更深入地体验棍子的邪恶、真话的珍贵吧？真是宿命。"

其实，恰恰是我目睹的巴金的经历，以及他在切身经历中
提炼的警示和教诲，使我能在新时期的大规模诽谤中含笑屹立，
不为所动。

然而，巴金老人本身，却不能含笑屹立了。

他甚至说，自己不应该活得那么久。

他甚至说，用现代医学来勉强延长过于衰弱的身体，并非
必要。

他甚至说，长寿，是对他的惩罚。

八

在衰弱之中，他保持着倾听，保持着询问，保持着思考，
因此，也保持着一种特殊的东西，那就是忧郁。

忧郁？

是的，忧郁。说他保持别的什么不好吗？为什么强调忧郁？

但这是事实。

他不为自己的衰弱而忧郁。忧郁，是他一辈子的精神基调。
从青年时代写《家》开始就忧郁了，到民族危难中的颠沛流离，
到中年之后发现棍子，经历灾难，提倡真话，每一步，都忧郁着。

冰心曾劝他："巴金老弟，你为何这么忧郁？"直到很晚，冰心才明白，巴金正是在忧郁过程中享受着生命。

在生命行将终结的时候，他还在延续着这种享受。

他让人明白，以一种色调贯穿始终，比色彩斑斓的人生高尚得多。

我曾多次在电话里和李小林讨论过巴金的忧郁。

我说，巴金的忧郁，当然可以找到出身原因、时代原因、气质原因，但更重要的不是这一些。忧郁，透露着他对社会的审视，他对人群的疏离，他对理想和现实之间距离的伤感，他对未来的疑虑，他对人性的质问。忧郁，也透露着他对文学艺术的坚守，他对审美境界的渴求，他对精神巨匠的苦等和不得。总之，他的要求既不单一，也不具体，因此什么也满足不了，既不会欢欣鼓舞、兴高采烈，也不会甜言蜜语、歌功颂德。他的心，永远是热的；但他的眼神，永远是冷静的，失望的。他天真，却不会受欺；他老辣，却不懂谋术。因此，他永远没有胜利，也没有失败，剩下的，只有忧郁。

他经常让我想起孟子的那句话："君子有终身之忧，无一朝之患。"(《孟子·离娄章句下》)

忧郁中的衰弱老人，实在让人担心，却又不便打扰。

我常常问李小林："你爸爸好吗？最近除了治病，还想些什么？你有没有可能记录一点儿什么？"

李小林说："他在读你的书。"

"什么？"我大为惊奇，以为老同学与我开玩笑。

"是让陪护人员在一旁朗读，不是自己阅读。"李小林说。

我仍然怀疑。这位看透一切的老人，怎么可能在生命的最后阶段读我或听我的书？而我的书，又总是那样不能让人放松，非常不适合病人。

终于，我收到了文汇出版社的《晚年巴金》一书，作者陆正伟先生，正是作家协会派出的陪护人员。他在书中写道，进入二十世纪九十年代后，巴老被疾病困扰，身体日趋衰弱，却喜欢请身边工作人员读书给他听，尤其是听发表在《收获》上的文章。其中，"文化大散文"深深吸引住了巴老，"他仔细地听完一篇又一篇，光我本人，就为巴老念完了《文化苦旅》专栏中的所有文章"。

陆正伟又写到他为巴金朗读我的《山居笔记》时的情景——

　　巴老因胸椎压缩性骨折躺在病床上，我在病室的灯下给巴老读着余秋雨发表在《收获》100 期上的《流放者的土地》。当我读到康熙年间诗人顾贞观因思念被清政府流放边疆的老友吴兆骞而写下的《金缕曲》时，病床上的巴老也跟着背诵了起来。我不由放下书惊叹地问巴老:"您的记忆力怎么会那样好?"巴金说:"我十七八岁在成都念书时就熟读了。"他接着又说了一句:"清政府的'文字狱'太残酷了!"

我坐在边上,望着沉思不语的巴老,心想,巴老早在七十多年前读过的词至今还能一字不差地把它背诵下来,那么,发生在二十多年前的那场浩劫又怎能轻易地从他心中抹去呢?

——陆正伟《晚年巴金》第 65 页

到底是巴金,他立即就听出来了,我写那段历史,是为了揭露古代和现代的"文字狱"。因此他听了之后,便"沉思不语"。他在"沉思"什么?我大体知道。

但是,让我最感动的是,陆正伟先生说,巴金在听到我引述的《金缕曲》时,居然"一字不差"地背了下来,使朗读的人"不由放下书惊叹"。

古人匍匐在死亡边缘的友情企盼,巴金在十七八岁就熟读了,而在七十多年后还脱口而出,可见这也是他自己漫长一生的友情企盼。我不知道他在灾难深处是不是多次背诵过这些句子,但可以相信他也是靠着友情企盼来回答灾难的。

因此，我忍不住要把巴金记了一辈子的《金缕曲》再默写一遍在下面，请读者诸君想象一位已经难于下床的病衰老人，用四川口音背诵这些句子的情景吧：

季子平安否？便归来，平生万事，那堪回首！行路悠悠谁慰藉？母老家贫子幼。记不起，从前杯酒。魑魅搏人应见惯，总输他，覆雨翻云手。冰与雪，周旋久。　泪痕莫滴牛衣透。数天涯，依然骨肉，几家能够？比似红颜多命薄，更不如今还有。只绝塞，苦寒难受。廿载包胥承一诺，盼乌头马角终相救。置此札，君怀袖。

我亦飘零久。十年来，深恩负尽，死生师友。宿昔齐名非忝窃，试看杜陵消瘦。曾不减，夜郎僝僽。薄命长辞知己别，问人生，到此凄凉否？千万恨，为君剖。　兄生辛未我丁丑，共些时，冰霜摧折，早衰蒲柳。词赋从今须少作，留取心魂相守。但愿得，河清人寿。归日急翻行戌稿，把空名料理传身后。言不尽，观顿首。

终于，巴金越来越衰弱，不能背诵但丁，不能背诵顾贞观了。当然，也不能再听我的书了。

谁都知道，一个超越了整整一个世纪的生命即将画上句号。但是，这个生命太坚韧了，他似乎还要忧郁地再看一眼他看了百年的世界。

就在这时，我们突然有点儿惊慌。不是怕他离去，而是怕他在离去之前又听到一点儿不应该听到的什么。

九

在巴金离世之前，在他不能动、不能听、不能说的时刻，一些奇怪的声音出现了。

我为一个病卧在床的百岁老人竟然遭受攻击，深感羞愧。是的，不是愤怒，而是羞愧。为大地，为民族，为良心。

我为百岁老人遭遇攻击时，文化舆论界居然毫无表情，深感羞愧。为历史，为文化，为伦常。

仍然是李小林转给我的一些报刊复印件，都是刚刚发表的。

那些文章正在批判巴金"是一身奉两朝的贰臣"，指他在一九四九年前后都活着。

那些文章又批判巴金"一天又一天地收获版税银子"，其实谁都知道，巴金把全部稿酬积蓄都捐献了。

对于当年张春桥扬言对巴金"不枪毙就是落实政策",今天的批判者说,是因为巴金与张春桥有"私人纠葛"。这就一下子暴露了批判者的政治身份,他们其实是张春桥、姚文元这些老式"棍子"的直接后裔。

对巴金在《随想录》里的自我反省,他们说,这是"坦白坏子"、"欺世盗名"、"欲盖弥彰"、"虚伪毕现"、"伪君子",甚至用通栏标题印出这样的句子:"巴金不得好死"。

总之,这些人集中了想得到的一切负面成语,当作石块,密集地扔向一个奄奄一息的老人。

我觉得现在这些"传媒达人"比当年的造反派暴徒还恶劣万倍,因为当年的暴徒向巴金进攻时,他才六十岁,而今天向他进攻时,他已一百岁。

世界上任何黑帮土匪,也不可能向一个百岁老人动手。今天的中国文化传媒,怎么反倒这样?这么一对比就不禁让人惊讶:这种滔天的深仇从何而来?

我认为,滔天的深仇、反常的进攻,全都来自巴金关于建立"文革博物馆"的呼吁。因此,轻言"'文革'早已过去"、"'文革'不会再来",还为时过早。你看仅仅在文化人中间,还埋伏着这么多"文革"式的地雷,时时准备爆发。他们中的一部分,现在又多了一重"异见人士"的身份。很多西方政客假装不知,这些人物的"异见",是反对中国改革开放,主张重新返回"文革",而他们的言谈举止,早已彻底返回。

对于这种人,最早反击的倒是身在海外的刘再复先生,他在美国科罗拉多写道:

> 现在香港和海外有些人化名攻击巴金为"贰臣",这些不敢拿出自己名字的黑暗生物是没有人格的。歌德说过,不懂得尊重卓越人物,乃是人格的渺小。以攻击名家为生存策略的卑鄙小人,到处都有。

刘再复先生不知道的是,他发表这篇文章之后没多久,那些人物已经不用化名了,而是在中国的文化传媒界大显身手,由"黑暗生物"变成了"光明天神"。

你说,巴金能不忧郁吗?

忧郁的不仅是他。当百岁老人终于闭上眼睛的时候,这批人比他出生的时候更威风,比他受难的时候更嚣张,而且,社会对他们完全无力阻止,反而全力纵容。你说,历史能不忧郁吗?

十

失去了巴金的上海，好像没缺少什么，其实不是这样。他身上所带的东西，看不见，摸不着，但一旦抽离，城市却失重了。何况，跟着先后走了的，还有黄佐临，还有谢晋，还有陈逸飞……

上海永远不会缺少文化人，也不缺少话题，也不缺少名号。缺少的，往往是让海内外眼睛一亮的文化尊严。这种尊严来自于高度，来自于思考，来自于忧郁，来自于安静，因此看起来与喧腾的市声格格不入。

就像鲁迅不是"海派"，章太炎不是"海派"，巴金也不是"海派"。但正是这种看起来"不落地"的存在，使这座城市着实获得过很高的文化地位。

一座普通城市的文化，主要是看地上有多少热闹的镜头；一座高贵城市的文化，主要是看天上有几抹孤独的云霞。

在热闹的镜头中，你只需要平视和俯视；而对于孤独的云霞，你必须抬头仰望。

据说俄罗斯总统普京的办公室里挂了一句格言："即使身陷沟渠，也要仰望星云。"

我借此给星云大师开起了玩笑："您看，连他都在看您！"

我这个玩笑开在去年冬天，当时我陪着星云大师去山西大同的云冈石窟。

星云大师一听就笑了，说："那星云不是我。但是，能学会仰望就好。"

可惜在我们今天，越来越多的人在睥睨万物，很少有人会抬头仰望。

因此，出现了太多高楼的城市，反而低了。

李小林来电，说她要搬家。那个庭院，将成为一个纪念馆，让人瞻仰。

这是好事，但我一时不会进去参观。太多的回忆，全都被那扇带着信箱的朝西大门，集中在一起了，我怕看到很多好奇的目光把它们读得过于通俗。

武康路仍然比较安静，因此在夜间，这个庭院还是会显得抽象。没有了老人也没有了家人的庭院，应该还有昔日的风声和虫鸣吧？

那就先写下这些文字。去不去看一看，以后再说。

二〇一二年四月一日

一个转折点

一、被埋没的转折点

今天是二〇一一年十月十日，辛亥革命一百周年，中国历史的转折点。

其实，四十年前的这一天，也具有不小的转折意义，可惜被埋没了。

一九七一年十月十日上午，周恩来总理陪着埃塞俄比亚皇帝海尔·塞拉西来到上海。

这位年迈的皇帝很有名，第二次世界大战期间坚决抗击入侵的意大利法西斯军队，气得希特勒曾立誓要割下他头颅上茂密的胡子做一个鞋刷子，用来天天擦拭自己的长筒战靴。

在希特勒和他的长筒战靴灰飞烟灭二十六年之后，这位皇帝到中国来了，胡子依然茂密，只是已经花白。

他来的目的之一，是想见一见中国的末代皇帝溥仪。想想也对，当今世界上皇帝剩下不多，彼此都会有一份远远的挂念。塞拉西皇帝是十月五日到中国的，十月七日在北京与周恩来会谈，得知溥仪已在四年前因病去世，笑着点了点头。在十月八日拜会了毛泽东后，他便接受周恩来的安排，到上海来参观。

周恩来一路上心事重重。其实他只比塞拉西皇帝小六岁，也是一位七十三岁的老人了。这些天，中国正面临着一次历史大转折，而他正承担着这次转折的成败，因此显得那么疲惫和消瘦。

就在二十几天前，发生了"九一三事件"，中国的第二号人物林彪自行飞出国境并失事。这件事情的真相还可以继续研究，但无可争辩的事实是，后来被简称为"文革"的"无产阶级文化大革命"，就此宣告彻底失败。

这是因为，"文革"虽然是一场民粹主义大劫难，却有一个政治起点：由林彪替代刘少奇成为毛泽东的接班人。现在，这个政治支柱已经断裂。而且，从当时快速发现的一些材料看，林彪本人也反对"文革"。那就更成了一种彻底的反讽。

以后几年，"文革派"还会用各种方法掩盖失败的事实，但毕竟无济于事了。因此，远在美国的作家张爱玲在"九一三事件"后立即写出了一篇文章，题为"'文革'的终结"。这位女作家并不太懂政治，只是凭着常识和逻辑，做出了"终结"的论断，简单而明了。

此刻，周恩来成了第二号人物，前面五年的民粹主义大劫难留下了一个庞大无比的"烂摊子"，必须由他来领头收拾。

这已经够麻烦的，而更麻烦的是，他深知毛泽东不允许有人否定"文革"。因此，面对"烂摊子"却不能说是"烂摊子"，要收拾也只能轻手轻脚，这实在是难上加难了。

据当时的一位副总理纪登奎回忆，周恩来在紧急处理"九一三事件"之后，曾撇开众人，一个人在人民大会堂一个房间的窗口，号啕大哭一场。

深夜京城，一位老人的哭声让人心动，却又非常艰深。

这位政治老人心中，并不全是悲哀。他知道，极度的危难和极度的机会，突然都凑在一起了。就在三个月前，他秘密会见了基辛格并发表了震动世界的新闻公报，美国总统即将来访，中美关系即将正常。就在这几天，中国就要重返联合国。

总之，一九七一年十月，中国生死攸关。

这些天，周恩来对外宾讲得最多的一句话是"门要开了"。但他明白一个最简单的道理：要想走出封闭，必先走出灾难，哪怕是第一步。

那天到上海已经是中午，晚上有一个欢迎塞拉西的宴会。第二天有两档安排，一是到上海大厦顶楼俯瞰城市全景，二是观看文艺演出，周恩来都要陪同，第三天一早就要离开。因此，周恩来决定，就在第一天下午，召开一个干部会议。

当时上海干部中的很多"文革派"，已经从"九一三事件"和中美交往中敏感觉察到历史的转向，因此来开会时都惶恐不安。

没想到，会议开始后，周恩来只是平静地布置了一项"业务"工作。他说："重返联合国之后，世界上的大多数国家都会与我国建交，我国的外交空间将会出现一个前所未有的大局面。因此，各大学必须立即复课，以最快速度培养大量年轻的外语人才和国际问题研究人才，全面翻译和掌握世界各国的历史、文化、社会、宗教、风俗资料。"

这些话，听起来很正常，但在当时却有很大的突破性。

因为，毛泽东在"文革"中只说过"理工科大学还要办"，故意不提文科，表现出明显的取舍。在当时的毛泽东看来，文科的主要课堂是"上山下乡"，是社会实践。就在半年前，张春桥、姚文元等人炮制的所谓《全国教育工作会议纪要》又彻底否定了"文革"前的教育，毛泽东又同意了这种否定。现在，周恩来以外交需要为由，对否定提出了否定。

他所说的"各国的历史、文化、社会、宗教、风俗"，都属于文科。

在中国，一切外交理由都无可辩驳。

后来的事实证明，这是周恩来收拾"烂摊子"的一个极佳突破口，足以"牵一发而动全身"。

你看：既然要全面复课，那么，所有的教师就必须从农村返回学校；既然教师能返回，那么，其他知识分子也能返回；既然资本主义国家的历史、文化、宗教、语言能够成为正面教材，那么，那些"文革派"的批判专家怎么还忙得过来？

紧接着，周恩来又根据科学家杨振宁的建议，嘱咐北京大学副校长周培源清理教育科研中的极"左"思潮，提出要"拔除障碍，拔掉钉子"。在文科领域，他恢复了一系列"文革"之前已经着手、毛泽东也曾经做过正面指示的工程，又任命顾颉刚教授主持标点二十四史，任命谭其骧教授主持编著《中国历史地图集》。

这样级别的教授，前些年都被造反派批判成"反动学术权威"，现在重新出来担任领导，便成了一种全国性的政策示范。于是，一系列大规模的文化工程也逐一展开，每项工程都集中了大量的知识分子。

周恩来病重后，邓小平主持中央日常工作，大力整顿，使教育、文化的重建工程有了更大进展。

这一个趋势，使很多"文革派"认清了是非，转变了立场，参与了重建。但是，也有少数极端分子暗暗在心里认为这是"右倾翻案"。

在一九七一年十月十日下午的干部会上，有人问周恩来："全面复课，中文系的教材怎么办？"

这个问题的针对性在于，按照当时的主流思潮，中文系的教材只能用毛泽东诗文和"革命样板戏"剧本。

周恩来当然知道这种主流思潮，他想了想，回答道："中文系教材，可以先用鲁迅作品，再慢慢扩大。今年是鲁迅诞辰九十周年，逝世三十五周年，都是大日子。鲁迅的晚年是在上海度过的，上海的高校应该带头研究鲁迅，为他写传记。"

后来的事实证明，这也是周恩来为中文系教育寻找的一个很好的突破口。为什么这样说？因为：

一、鲁迅是真正的文学家，而不是政治人物。他的作品，有资格进入任何地方的中文课程。

二、借由鲁迅，可以进入小说、散文、诗歌、杂文，也可以进入现代文学、古典文学、外国文学。

三、毛泽东也肯定过鲁迅，这使那些极端主义批判者较难找到攻击的理由。

有了这三条，鲁迅就成了中文系复课的一个巧妙入口。极"左"的主流思潮，也可由这位老作家帮着抵挡一阵子了。

一九七一年十月十日周恩来在上海干部会上的讲话，我是后来读到两个与会者的回忆材料才知道详情的。在这之前，只是约略听说，而且把时间也搞错了。

　　知道这个转折点很重要。由此我就明白了，自一九七二年初到一九七五年底全国各高校出现的复课、编教材、办学报等热潮，是由谁启动的；由此我也知道了，一九七六年掀起的所谓"反击右倾翻案风"，针对着什么。

　　如果没有几年的文化重建，何谓"风"？何谓"翻案"？而且又为何"反击"得如此急不可待？

　　一个被埋没的历史阶段，终于浮现出来了。

　　知道了这个转折，也就解开了一个历史之谜：几年之后，灾难过去，全国急迫地恢复高考，为什么各个大学都已经奇迹般地具备了基本的师资和教材？为什么能够如此快速地迎接那么多新生顺利地开课？原因只在于，早在一九七一年，周恩来就启动了教育、文化的结构重建。

　　如果没有这个转折，没有长达五六年的准备和训练，那么，后来突然涌进大学里来的那么多学生，看到的会是一个什么样的混乱景象？

　　尽管，当一九七七年全国每一所大学都出现激动人心的场面时，周恩来已在一年半之前去世，没能看到。

二、被埋没的历史阶段

根据上面说的这个转折点，我把全国多数高校在"文革"十年中的经历，大致划分为四个阶段——

第一阶段：一九六六年——一九六八年，造反武斗。

第二阶段：一九六八年——一九七一年，上山下乡。

第三阶段：一九七一年——一九七五年，文化重建。

第四阶段，一九七六年一月以后，批邓反右。

在这四个阶段中，前两个阶段五年，后两个阶段也是五年，一九七一年正好是中点。中点前是涨潮，中点后是退潮，最后加一个小小的回潮，形成了一个"正反回旋结构"。

以正常的眼光来看，这四个阶段中，唯一具备正面文明价值的，是周恩来主导的第三阶段，即文化重建阶段。而且，这一阶段成果卓著。

但是，这一阶段，常常被笼统地归入"文革十年"而一起否定，实在是历史的盲区。

经常有海外友人提出质问："你们都说'文革'毁灭了中国传统文化，为什么我们现在到中国旅游，一些最重要的传统文化古迹都是那个时期发掘和保护的？"

我总是回答："那是在一九七一年之后。"

哪些文物古迹？随手一举就有——

马王堆（一九七二年发掘）、河姆渡（一九七三年发掘）、兵马俑（一九七四年发掘）、章怀太子墓（一九七一年发掘）、库伦壁画墓（一九七二年发掘）、居延汉简（一九七二年发掘）、宋代海船（一九七三年发掘）、中山王墓（一九七四年发掘）、妇好墓（一九七六年发掘）……几乎都是几个世纪来第一流的考古成就。

即便在发达国家，要取得这么多考古成就，仅靠考古团队是远远不够的，必须汇聚各领域大量文化精英通力合作才行。那五年，在文化重建的大潮中，中国做到了。

那么，为什么周恩来开启的文化重建工程，一直被蒙蔽于某种阴影之下？

这与一九七六年"四人帮"下台后一段怪异历史有关。

本来，那应该是一个拨乱反正的关键时机，但当时的最高领导人华国锋推行了一种被称作"两个凡是"的方针，把历史的车轮又往回拧了。什么是"两个凡是"？那就是这样两句话："凡是毛主席做出的决策，我们都坚决拥护；凡是毛主席的指示，我们都始终不渝地遵循。"

这一来，"文革"中的造反夺权、废学停课、上山下乡、批邓反右等等全都不能否定了，连"文革"本身也要"坚决维护"。

相比之下，反倒是周恩来主导的第三阶段，不管是复课、编写教材，还是发掘、保护文物，毛泽东没有做过什么指示，因此不在"两个凡是"方针的保护范围之内，可以任意否定。

"两个凡是"方针实行了两年，从一九七六年底到一九七八年底。

这个方针，使得刚刚成为惊弓之鸟的"文革派"再度抬起头来，重新揭发人们对领袖的不敬，对"文革"的不恭，以及复课、编教材中的"大量问题"。

按照当时政治运动的惯例，这些揭发者也就成了"清查者"。那两年，上海做得最过分，居然还在"清查"中枪毙了华东师范大学一位反对"文革"的人士王辛酉，以示杀一儆百。

直到一九七八年十二月，北京召开的十一届三中全会彻底否定"文革"，撤除并调离了上海市委书记和分管教育文化的官员，那些以"清查者"面目出现的"文革派"立即作鸟兽散，不知躲藏到哪里了。

后来知道，他们主要躲藏到各个大学里去了，正满脸斯文地准备做副教授、教授呢。我觉得这是"文革"灾难的一种"生命化潜藏"，今后必定还会坏事。但是，当时社会百废待兴，大家都相信"一切向前看"，既往不咎了。要咎，也已经很难，因为他们在那两年中已经销毁、涂改、伪造了各种历史材料。如果真像巴金所说的建立一个"文革博物馆",展览出来的东西也只能支离破碎,与真实情况相距甚远了。

历史真相的埋没,竟然如此轻而易举!

即使是当代史,见证人都还活着,也只能眼睁睁地看着这一切,无可奈何。

三、我成了另一个人

幸好,历史的力量并不单一。它可以产生反面的"生命化潜藏",也可以引发正面的"生命化聚变"。因此,它的真相虽然可能被埋没,而它的真谛却不可能被毁灭。

周恩来一九七一年十月启动的文化重建工程,实实在在地影响了我的人生。

"文革"中的经历,在《吾家小史》一书中已有详细叙述。这儿需要补充的是,我在一九七一年之前与"造反派"的长期对抗,虽然在"文革"结束后成了全院教师连续多次推举我担任院长的主要原因,但我在当时的抗争并非出于政治判断,只是一种绝望的表现。

既然爸爸被造反派关押,叔叔被造反派害死,全家衣食无着,我就只能不计后果地进行反抗。在农场劳动时带头以身体堵住洪水决口，至少有一半是绝望中的自沉，后被农民救起时我已完全冻僵。当时对自己的生命价值，已经看得很轻。

但是，"九一三事件"后从农场劳役中返城，很快感受到气氛的变化。几乎所有的学校，都在复课、办学报、编教材。后来学院分配我参加周恩来总理布置的上海高校联合教材编写小组，我在复旦大学看到各专业的教师们都伤痕累累地投入了文化重建，第一次产生了"**文化不灭，中华不死**"的悲壮感。

这种悲壮感使我变得异常勇敢，甚至至今回想反倒有几分后怕。例如，《吾家小史》中有记，我离开复旦大学后居然一个人赤手空拳，在当时中国第三号人物王洪文的喽啰们扬言要"砸烂"、"血洗"的一家低层次文学杂志前，与他们对峙了整整三个月。

又如，《欠君三拜》中有记，"文革"中被人视若政治图腾的那几台由江青等人打造的"革命样板戏"，各地都在狂热"移植"。本应成为"移植"中心的上海戏剧学院，在一九七一年复课后整整五年，居然没有一个专业把它们引入课堂，这里就隐藏着无数惊险的较量。后来我在灾难之后担任院长时，曾一再借此事向学生们论述，何为"文化气节"，何为"专业自尊"。

由于周恩来启动的文化重建对我那么重要，因此得知他去世的消息后我壮着胆子对抗"四人帮"的禁令，与静安区的赵纪锁先生一起，组织了全上海唯一的追悼会。我在悼词中引用了自己刚刚写出的两句诗："千钧一发谢周公，救得文化百代功。"现在看来说得太夸张了，但当时却是真心话。

追悼会后，我为了逃避追查，也为了拒绝当时人人必须表态参加的"批邓、反击右倾翻案风"运动，一个人隐潜到浙江山区，直到"四人帮"下台。

做上面这些事情的最不容易之处，是我的父亲仍然被囚禁着，全家生计极端艰难，而我的每一步，都有可能招来灭顶之灾。很多时候，我是边擦眼泪边挺身的。

灾难，既毁灭生命又造就生命。当灾难终于过去，我已经完全成了另一个人。

四、每隔十年一大变

在周恩来重启文化重建工程的**十年之后**，伟大的八十年代开始展现它的伟大。

那个年代还来不及创建什么成果，它的伟大体现在精神方面。浩劫的血泪还记忆犹新，人性、兽性、君子、小人的界限成为整个社会最敏感的共同防线。中国，第一次使诽谤者失去了市场，整个气氛一片高爽。

这正好对应了一位西方学者的论断:"什么是伟大时代?那就是谁也不把小人放在眼里的时代。"

我在这十年中,因几度民意测验的推举,从一个毫无官职的教师破格提升为全国最年轻的高校校长,又因为出版了几部影响较大的学术著作,被选为上海市中文专业教授评审组组长,兼艺术专业的教授评审组组长。

我评审教授的标准很严,而且特别防范"文革"中那些"特殊人物"投机入围。有很多次,所有的评委看到几个申报者的名字,一言不发,投票结果是零。我立即抽笔在每份申报表上写下大大的"未通过"三字,并签上自己的名。这三个字,包含着无数浩劫受难者的齐声呼喊,因此我写得很重,写得正气凛然。

在周恩来重启文化重建的**二十年之后**,我在上上下下的惊愕中彻底辞去了所有的职位,谢绝了提升为省部级高官的机会,独自跋涉荒原考察中华文化遗址。后来,又冒着生命危险在国外贴地穿越数万公里,包括大量恐怖主义横行地区,寻找人类所有重大的古文明遗址,被国外媒体称为"当代世界最勇敢的人文教授"。追根溯源,这份勇敢,仍然来自当年"文化不灭,中华不死"的悲壮感。

在周恩来重启文化重建的**三十年之后**,悲壮开始转向嬉闹和荒诞。最主要的原因,是三十年的漫长时间导致了全民遗忘,而大量亲历者均已逐一离世。于是，一些躲藏了很多年的"特殊人物"，也就是我前面所说的"文革灾难的生命化潜藏"，开始试探着重出江湖。江湖上，恰恰又重新出现了"一谣既出，万口起哄"、"一拳既出，立即走红"的民粹主义瘟疫。而且由于传媒的操弄，掀起了远超"文革"大字报的全国性痴狂。

那些"文革"中的"特殊人物"，为了报答我主持的教授评审对他们的否决，在侦知我绝无可能再返仕途之后，先唆使一个在"文革"中还只是婴儿的北大学生向我投污，很快他们自己就出来了。唯一能找到的"把柄"，是我参加过周恩来布置的教材编写，他们便把这种教材编写说成是"文革写作"，大加鞭挞。这正好挑起了不少文人心底压抑已久的整人欲望，据杨长勋教授统计，这类文章全国至少发表了一千八百多篇，书籍出了十余本，直到今天还在延续。

我本以为，一个中国文人平生能做的最大胆的事情，已经被我做完。没想到，天道垂顾，又让我霜鬓之年再度临阵。

他们估计，我一定会在全国那么多媒体的诽谤声中忍气吞声。但是，他们太不知道我是谁了。在年轻时候连王洪文的喽啰也不怕，连样板戏的霸权也不怕，连禁止开追悼会的命令也不怕的人，年长后连世界上最恐怖地区——走遍了也不怕的人，还怕他们？

哈哈,他们!

当时的我,一直以自己的身子保护着有可能被误伤的人群,内心享受着一种"慈者大雄"的壮士感觉,非常痛快。

但是最近,英国爆发了《世界新闻报》事件,许多"传媒达人"纷纷入狱,我突然为不少中国传媒人担心起来。他们十余年来对我所做的事,一点儿也不比《世界新闻报》差,但我实在不忍心看到他们哪一天被刑事警察一个个带走的情景。

因此,我要诚恳地向他们发出预警,而且要特别提醒两位南方报人:一位是广州《南方周末》的社长,不知大名;另一位是香港《苹果日报》的社长,我原来的文友,姑隐其名。因为有他在,我把提醒改为请教。稍待时日,我会再写一点儿文章,好好劝劝他们。

二〇一一年十月十日

本文在《美文》杂志发表后,据一位朋友告诉我,朱永嘉先生在网络上撰文发表了一些不同意见,主要是说周恩来一九七一年的文化重建,都是遵从毛泽东以前的指示。

我原来只知道朱先生是当时上海写作组系统(即全市文化

教育系统）负责人，最近才从电视上知道，那些年他主要是在为毛泽东服务，为毛泽东注释、印行大量古文。他维护领袖的心情很可理解，但我必须说明，在周恩来启动文化重建的时刻，毛泽东对教育文化的基本态度早已与以前完全不同，而且已经造成严重的后果。因此，周恩来压力很大。

必须承认，在周恩来启动文化重建之前，全中国的教育、文化事业已经在整体上崩溃。我早在自己的著作中说过，"文革"中全国废学停课，是中华文明数千年来在非战争状态下唯一的一次。至今，因早年失学而终身哀叹的人，还大量存在，都可证明。

"石一歌"事件

一

二十世纪末，最后那个冬天。我考察人类古文明四万公里，已由中东抵达南亚、中亚之间。处处枪口，步步恐怖，生命悬于一线。

那天晚上，在巴基斯坦、阿富汗边境，身边一个伙伴接到长途电话。然后轻声告诉我，国内有一个也姓余的北大学生，这两天发表文章，指控我在"文革"时期参加过一个黑帮组织，叫石什么。

"石什么？"我追问。

"没听清，电话断了，"伙伴看我一眼，说，"胡诌吧，那个时候，怎么会有黑帮组织，何况是您……"

还没说完，几个持枪的男人走近了我们。那是这里的黑帮组织。

二

终于活着回来了。

各国的邀请函件多如雪片，要我在世纪之交去演讲亲眼所见的世界，尤其是恐怖主义日渐猖獗的情况。

但在国内，多数报纸都在操作那个北大学生的指控。我也弄清楚了，他是说我在"文革"中参加过一个叫"石一歌"的写作组，没说是黑帮组织，却加了一顶顶令人惊悚的大帽子。

"石一歌？"

这我知道，那是周恩来总理的事儿。

一九七一年十月十日下午，他到上海启动文化重建，布置各大学的中文系复课，先以鲁迅作品为教材。由于那年正好是鲁迅诞辰九十周年、逝世三十五周年，他又要求上海的各个高等院校带头写鲁迅传记、研究鲁迅。于是，上海先后成立了两个组，一是设在复旦大学的《鲁迅传》编写小组，二是设在作家协会的鲁迅研究小组，都从各个高校抽人参加。我参加过前一个小组，半途离开。"石一歌"，是后一个小组的名字。

我不清楚的是，这后一个小组究竟是什么时候成立的，有哪些人参加，写过哪一些研究鲁迅的文章。

我更不清楚的是，"石一歌"怎么突然变成了一个恶名，而且堆到了我头上，引起那么多报刊的声讨？

估计有人指挥，又契合了世纪之交的文化颠覆狂潮。

按照常理，我应该把事情讲清楚。但是，遇到了三大困难——

一、狂潮既起，自己必然百口莫辩，只能借助法律，但这实在太耗时间了。我考察人类各大文明得出的结论，尤其是对世界性恐怖主义的提醒，必须快速到各国发表，决不能因为个人的名誉而妨碍大事。

二、狂潮既起，真正"石一歌"小组的成员哪里还敢站出来说明？他们大多是年迈的退休教授，已经没有体力与那些人辩论。我如果要想撇清自己，免不了要调查和公布那个小组成员的名单，这又会伤着那些老人。

三、要把这件事情讲清楚，最后只能揭开真相：那两个小组都是根据周恩来总理的指示成立的。但这样一来，就会从政治上对那个北大学生带来某种终身性的伤害。其实周恩来启动文化重建的时候，他还是牙牙学语的孩童，现在只是受人唆使罢了。这一想，又心疼了。

于是，我放弃自辩，打点行李，应邀到各地讲述《各大文明的当代困境》。但是，不管是在世界哪个角落，前来听讲的华文读者都会问我"石一歌"的事情。

"石一歌？"……

"石一歌？"……

原来，围绕着这古怪的三个字，国内媒体如《南方周末》、《文学报》等等已经闹得风声鹤唳。两位住在南非的读者还一次次转弯抹角带来好意："到我们这儿来吧，离他们远，很安静……"

冒领其名几万里，我自己也越来越好奇，很想知道这三个字背后的内容。但是，那么多文章虽然口气狞厉，却没有一篇告诉我这三个字做过什么。

时间一长，我只是渐渐知道，发起这一事件的，姓孙，一个被我否决了职称申请的上海文人；闹得最大的，姓古，一个曾经竭力歌颂我而被我拒绝了的湖北文人；后期加入的，姓沙，一个被我救过命，却又在关键时刻发表极"左"言论被我宣布绝交的上海文人。其他人，再多，也只是起哄而已。

他们这三个老男人，再加上那个学生，怎么闹出了这么大的局面？当然是因为传媒。

三

好奇心是压抑不住的。

虽然我不清楚"石一歌"小组的全部成员，却也知道几个。我很想找到其中一两个聊聊天，请他们告诉我，这个鲁迅研究小组成立后究竟写过什么文章。

可惜，"石一歌"小组集中发表文章的时候，我都隐藏在浙江山区，没有读到过。记得有一次下山觅食，在小镇的一个阅报栏里看到一篇署有这个名字的文章，但看了两行发现是当时的流行套话，没再看下去。因此现在很想略做了解，也好为那些担惊受怕的退休教授们说几句话。

那次我从台湾回上海，便打电话给一位肯定参加过这个组的退休教授。教授不在家，是他太太接的电话。

我问：那个小组到底是什么时候成立的？当时有哪些成员？

没想到，教授太太在电话里用哀求的声音对我说："那么多报刊，批判成这样，已经说不清。我家老头很脆弱，又有严重高血压，余先生，只能让您受委屈了。"

我听了心里一哆嗦，连忙安慰几句，就挂了电话，并为这个电话深感后悔。这对老年夫妻，可能又要紧张好几天了。

这条路断了，只能另找新路。

但是，寻"石"之路，并不好找。

要不，从进攻者的方向试试？

终于，想出了一个好主意。

我在报刊上发表了一个"悬赏"，堂而皇之地宣布：那几个进攻者只要出示证据，证明我曾经用"石一歌"的署名写过一篇、一段、一节、一行、一句他们指控的那种文章，我立即支付自己的全年薪金，并把那个证据在全国媒体上公开发表。同时，我还公布了处理这一"悬赏"的律师姓名。

这个"悬赏"的好处，一是不伤害"石一歌"，二是不伤害进攻者。为了做到这两点，我真是花了不少心思。

《南方周末》没有回应我的"悬赏"，却于二〇〇四年发表了一张据说是我与"石一歌"成员在一起的照片，照片上除了我还有两个人，其中一个就是那个姓孙的发动者。照片一发，《南方周末》就把"石一歌"的话题绕开，转而声言，这个姓孙的人"清查"过我的"文革问题"。于是，又根据他提供的"材料"进行"调查"，整整用了好几个版面，洋洋洒洒地发表。虽然也没有"调查"出我有什么问题，但是，读者总是粗心的，只是强烈地留下了我既被"清查"又被"调查"的负面影响，随着该报一百多万份的发行量，覆盖海内外。

寻"石"之路，居然通到了这么一个险恶的大场面。

按照中国的惯例，"喉舌"撑出了如此架势，那就是"定案"，而且是"铁案"。

但是，在英国《世界新闻报》出事之后，我觉得有必要向《南方周末》的社长请教一些具体问题。

这些问题，当初我曾反复询问过该报的编辑记者，他们只是简单应付几句，不再理会。据我所知，也有不少读者去质问过，其中包括一些法律界人士，该报也都不予回答。但是，今天我还是要劝你，尊敬的社长，再忙，也要听一听我下面提出的这些有趣问题。

四

第一个问题：贵报反复肯定那个孙某人的"清查"，那么请问，是谁指派他的？指派者属于什么机构？为什么指派他？他当时是什么职业？有工作单位吗？

第二个问题：如果真的进行过什么"清查"，这个人怎么会把"材料"放在自己家里？他是档案馆馆长吗？是人事局局长吗？如果是档案馆馆长或人事局局长，就能截留和私藏这些档案材料吗？

第三个问题：他如果藏有我的"材料"，当然也一定藏有别人的"材料"，那么，"别人"的范围有多大？他家里的"档案室"有多大？

第四个问题：这些"材料"放在他家里，按照他所说的时间，应该有二十七年了。这么长的时间，是谁管理的？是他一人，还是他家里人也参加了管理？有保险箱吗？几个保险箱？钥匙由谁保管？

第五个问题：我在二十世纪八十年代担任高校领导很多年，级别是正厅级，当时上级机关考察和审查官员的主要标准，恰恰是"文革表现"，而且严之又严。他既然藏有"清查"的"材料"，为什么当时不向我的上级机关移送？是什么理由使他甘冒"包庇"、"窝藏"之罪？

第六个问题：他提供的"材料"，是原件，还是抄件？如果是原件，有哪个单位的印章吗？

第七个问题：如果是抄件，是笔抄，还是用了复写纸？有抄写者的名字吗？

第八个问题：这些"材料"现在在哪里？如果已经转到了贵报编辑部，能让我带着我的律师，以及上海档案馆、上海人事局的工作人员，一起来看一眼吗？

第九个问题：如果这些"材料"继续藏在他家里，贵报能否派人领路，让我报请警官们搜检一下？

……

先问九个吧，实在不好意思再问下去了。

我不知道社长是不是明白：这里出现的，从一开始就不是什么"历史问题"，而极有可能是刑事案件。因为伪造文书、伪造档案，在任何国家都是重大的刑事犯罪。

说"伪造文书"、"伪造档案"，好像很难听，但是社长，你能帮我想出别的可能来吗？我愿意一听。

当然也可能是"盗窃档案"，但概率不大。因为要盗窃，必定有被盗的机关。那是什么机关？被盗后有没有发现？有没有追缉？我曾经询问过上海的档案机关和公安机关，他们粗粗一想，似乎没有发现类似的案底。

那么，更大的可能是伪造了。但仔细一想，伪造要比盗窃麻烦多了，为什么要费那么大的功夫去做？是一次性伪造，还是伪造了多次？贵报的人员有没有参与？

我这样问有点儿不礼貌，但细看贵报，除了以"爆料"的方式宣扬那次奇怪的"清查"外，还"采访"了很多"证人"来"证明"我的"历史"。但是这么多"证人"，为什么没有一个是我熟悉的？熟悉我的人，为什么一个也没有采访？这种事，总不能全赖到那个姓孙的人身上吧？

据一些熟悉那段历史的朋友分析，第一次伪造，应该发生在十一届三中全会否定"文革"之后，他们匆忙销毁了大量的材料，只能用伪造来填补；第二次伪造，应该发生在我出任上海市教授评审组组长一再否决了他们的职称申请之后；第三次伪造，应该发生在不少文人和媒体突然都要通过颠覆名人来进行自我表演的时候。当然，如果贵报涉嫌参与，不会是第一、第二次。

除了这件事，贵报十几年来还向我发起过好几拨规模不小的进攻，我都未回一语。今天还想请社长顺便查一查，这些进攻中，有哪几句话是真实的？如果查出来了，哪怕一句两句，都请告诉我。

五

在"石一歌"事件上，比《南方周末》表现得更麻辣的，是香港的《苹果日报》。

香港《苹果日报》二〇〇九年五月十五日 A19 版发表文章，说我在文章中参加过"石一歌"写作小组，那就等于"以笔杆子整人、杀人"。

一看就知道，这种荒唐可笑的批判方式，例是真正的"文章笔法"，我立即判断出自当时正流落在香港的一个钱姓文人。

奇怪的是,《苹果日报》为什么会突然对我失去理智,又给我戴上了"石一歌"的破帽?细看文章,原来,他们针对的是我在汶川5·12地震后发表的一段话。我这段话的原文如下——

有些发达国家,较早建立了人道主义的心理秩序,这是值得我们学习的,但在大爱和至善的集体爆发力上,却未必比得上中国人。我到过世界上好几个自然灾害发生地,有对比。这次汶川大地震中全民救灾的事实证明,中华民族是人类极少数最优秀的族群之一。

5·12地震后,正好有两位美国朋友访问我。他们问:"中国的5·12,是否像美国的9·11,灾难让全国人民更团结了?"

我回答说:"不。9·11有敌人,有仇恨,所以你们发动了两场战争。5·12没有敌人,没有仇恨,中国人只靠爱,解决一切。"

开始我不明白,为什么这段话会引起香港和内地那一些中国文人的排斥。很快找到了一条界限:我愿意在中国寻爱,他们坚持在中国寻恨。

与此同时,我在救灾现场看到有些遇难学生的家长要求惩处倒塌校舍的责任者。我对这些家长非常同情，却又知道这种惩处在全世界地震史上还没有先例，难度极大，何况当时堰塞湖的危机正压在头顶，便与各国心理医生一起，劝说遇难学生家长平复心情，先回帐篷休息。这么一件任何善良人都会做的事情，竟然也被《苹果日报》和其他政客批判为"妨碍请愿"。

对此，我不能不对某些香港文人说几句话。你们既没有到过地震现场，也没有到过"文革"现场，却成天与一些内地来的骗子一起端着咖啡杯指手画脚，把灾难中的高尚和耻辱完全颠倒了。连你们，也鹦哥学舌地说什么"石一歌"！

六

写到这里，我想读者也在笑了。

一个不知所云的署名，被一个不知所云的人戴到了我的头上，就怎么也甩不掉了。连悬赏也没有用，连地震也震不掉！这，实在太古怪了。

有人说，为别人扣帽子，是中国文人的本职工作。现在手多帽少，怎么可能摘掉？

但是，毕竟留下了一点儿遗憾：戴了那么久，还不知道"石一歌"究竟写过什么样的文章。

终于，一个阳光明媚的日子来到了。

二〇一〇年仲夏的一天，我在河南省郑州市的一个车站书店，随手翻看一本山西出版的杂志《名作欣赏》（总第 318 期）。开始并不怎么在意，突然眼睛一亮。

一个署名"祝勇"的人，在气愤地批判"石一歌"几十年前的一次"捏造"。

"捏造"什么呢？原来，一篇署名"石一歌"的文章说，鲁迅在住处之外有一间秘密读书室，在那里阅读过马克思主义著作。

这个人断言，"石一歌"就是我，因此进行这番"捏造"的人也是我。

不仅如此，这个人还指控我的亡友陈逸飞也参与了"捏造"，因为据说陈逸飞画过一幅鲁迅读书室的画。那画，我倒是至今没有见到过。

任何人被诬陷为"捏造"，都不会高兴，但我却大喜过望。

十几年的企盼，就想知道"石一歌"写过什么。此刻，我终于看到了这个小组最让人气愤的文章，而且是气愤到几十年后还不能解恨的文章，是什么样的了。

我立即买下来这本杂志，如获至宝。

被批判为"捏造"的文章，可能出现在一本叫"鲁迅的故事"的儿童读物里。在我印象中，那是当时复旦大学中文系按照周恩来的指示复课后，由"工农兵学员"在老师指导下写的粗浅作文，我当然不可能去读。但是，如果有哪篇文章真的写了鲁迅在住处之外有一间读书室，他在里面读过马克思主义的著作，那可不是"捏造"。

因为，那是鲁迅的弟弟周建人公开说过多次的，学员们只是照抄罢了。

周建人会不会"捏造"？好像不会。因为鲁迅虽然与大弟弟周作人关系不好，却与小弟弟周建人关系极好，晚年在上海有频繁的日常交往。周建人又是老实人，不会乱说。何况，周建人在"文革"期间担任着浙江省省长、全国人大副委员长，学员们更是没有理由不相信。

其实，那间读书室我还去参观过，很舒服，也不难找。鲁迅时代的中国知识分子，读马克思主义著作很普遍，鲁迅也读了不少。他连那位担任过中共中央主要负责人、又处于通缉之中的瞿秋白都敢接到家里来，还怕读那些著作吗？

原来，这就是"石一歌"的问题！

七

我悬了十几年的心放了下来，觉得可以公布"石一歌"小组的真实名单了。但我还对那个电话里教授太太的声音保持着很深的记忆，因此决定再缓一缓。

现在只能暂掩姓名，先粗粗地提几句：

一九七二年根据周恩来指示在复旦大学中文系成立的《鲁迅传》编写小组，组长是华东师范大学教师，副组长是复旦大学教师，组内有复旦大学六人，上海社会科学院一人，上海艺术研究所一人，华师大附中一人，上海戏剧学院一人即我，半途离开。由于人员太散，该组又由正、副组长和复旦大学一人、上海艺术研究所一人，组成"核心组"。

后来根据周恩来指示在上海市巨鹿路作家协会成立的"石一歌"鲁迅研究小组，成立的时间我到今天还没有打听清楚，组长仍然是华东师范大学教师，不知道有没有副组长，组内有华东师范大学二人，复旦大学三人，上海社会科学院二人，华师大附中一人。由于都是出于周恩来的同一个指示，这个小组与前一个小组虽然人员不同，却还有一定的承续关系，听说还整理过前一个小组留下的鲁迅传记。在这个小组正式成立之前，复旦大学中文系的部分学员也用过这个署名。

这些事，已经过去整整四十年了。

对于那三个造事的"老男人"我无话可说，但对类似于"祝勇"的那类起哄式批判者却有一个劝告：起哄就起哄吧，但无论如何也不要随意伤害已经去世，因此不能自辩的大艺术家，如陈逸飞。在中国，未经大艺术家实在太少。

八

好了，"石一歌"事件大体已到尽头，我也不想写下去了。

最后，我不能不说一句：对"石一歌"事件，我要真诚地表示感谢。这三个字，给我带来了好运。我这么说，不带任何讽刺。

第一，这三个字，给了我真正的轻松。

本来，我这个人，是很难摆脱各种会议、应酬而轻松的，但是这个可爱的谣言救了我。当今官场当然知道这是谣言，却又会百般敬畏造谣者，怕他们在传媒上再次闹事而妨害社会稳定。这一来，官场就尽量躲着我。例如我辞职二十多年，从未见过所在城市的每一任首长，哪怕是在集体场合。其实，这对我是天大的好事，使我不必艰苦推拒，就可以从各种头衔、职务中脱身而出，拥有了几乎全部自由时间。这么多年来我种种成绩的取得，都与此有关。貌似弃我，实为惠我。国内噪声紧随，我就到国外讲述中华文化。正好，国际间并不在乎国内的什么头衔。总之，我摸"石"过河，步步敞亮。

第二，这三个字，让我清晰地认知了环境。

当代中国文化界的诸多人士，对于一项发生在身边又延续多年的重大诬陷，完全能够识破却不愿识破。可能是世道不靖，他们也胆小了吧，同行的灾难就成了他们安全的印证，被逐的孤骛就成了他们窗下的落霞。于是，我彻底放弃了对文化舆论的任何企盼，因全方位被逐而独立。独立的生态，独立的思维，独立的话语，由至小而至大，因孤寂而宏观。到头来，反而要感激被逐，享受被逐。像一块遗弃之石，唱出了一首自己的歌。这，难道正是这三个字的本意吗？

第三，这三个字，使我愈加强健。

开始是因为厌烦这类诽谤，奉行"不看报纸不上网，不碰官职不开会，不用手机不打听"的"六不主义"，但这么一来，失去了当代敏感渠道的我，立即与自然生态相亲，与古代巨人相融。我后来也从朋友那里听说，曾经出现过一拨拨卷向我的浪潮，但由于我当时完全不知，居然纤毫无损。结果大家都看到了，我一直身心健康，快乐轻松，气定神闲。这也就在无意中提供了一个社会示范：真正的强健不是呼集众人，追随众人，而是逆反众人，然后影响众人。"大勇似怯"，"大慈无朋"。

由于以上三个原因，我认真考虑了很久，终于决定，把"石一歌"这个署名正式接收下来。

然后，用谐音开一间古典小茶馆叫"拾遗阁"，再用谐音开一间现代咖啡馆叫"诗亦歌"。或者，干脆都叫"石一歌"，爽利响亮。

不管小茶馆还是咖啡馆，进门的墙上，都一定会张贴出各种报刊十几年来的诽谤文章，证明我为什么可以拥有这个名号。

如果那一批在这个名号后面躲了很多年的退休老教授们来了，我会免费招待；如果他们要我把这个名号归还给他们，我就让他们去找《南方周末》、《苹果日报》。但他们已经年迈，要去广州和香港都会很累，因此又会劝他们，不必多此一举了。

我会端上热茶和咖啡，拍拍他们的肩，劝他们平静，喝下这四十年无以言表的滋味。

我也老了，居然还有闲心写几句。我想，多数上了年纪的人都会像那些退休老教授，听到各种鼓噪绝不作声。因此，可怜的是历史，常常把鼓噪写成了课本。

二〇一一年十月十五日

欠君三拜

一

只在二十八年前，与你无语地点过一次头。因此，很难说认识你。

近年来，我很想来拜访一次，当面说一声"谢谢"。但又觉得这样不够，应该请你吃一顿饭，并在席间站起身来，说明请你吃饭的理由，然后向你深深作三个揖。这在古代，叫作"拜谢"。

这事需要有人联络，否则就有点儿冒昧。联络人终于找到了，那就是复旦大学出版社的贺圣遂先生。

贺先生是一个快乐的人，说起你，就两眼发光，滔滔不绝地介绍起你的成就、为人和酒量。那正好也是一个聚餐的场合，他既然说到了你的酒量，也就兴奋地举起了酒杯，才几杯就醉了。

几次邀他聚餐，原来都是为了商量在什么时间、什么地点拜谢你，但他每次都醉得那么酣畅，因此一直定不下来。

我以为，总有时间。心想不妨让他在每次醉前多介绍你几句，也好使我当面拜谢时增加一些话题。

事情就这么拖了下来。

终于，到了可恨的二〇一一年六月七日，那个漆黑的凌晨。我没有来得及向你拜谢，你就离开了这个世界。

得知噩耗那天，我站到窗口看着云天，然后轻轻地摇了摇头，在心里说一声："欠君三拜。"

——上面所说的这个"君"，是谁？

是我国当代著名文史学家章培恒教授。

熟悉我文风的读者都知道，我笔端空旷，从不腻情，但这次，是怎么了？

原因是，我欠得奇特，又失之瞬间。

由此可见，天下一切感谢，都要及时。即使没有生死之虞，也不可拖拉。

二

天下之谢，分很多等级。其中称得上"重谢"的，也分七级，逐级递升。

第一级，谢其厚赐。

第二级，谢其提携。

第三级，谢其解困。

第四级，谢其解难解之困。

第五级，谢其一再解难解之困。

第六级，谢其一再解难解之困而并不相识。

第七级，谢其一再解难解之困而并不相识，却又不给道谢的机会。

平心而论，第五级之后，已少之又少。但是，我对章培恒教授的感谢，属于第七级，也就是最高级。

这里有一个关键词汇——"难解之困"，必须认真做一点儿解释。

那就让我先把章培恒教授让过一边，绕一个道儿再来请出他吧。

饥寒交迫、路断桥塌，难不难？难。但难得明确，难得干脆，难得单纯，因此还不是最难。最难的是有人当众向你提出一系列问题，你明知答案又不承担保密义务，却不能回答。因此众人对你怀疑、起哄、追逼、鄙视、嘲笑、投污、围殴，你还是不能回答。

例如，一九三〇年两位刚从欧洲留学回来的女子在南方某市成功创办了一所新式女子学校，一时成为社会焦点。一年后教育督察部门派出一批"饱学之士"进行公开测评，主要项目是指定这两位女教师向全校学生讲解《东汉班昭所论妇德及宋儒对此之发展》。两位女教师两度要求换题而未果，便主动退出测评并离去。当地报纸发布新闻曰"不知妇德焉办女学"。

　　直到五十年后，当年的一位女学生在回忆此事时写道："人的一生，其实由一连串问题和回答组成。千万不要试图回答别人给你出的一切问题。选择问题就是选择人生，选择了自己，也选择了别人。"

　　又如，在极"左"年代，一个著名的国际刑侦专家因为被怀疑是"西方特务"而被发配到一家工厂烧锅炉。锅炉房里经常出现一些小物件如手套、茶杯失窃的琐事，大家要他侦察，他都寂然沉默，全厂便传开了一种舆论："什么专家？一个笨瓜！"直到两年后发生了一宗极为重大的国家安全案件，中央政府着急得到处寻找他，他才离开锅炉房，去了北京，并快速侦破。

　　后来他被问起锅炉房里寂然沉默的原因，只淡淡说了一句："人是平等的，但专业是分等级的。真正的将军、元帅，都不擅长街市殴斗。"

又如，"文革"灾难中造反派歹徒发起过一个"考教授"的运动。医院里的医学权威都被赶进了考场，被要求回答打针、抽血、消毒等一系列只需要护士操作的技术问题。大学里的著名教授也都被集中起来，接到了"革命群众"出的一大堆所谓"文史知识"考题。很快造反派歹徒宣布，这些权威和教授"全是草包"。后来终于传出消息，那些"考卷"几乎都是空白。

"空白？"我父亲听到这个消息后颤抖了一下，他自从"文革"以来天天都在埋头写"交代"，回答"革命群众"提出的各种问题，仅仅我替他代笔的，就多达几十万字，但怎么也回答不清。从他知道可以用"空白"来回答之后，也就不再写了，"革命群众"立即把他关押了起来。

以前我也曾相信过"无事不可对人言"、"群众的眼睛是雪亮的"、"真理越辩越明"、"勇于回答一切问题"、"真相终究大白于天下"之类的格言。等渐渐长大才知道，完全不是那么回事。

我心中最美的图像，就是那两个在恶评中断然离去的女子背影，婷婷袅袅；就是那一张在讥讽声中寂然沉默的男子脸庞，炉火灼灼；就是那一页页不约而同交上去的空白考卷，一尘不染。

是的，高贵的离去，高贵的沉默，高贵的空白。

我也曾设想，当时会不会出现另一种声音，让周围很多无知的人醒悟：离去不仅仅是离去，沉默不仅仅是沉默，空白不仅仅是空白。但这很难，当"民间法庭"大行其道，各种判官大呼小叫，媒体舆论助纣为虐，如果发出另一种声音，顷刻就会被淹没掉。发出这种声音的人，必须有足够的勇敢、充盈的道义，又全然不计利钝。

说到这里，我们已渐渐靠近了章培恒教授。

三

问题出在我身上。

我受那些"离去、沉默、空白"的图像影响太深，历来不愿意回答一切等级不对或来路不明的问题。近年来，文化传媒界为了吸引读者注意，已经习惯于把提问的品格降到最低，并且口气狰厉变成逼问。后来，又把逼问变成了审判。我一如既往，连眼角也不会去扫一扫。据说，对我的逼问和审判已经在全国范围内折腾了八九轮，声势都很大，但我由于奉行"不看报纸不上网，不碰官职不开会，不用手机不打听"的"六不主义"，完全置身局外。很多为我愤愤不平的朋友，见面后发现我居然一无所知，都大吃一惊。

但是，也有让我左右为难的时候。

二〇〇三年，SARS刚过，上海有一个姓金的人，声称从我的《文化苦旅》里"咬"出不少"文史差错"，便写成一本书。这本书立即进入亚洲畅销排行榜，全国一百五十多家报刊热烈呼应，成了继SARS之后震动社会的重大事件。不少文化界朋友翻阅了那本书后告诉我，千万不要去看，那些"差错"，如果不是故意编排，至多只是一些有待请教我的问题，也不必由我亲自回答，我的任何一个研究生都能轻松提供答案。可惜现在的报刊只要哄闹，不要答案。

按照惯例，我当然不理。但麻烦的是，《文化苦旅》中的很多文章早已选入大学、中学语文课本十余年，我怎么能让那么多教师、学生陷入困顿？而且，我这本书还有幸受到过当代诸多名家的褒奖和点评，例如饶宗颐、金克木、季羡林、柏杨、潘受、欧阳子、余光中、蒋勋、冯牧等等，有的还写了专著出版，我如果完全不理，好像连他们这些大学者也都有了"差错"嫌疑，那我又怎么对得起他们？

因此，看来还是需要简单回答几句。但在回答之前似乎应该粗粗了解一下，这个人是谁？从何而来？从事什么职业？

据传媒介绍，他是《辞海》的编写者。但显然不是，因为我本人就是《辞海》的编写者，又兼《辞海》正版形象代表，知道编写者名单。媒体又说，他是上海文艺出版社《咬文嚼字》编辑部的编辑。但上海文艺出版社说，他们没有这个职工。再问，终于知道是那个编辑部一个姓郝的人从外面"借"来的。外面什么地方？谁也说不清楚。

就在这时，重庆市一位八十多岁的退休语文教师马孟钰先生写来长信，凭借细致的词语分析，断言那个人在"文革"中一定担当过特殊角色。原上海师范学院的几个退休教师也联名来信，回顾了不寒而栗的往昔。我没有兴趣去查证，却知道了那人属于"来路不明"的范围。

那个姓郝的人，我倒是认识。正准备向他询问，他却主动找来了，但找的方式却非常奇特。照理他五分钟内就能联络到我，却不知为什么偏偏去找了我四十年前读大学时既不同班又不同年级的一位老同学，再请这位老同学找到我的小弟弟开的一家餐厅，委托小弟弟转交一张密封的纸条。纸条上写着，热切希望安排他、姓金的人和我三人见面，成就一个"美谈"。

我素以大胆著称，却也不敢参与这个"美谈"。

现在的中国文化，又一次面临着精神结构的大转型，而阻碍转型的一个个泥坑却都振振有词地迷惑着人们。在八十多年前的上一次大转型中，鲁迅塑造过一个知道茴香豆的"茴"字有四种写法的"咬文嚼字专家"孔乙己，却又让他断足，让他死亡，成为一种象征性的文化宣判。鲁迅、胡适、陈独秀这些新文化闯将，远比孔乙己他们更有能力"咬文嚼字"，因此宣判得特别有力。现在，面对新一次转型，还有没有这样的人？

对此，我颇感苍凉。中国当代文人，虽也缺少学问，却更缺少扶正祛邪、抗击媒体炒作的道义勇气。结果，攻击者、炒作者、旁观者一起构成了和谐默契，看似群鸦回翔，却是寒气砭骨。

突然，完全出乎意料，传来了嘭然响声，似有人拍案而起。

远远看去，那个拍案而起的人，有一系列很高的专业身份。例如，全国高等院校古籍整理研究工作委员会副主任、国家教育部社会科学委员会副主任、复旦大学中国古代文学研究中心主任……他，就是章培恒教授。

我记得有一位日本汉学家曾经说过："章培恒教授是钱锺书先生之后最渊博的文史百科全书。"

写到这里，我心中默念着"罪过、罪过"。何处闲汉在庙门外高声喧闹，本来让几个护院沙弥举着扫帚驱赶一下就可以了，怎么惊动了巍峨法座上的大菩萨？他举起的，当然不是扫帚，而是禅杖。

二〇〇三年十月十九日，章培恒教授亲自撰写文章并在《文汇报》上刊出。他显然完全不知道那个姓金的人是谁，却通过实例解析做出判断，此人发表的"咬嚼"文章，本身就包含着"骇人的错误率"，有的是连高中学生也不会犯的错误。章教授还以实例进一步推断，此人连一些最基本的文史典籍的目录都没有翻过。

因此，章培恒教授得出明确的结论：此人对我的"咬嚼"，是"无端的攻击乃至诬陷"；造成这么大的恶性事件，主要原因是"媒体的炒作"。

原来，他手上的"禅杖"是檀木镶铜，挺拔威严，在夕阳下幽光闪烁。

居然，连目录也没有翻过？连高中生也不如？怎么会是这样！很自然，我不能不联想到"文革"中那些造反派歹徒"考教授"的事件。但愿只是巧合，是我联想过度。

不管怎么说，章培恒教授帮我解决了一个难题。我作为当事人固然不能被他们缠进去，但是如果大家都不"缠"，中国文化真要被他们缠晕了。

我原来心中的三种高贵图像，那两个离去的女子，那一个沉默的男子，那一堆空白的考卷，应该有补充了。如果好人全然离去，全然沉默，全然空白，世界将会如何？

由于都发生在二〇〇三年，我立即想到了抗击SARS的英雄钟南山教授。他一次次勇敢地深入病区，直面病毒，最后终于带领着大家战胜了 SARS。如果他嫌弃病毒太卑微、太邪恶，不予理睬，那就不是受人尊敬的医学专家了。在他之后不久，就轮到了章培恒教授的深入。

遗憾的是，章培恒教授的运气远不及钟南山教授。他在《文汇报》上发表了那篇文章后，国内一百五十多家热烈传播了"咬嚼"事件的"涉案媒体"，却完全没有反应，毫无表情。因此直到今天，绝大多数被"咬嚼"传染的读者，还没有被章教授治疗。

几年后，我与钟南山教授一起被一所大学授予"荣誉博士"称号，得以相聚。钟南山教授对我说，他正在筹建一门"人文医学"，希望我参与。我说："至少在目前，中国的人文学科需要获得医学的帮助，尤其在传染病的防治上。"

四

一百五十多家"涉案媒体"的统一表情，使那个姓金的人彻底放松。他竟然又伪造了一个事件，试图让章培恒教授与我对立起来。伪造什么呢？是说我写的《中国戏剧史》中有关洪昇生平的一段资料，"剽窃"了章培恒教授《洪昇年谱》中的相关内容。这一下，全国的报刊以北京的一家读书报、天津的一家文学刊物领头，又闹翻天了。

那个姓金的人更兴奋了，立即发表文章说，他的揭发，已经"引起了京、沪、宁、粤等地学术界的哗然"。为此，他还在华北的一家文艺出版社出了一本书。

接下来的事情变得有点儿惊险。他们好像预判章培恒教授不会进来蹚浑水，便由北京的一个盗版者领头，以我"剽窃"章培恒教授为理由，在网络和媒体上发起了一个把我"驱逐出世界遗产大会"的运动。因为这个大会之所以在中国苏州召开，与我密切相关。大会的各国组织者们不知道怎么回事，只怕他们到会场外面聚众闹事，便安排我避开会议。

谁知，章培恒教授本人在最短时间内发表了一篇洋洋洒洒的长文:《余秋雨何曾剽窃我的著作》。

他以当事人身份发布最权威的结论，所谓"剽窃"云云，纯属"蓄意诬陷"。

就在这时，一位记者打电话给姓金的人，说我的原著中并无任何"剽窃"痕迹。谁知那个人回答:"我当时有点儿想当然。"他居然没有任何歉意。

记者发表了他"想当然"的遁辞。但是，全国那么多参与诬陷的报刊，都假装没有听到。

稍懂法律的人一看便知，有了章教授本人的证词，再配合相应的物证，我只要到法院起诉，被告必输无疑。而且，由于诬陷的内容是"剽窃",又牵涉到那么多媒体,牵涉到国际会议,这应该是一个不小的刑事案件。按照英国法院处理《世界新闻报》事件的标准,应该还有一批报社、出版社的社长、总编要进监狱。

反之,面对这样重大的刑事犯罪,我如果继续忍气吞声不起诉,倒会让人产生疑惑。

但是,大家都看到了,我没有起诉。

原因是,我仔细梳理了一遍事件始末,突然对那个姓金的人担忧起来。乍一看,此人太不像话,但再一想,不对。一个人,只要有一点点儿正常思维,绝对不会这么做。

试想,章教授刚刚还在严厉批斥他,他却要做章教授的保护人,这已经够离谱的了;何况,他自己心里知道,所谓"剽窃",是彻底的捏造。把这种捏造发表到全国那么多报刊,他怎么会一点儿也不害怕?

世间当然也有人为了巨大的利益而不顾一切,铤而走险,但是,他抛出这么一个一戳就破的捏造,对他又有什么好处呢,哪怕一丝一毫?

说到这里,我想很多读者都已经靠近我的推断:这个人,恐怕存在精神方面的障碍。

这种障碍的一个显著特征,就是单维度的破坏性亢奋,不讲逻辑，不计后果，不问成败，不知羞愧，既不胆怯，也不后悔。三十多年前我作为受害人曾旁观过很多"造反派"首领的言谈举止，似乎都有一点儿这种特征。由此我早就发现，很多变态的政治事件背后，都埋伏着病理原因。

发现这一点并不感到好笑，反而觉得可怕。因为政治事件可以过去，而病根很难清除。

那个姓金的人，无论过去是否让人"不寒而栗"，现在也应该已经苍老，却卸不掉隔代的沉疴。于是，明明是历史的障碍，却成了他的精神障碍；明明是时代的疾病，却成了他的个人疾病。这，还不值得怜悯吗？

在一个聚会的场合，上海长海医院的一位医生告诉我，这个姓金的人，腰椎出了大问题，要动手术，正好由他主刀。我一听，连忙拜托他精心治疗，并说如果在医疗经费上发生了困难，我可以支援，但不要告诉病人。

姓金的病人引发了我的很多联想。是的，我们历来认为最可恨的一群，或许也是最可怜的。粗粗一算，除这个人之外，这么多年来那五六个已经出了名的"啃余族"，至少有三个早已明显地表现出精神障碍，他们的同事都主动向我提供过大量令人喷饭的笑料。另有两个，则因陷于戏剧、小说的低级幻觉而患上了职业病，其实也很值得同情。

文坛本是一个精神病患的多发地，中国文坛更是。很多文人只学会了批判别人的本事，没有任何谋生专业，在转型时期患上了"恐慌性疯癫"。出现这些情况并不可怕，可怕的倒是媒体。大概是从二十世纪的末尾开始，我国很多文化传媒和文艺出版社，为了发行量而大肆寻找刺激，便把那些特别喜欢用文字攻击他人的精神失控者当作了宝贝。其实仔细一想，他们这样做，最对不起的，并不是被攻击者，反倒是那些精神失控者本人。支使这些病人在公共领域如此疯疯癫癫地触法、犯法，很不人道。

我由于看得太多，心生悲悯，从不反驳精神失控者，就连他们出版了一大堆"找不出十句真话"（*杨长勋教授评语*）的诽谤书籍，我也完全不理。我很健康，不怕蒙污。如果我还手了，分量就会太重，人家毕竟是病人。

悯世则无心清己，救溺则无惧湿身。为此，我还破例接受邀请，担任了上一届世界特殊奥运会的文化总顾问。"特殊"，是指智障。为了构思那场后来震动国际的开幕式，我与很多外国专家探讨了很久。他们都惊讶我对智障者的熟悉程度，以为我亲族中有这样的人。我摇头，然后告诉他们，这些年来，托中国文化传媒和出版社之赐，我已经近距离地观摩过大量进攻型的智障人群。我必须从整体上帮助他们。

我估计，章培恒教授也看出了这一系列事件背后的"病理原因"，因此他在一篇篇文章中绝不和金某人对话，只是向着上当的民众宣布学术结论，并厉声地责斥那些传媒。

但是，无论如何，让这么一位七十高龄的大学者去面对一堆精神错乱的文句，我至今想来还十分心疼。

五

幸好，世上一切劣行都有可能引出美事。

那个人和那些报刊为了伪造，硬把我的戏剧史和章培恒先生的《洪昇年谱》扯在一起，但他们哪里知道，这里埋藏着一段珍贵的记忆。

事情还要回到二十八年前，一九八三年。那年，章先生还只有四十九岁，我三十七岁。我们两人，同时获得"全国戏剧理论著作奖"。他的获奖作品，正是《洪昇年谱》；我的获奖作品，是《世界戏剧学》(初版名为《戏剧理论史稿》)。

现在社会上评奖太多，谁也不当一回事了。但在二十八年前，情况完全不同。"文革"灾难过去不久，改革开放刚刚起步，中国学术界人数不多，开始有机会抱着悲凉的心情从头收拾极为稀少的已有成果了。可以奖励的项目，很难寻找。

在这番艰难的寻找中，有一个禁区边缘的倔强生命，引起了人们的高度注意。

这个禁区，就是作为"文革"起点的戏剧领域。不管是《海瑞罢官》，还是"革命样板戏"，都成了生死的符咒、全民的蛊惑。现在已经很难想象了，十年浩劫，在整个文化领域，最大的罪名和最大的勇敢，都是出于对那几台"革命样板戏"的态度。很多人为此失去了自由，甚至生命。

这股巨大的极端主义浪潮，在"文革"之前、一九五七年之后已经很有势头。在那种气氛下，研究戏剧史论，就需要一点儿嶙峋风骨了。

章培恒先生恰恰在一九五七年之后，头顶着与"胡风集团"有关的政治恶名，开始研究清代昆剧作家洪昇。当时，还有一些更年长的学者在做类似的事。因此，一九八三年的评选，其意义也远远超越了戏剧，而是对一种文化气节的重点检视。

那次获奖的著作有二十部，但其中有一半作者，已不在人世。当那些去世者的家属上台领奖时，全场一片唏嘘。

但是，八十年代又是一个敢于面向未来的年代。代表获奖者上台发言的，是最年轻的那一个，我。

记得那次我要代表获奖者发言之前，征求了其他获奖者的意见，却没有找到章培恒先生。据会议工作人员说，他去看望自己在北京的学生了。等到颁奖大会开始，他才出现，我只能在上台发言前向他点了点头。他一笑，也向我点了点头。

那次给每个获奖者发的奖座，是一件仿制的陶质骆驼唐三彩。

我抱着奖座离开会场的时候，看见章培恒先生正在门口与他的一位学生争执。章先生硬要把这个奖座送给那个学生，不断地说着理由："我没法把它带到上海，路上非碎了不可，非碎了不可……"

学生不断地用手推拒着，连声说："这怎么可以，这怎么可以……"

章培恒先生的表情严肃而诚恳，说："你再推，现在就碎了，现在就碎了……"

我没有再看下去，抱着那个奖座回到了住处。

对于这个奖座，我在《借我一生》中曾有过一段记述——

　　我的第一部学术著作获得的一个奖座，是一件仿制的骆驼唐三彩。陶质，很大，属于易碎物品，不容易从北京捧回上海。更麻烦的是，这只骆驼的嘴里还翘出一条又长又薄的舌头，一碰就断。据评奖部门的工作人员说，他们拿到发奖地点时已断了一大半，因此不断去换。

既然这样，为什么不去更换一种奖品呢？

他们说，这个骆驼太具有象征意义了：在那么荒芜的沙漠中居然也能走下来。看到它就想起沙漠，那个刚刚走出的文化沙漠。

一位小姐压低声音补充道："还有一层象征，走过那么干涸的沙漠居然还骄傲地翘着舌头。但这个舌头，时时就可能断了。"正因为这种种象征，他们不换。

我抱着骆驼小心翼翼地坐飞机回到上海，舌头没断；到家，没断；放在写字台上，没断。

我松了一口气，见骆驼上有一点灰尘，拿着一方软布来擦，一擦，断了。

六

由于再也没有遇到章培恒先生，我就一直不知道他的那个骆驼唐三彩到底有没有被学生接受。如果由他带回上海，断了没有，碎了没有。

但是，回想我那座骆驼的舌头终于折断的那一刻，耳边确实响起了章先生几天前的声音："非碎了不可，非碎了不可……"

断了，碎了；碎了，断了——这难道就是沙漠跋涉者永远的宿命？

我想，二十八年前的章培恒先生和我，刚从一场昏天黑地的灾难中走出，以为在这荒原之上，风会渐清，沙会渐停，"碎了"、"断了"的只是唐三彩，而不是我们。

怎么也没有想到，二十八年过去，风沙却越来越大。

那些风沙，铺天盖地，气势非凡，却从来不会站在骆驼一边。

从微观上看，它们那么琐细，甚至无形。对于庞然大物的骆驼，它们有太多攻击的理由。它们自称"弱势群体"，但一旦成势，没有一头骆驼能够躲避，只能蹲伏大地，任其肆虐。

骆驼有自己的目标，从不反击风沙；而风沙没有目标，除了肆虐还是肆虐。遗憾的是，骆驼会死，风沙却不会死。

如果顺着二十八年前那个象征性的奖座来比喻，那么，当时二十头获奖"骆驼"中，有十头在获奖前已经死于沙漠。留下的十头，当时在场并由我代表的，后来也都渐渐老去，逐一倒下。他们是怎么被风沙掩埋的，互相之间都不清楚。最后两头，应该就是章培恒先生和我。

章先生这头骆驼，听说后来一直重病缠身。他在重病之中还向我呵了两口热气。现在回想，这已经是他在沙漠残照中的艰难呼吸。世上何谓高贵？那就是，连最后的艰难呼吸，也在向风沙抗争。

现在，只剩下我这头骆驼了。

再往前走一程吧，低头看一排孤独的脚印。很快连脚印也找不到了，因为这年月，风沙为王。

但是，我总是心存乐观。虽然眼下没有脚印，但在我眼睛看不到的地方，应该还有骆驼走过。

仰望云门

一

近年来，我经常向大陆学生介绍台湾文化。

当然，从文化人才的绝对数量来说，大陆肯定要多得多，优秀作品也会层出不穷。但是，从文化气氛、文化底线、文化守护、文化品行等方面来看，台湾至少在目前，明显优于大陆。由于同是华人，对比相当直接；由于同是华人，学习又比较方便。我一直主张，大陆在这方面不妨谦虚一点儿，先到台湾仔细看看，再比比自己到底失去了什么。

我想从舞蹈家林怀民说起。

当今国际上最敬重哪几个东方艺术家？在最前面的几个名字中，一定有来自台湾的林怀民。

真正的国际接受，不是一时轰动于哪个剧场，不是重金租演了哪个大厅，不是几度获得了哪些奖状，而是一种长久信任的建立，一种殷切思念的延绵。

林怀民和他的"云门舞集"，已经做到这样。云门早就成为全世界各大城市邀约最多的亚洲艺术团体，而且每场演出都让观众爱得痴迷。云门很少在宣传中为自己陶醉，但亚洲、美洲、欧洲的很多地方，却一直被它陶醉着。在它走后，还陶醉。

其实，云门如此轰动，却并不通俗。甚至可说，它很艰深。即使是国际间已经把它当作自己精神生活一部分的广大观众，也必须从启蒙开始，一种有关东方美学的启蒙。对西方人是如此，对东方人也是如此。

我觉得更深刻的是对东方人，因为有关自己的启蒙，在诸种启蒙中最为惊心动魄。

但是，林怀民并不是启蒙者。他每次都会被自己的创作所惊吓：怎么会这样！他发现当舞员们凭着天性迸发出一系列动作和节奏的时候，一切都远远超越事先设计。他自己能做的，只是划定一个等级，来开启这种创造的可能。

云门的话题关及人类生存的根本，不可能具体。要给，也只给一个路标，云门带着观众走一条条云水缥缈的大道。林怀民拒绝任何琳琅满目的暗道小路。

舞者们超尘脱俗，赤诚袒露，成了一群完全洗去了寻常"文艺腔调"的苦行僧。他们在海滩上匍匐，在礁石间打坐，在纸墨间静悟。潜修千日，弹跳一朝，一旦收身，形同草民。

只不过，这些草民，刚刚与陶渊明种了花，跟鸠摩罗什诵了经，又随王维看了山。

二

罕见的文化高度，使林怀民有了某种神圣的光彩。但是他又是那么亲切，那么平民，那么谦和。

林怀民是我的好友，已经相交二十年。

我每次去台湾，旅馆套房的客厅总是被鲜花排得满满当当。旅馆的总经理激动地说："这是林先生亲自吩咐的。"林怀民的名字在总经理看来，如神如仙，高不可及，因此声音都有点儿颤抖。不难想象，我在旅馆里会受到何等待遇。

其实，我去台湾的行程从来不会事先告诉怀民，他不知是从什么途径打听到的，居然一次也没有缺漏。

怀民毕竟是艺术家，他想到的是仪式的延续性。我住进旅馆后的每一天，屋子里的鲜花都根据他的指示而更换，连色彩的搭配每天都有不同的具体设计。他把我的客厅，当作了他在导演的舞台。

"这几盆必须是淡色，林先生刚刚来电话了。"这是花店员工在向我解释。我立即打电话向他感谢，但他在国外。这就是艺术家，再小的细节也与距离无关。

他自家的住所，淡水河畔的八里，一个光洁如砥、没有隔墙的敞然大厅。大厅是家，家是大厅。除了满壁的书籍、窗口的佛雕，再也没有让人注意的家具。怀民一笑，说："这样方便，我不时动一动。"他所说的"动"，就是一位天才舞蹈家的自我排练。那当然是一串串足以让山河屏息的形体奇迹，怎么还容得下家具、墙壁来碍手碍脚？

离住家不远处的山坡上，又有后现代意味十足的排练场，空旷、粗粝、素朴，实用。总之，不管在哪里，都洗去了华丽繁缛，让人联想到太极之初，或劫后余生。

这便是最安静的峰巅，这便是《吕氏春秋》中的云门。

三

云门使我对台湾的文化气氛，倍加敬重。

因为这么一座安静的艺术峰巅，几乎整个社会都仰望着、佑护着、传说着、静等着，远远超出了文化界。

在台湾，政治辩论激烈，八卦新闻也多，却很少听到有什么顶级艺术家平白无故地受到了传媒的诬陷和围攻。这几乎是不可能的事，因为传媒不会这么愚蠢，去伤害全民的精神支柱。林怀民和云门，就是千家万户的"命根子"，谁都宝贝着。

林怀民在美国学舞蹈，师从葛兰姆，再往上推，就是世界现代舞之母邓肯。但是，在去美国之前，他在台湾还有一个重要学历。他的母校，培养过大量在台湾非常显赫的官员、企业家和各行各业的领袖，但在几年前一次校庆中，由全体校友和社会各界评选该校历史上的"最杰出校友"，林怀民得票极高。

这不仅仅是他的骄傲。在我看来，首先是投票者的骄傲。

在文化和艺术面前，这次，只能委屈校友中那些官员、企业家和各行各业的领袖了。其实他们一点儿也没有感到委屈，全都抽笔写下了同一个名字。对此，我感慨万千。熙熙攘攘的台北街市，吵吵闹闹的台湾电视，乍一看并没有发现多少含量，但只要林怀民和别的大艺术家一出来，大家刹时安静，让人们立即认知这个社会的品质。

记得美国一位早期政治家 J. 亚当斯（John Adams，一七三五——八二六）曾经说过：

> 我们这一代不得不从事军事和政治，为的是让我们儿子一代能从事科学和哲学，让我们孙子一代能从事音乐和舞蹈。

作为一个政治家的亚当斯我不太喜欢，但我喜欢他的这段话。

我想，林怀民在台湾受尊敬的程度，似乎也与这段话有关。

四

有一件事让我想起了这段话。中国国民党荣誉主席连战先生首度访问大陆，会见了大陆的领导人。他夫人写了一本记录这一重大政治事件的书，由连战先生亲自写了序言。但是，他们觉得在这个序言前面还要加一个序言，居然邀请我来写。他们对我并不熟悉，只知道政治职位上面，应该是无职位的文化。结果，这本书在大陆出版时，大家怎么也想不明白这个奇怪的排位。

同样让我想起亚当斯这段话的，还有台湾的另一位文化巨匠白先勇。

白先勇是国民党名将白崇禧的爱子，照常理，很难完全不理会这个重大政治背景。如果他自己不理会，别人也会用各种方式牵丝攀藤。

但是，他对政治背景的不在意程度，已经到了连别人都不好意思提及。他后来也写过一本书《父亲和民国》，笔调是那么平静，丝毫没有我们常见的那种"贵胄之气"。

二十几年前海峡两岸还处于极为严峻的对峙状态，但白先勇先生却超前来了。不是为了寻亲，不是为了纪念，也不是为了投资，而是只为文化。他的《游园惊梦》在大陆排演，由俞振飞先生担任昆曲顾问，由我担任文学顾问。这一来，让他不小心读到了我的文章。后来多少年所发生的事情，让我现在一回想起来就深感歉疚。

他把我的文章，一篇篇推荐给台湾报刊。台湾报刊就把一笔笔稿酬寄给他，让他转给我。但他当时还在美国西海岸的圣塔芭芭拉教书，而那时美国到中国的汇款还相当不便。他只能一次次到邮局领款，把不整齐的款项凑成一个整数，然后再到邮局去寄给我。

我至今还保留着他寄来的一大堆信封，上面密密麻麻地写着收汇人和寄汇人的复杂地址，且以中文和英文对照。须知，这可是现代世界最优秀的华人作家的亲笔啊，居然寄得那么多，多么勤，多么密。两岸的政治对立，他自己的政治背景，全被文学穿越，全被那些用重笔写出的地址所穿越。

我二十多年前第一次去台湾，就是白先勇先生花费巨大努力邀请的。他看到了我写昆曲的一篇文章，我在那篇文章中，以明代观众中痴迷的人数、程度和时间，来论证世界范围内曾经最深入社会肌肤的戏剧范型是昆曲。他极为赞赏，让我到台湾发表演讲。这也算是大陆学者的"第一次"吧，一时十分轰动又十分防范，连《中国时报》要采访我都困难重重。一天晚上，听说《中国时报》派了一名不能拒绝的重要记者来了。我一看，这名"记者"不是别人，而正是白先勇先生。那个晚上，他真像记者一样问了我很多问题，丝毫没有露出他既是文学大家、又是昆曲大家的表情。第二天，报纸上刊登他采访我的身份，竟然是"特约记者"，这真让我感动莫名。

对于地位高低，他毫不在乎；对于艺术得失，他绝不让步。

对于我的辞职，他听了等于没听。但有一次他不知道从哪儿听来传言，说我有可能要"搁笔"了，便立即远道赶到上海，在我家里长时间坐着，希望不是这样。

那夜他坐在我家窗口，月亮照着他儒雅却已有点儿苍老的脸庞。我一时走神，在心中自问：眼前这个人，似乎什么也不在乎，却那么在乎文学，在乎艺术。他，难道就是那位著名将军的后代吗？

但是我又想，白崇禧将军如果九天有知，也会为他的后代高兴，因为这符合了那位美国将军亚当斯的构思。

五

从林怀民先生在旅馆里天天布置的鲜花，到白先勇先生以记者的身份对我的采访，我突然明白，文化的魅力，就在于摆脱名位，摆脱实用，摆脱功利，走向仪式。

只有仪式，才能让人拔离世俗，上升到千山肃穆、万籁俱静的高台。

有人问我："你说了台湾文化的很多亮点，那么，最重要又最难以摹仿的亮点是什么？"

我回答："仪式。那种溶解在生活处处的自发的文化仪式。"

从四年前开始，台湾最著名的《远见》杂志做出一个决定，他们杂志定期评出一个"五星级市长"，作为对这个市长的奖励之一，可以安排我到那个城市做一个文化演讲。可见，他们心中的最高奖励，还是文化。这样的事情已经实行了很多次，每当我抵达的那天，那个城市满街都挂上了我的巨幅布幔照片，在每个灯柱、电线杆上飘飘忽忽，像是我要竞选高位。我想，至少在那一天，这座城市进入了一个文化仪式。直到我讲演完，全城的清洁工人一起动手，把我的巨幅布幔照片一一拉下、卷起，扔进垃圾堆。

扔进垃圾堆，是一个仪式的完满终结。终结，是为了开启新的仪式。

我在台湾获得过很多文学大奖，却一直没有机会参加颁奖仪式。原因是，从评奖到领奖，时间很短，我的签证手续赶不上。

但终于，二〇一一年，我赶上了一次。

先有电话打来，通知我荣获"桂冠文学家"称号。光这么一个消息我并不在意，但再听下去就认真了。原来，这是台湾对全球华语文学的一种隆重选拔，因此这次的评委主任是原新加坡作家协会主席、新加坡国立大学中文系主任王润华教授。设奖至今几十年，只评出过四名"桂冠文学家"，我是第五名。前面四名中，两位我认识，那就是白先勇先生和高行健先生，其他两位已经去世。

颁奖仪式在元智大学，要我做获奖演讲。然后，离开会场，我领到一棵真正出自南美洲的桂冠树，由两名工人推着，慢慢步行到栽植处。到了栽植处，我看到一个美丽的亭子，亭子前面的园林中，确实已种了四棵树，每棵树下有一方自然形态的花岗石，上面刻着获奖者的签名。白先勇先生的签名我熟悉，而他那棵树，则长得郁郁葱葱。我和几个朋友一起铲土、挖坑、栽树、平整。做完，再抬头看看树冠，低头看看签名石，与围观者一一握手，然后轻步离开。

我想，这几棵桂冠树一定会长得很好。白先勇先生当年给我写了那么多横穿地球的信，想把华语文学拉在一起，最后，居然是相依相傍。

于是，颁奖仪式也就成了生命仪式。

六

文化是一种手手相递的炬火，未必耀眼，却温暖人心。余光中先生也是从白先生推荐的出版物上认识了我，然后就有了他在国际会议上让我永远汗颜的那些高度评价，又有了一系列亲切的交往，直到今日。

余光中先生写过名诗《乡愁》。这些年大陆很多地方都会邀请他去朗诵，以证明他的"乡愁"中也包括着当地的省份和城市。那些地方知道他年事已高，又知道我与他关系好，总是以我有可能参加的说法来邀请他，又以他有可能参加的说法邀请我，几乎每次都成功，变成一场场的"两余会讲"。

"会讲"到最后，总有当地记者问余光中先生，《乡愁》中是否包括此处。我就用狡黠的眼光看他，他也用同样的眼光回我。然后，他优雅地说一句："我的故乡，不是这儿，也不是那儿，而是中华文化。"

我每次都立即带头鼓掌，因为这种说法确实很好。

他总是向我点头，表示感谢。

顺便他会指着我，加一句："我们两个都不上网，又都姓余，是两条漏网之鱼。"

我笑着附和："因为有《余氏家训》。先祖曰：进得网内，便无河海。"

但是，"两余会讲"也有严峻的时候。

那是在马来西亚，两家历史悠久的华文报纸严重对立、事事竞争。其中一家，早就请了我去演讲，另一家就想出对策，从台湾请来余光中先生，"以余克余"。

我们两人都不知道这个背景，从报纸上看到对方也来了，非常高兴。但听了工作人员一说，不禁倒抽冷气。因为我们俩已经分别陷于"敌报"之手，只能挑战，不能见面。

接下来的情节就有点儿艰险了。想见面，必须在午夜之后，不能让两报的任何一个工作人员知道，甚至，连怀疑的可能都没有。后来，通过马来西亚艺术学院院长郑浩千先生，做到了。鬼鬼祟祟，轻手轻脚，两人的外貌很多人认识，而两家大报的耳目又是多么密集。终于，见面，关门，大笑。

那次我演讲的题目是反驳"中国崩溃论"。我在台湾经济学家高希均先生启发下，已经懂一点儿经济预测，曾在《千年一叹》、《行者无疆》中提早十年准确预测了欧洲几个国家的严重经济趋势，因此反驳起来已经比较"专业"。

余光中先生在"敌报"会演讲什么呢？他看起来对经济不感兴趣，似乎也不太懂。要说的，只能是文化，而且是中华文化。如果要他反驳"中华文化崩溃论"，必定言辞滔滔。

那么，我们还是紧密呼应，未曾造成"以余克余"的战场。

七

从林怀民，到白先勇、余光中，我领略了一种以文化为第一生命的当代君子风范。

他们不背诵古文，不披挂唐装，不抖擞长髯，不玩弄概念，不展示深奥，不扮演精英，不高谈政见，不巴结官场，更不炫耀他们非常精通的英语。只是用慈善的眼神、平稳的语调、谦恭的动作告诉你，这就是文化。

而且，他们顺便也告诉大家：什么是一种古老文化的"现代型态"和"国际接受"。

云门舞集最早提出口号是："以中国人作曲，中国人编舞，中国人跳给中国人看。"但后来发现不对了，事情产生了奇迹般的拓展。为什么所有国家的所有观众都神驰心往，因此年年必去？为什么那些夜晚的台上台下，完全不存在民族的界限、人种的界限、国别的界限，大家都因为没有界限而相拥而泣？

答案，不应该从已经扩大了的空间缩回去。云门打造的，是"人类美学的东方版本"。

这就是我所接触的第一流艺术家。

为什么天下除了政治家、企业家、科学家之外还要艺术家？因为他们开辟了一个无疆无界的净土，自由自在的天域，让大家活得大不一样。

从那片净土、那个天域向下俯视，将军的兵马、官场的升沉、财富的多寡、学科的进退，确实没有那么重要了。根据从屈原到余光中的目光，连故土和乡愁，都可以交还给文化，交还给艺术。

艺术是"云"，家国是"门"。谁也未曾规定，哪几朵云必须属于哪几座门。仅仅知道，只要云是精彩的，那些门也会随之上升到半空，成为万人瞩目的巨构。这些半空之门，不再是土门，不再是柴门，不再是石门，不再是铁门，不再是宫门，不再是府门，而是云门。

只为这个比喻，我们也应该再一次仰望云门。

不可思议

一

一部比砖头还厚的书，在我书架上放了整整三十年。

这是我最早出版的一部学术著作，曾经轰动一时。长期以来，很多出版社在不断力争再版，我都没有同意。理由只有一条，它实在太厚了，整整六十八万字，一定会把信任我的读者压得喘不过气来。一直企盼能抽出一段较长的时间，由我自己大删一遍。但是，怎么也抽不出这么一段时间。

我说它"曾经轰动一时"，倒是一点也没有夸张。它出版于一九八三年五月，第二年，就获得了"全国戏剧理论著作奖"。这个奖，在当时非常珍贵，因为时间包括整个二十世纪，而获奖者名额很少。就在当时，获奖者中一半人，也已经去世。我在《欠君三拜》一文中回忆了当年与章培恒教授一起到北京领奖的情景。当时活着的几个获奖者，现在只剩下我一个人在世上了。

我的这部书，初版名为《戏剧理论史稿》，系统地论述全世界十四个国家的戏剧学，被很多大学作为教材使用。在使用十年之后，一九九二年，它又获得国家文化部颁的"全国优秀教材一等奖"。这也不容易，因为那次获一等奖的，全国一共只有两本书。

除了获奖，更让我感动的，是当时文化界对它的欢迎程度。那个时候，中国还找不到复印机，因此不少人就一页页抄写，花几个月时间订成厚厚一本。这样的抄本，我本人至少见过三份。更有戏剧、电影界的同行到处以高价搜购，发生了很多现在想来简直不可思议的故事。那时，全国刚刚开放，上上下下对世界文化有一种饥渴。

不管怎么说，这些都已经是遥远的往事。我想，世事匆匆，老书就让它自然枯萎吧。

没想到，半年前，我的几个学生告诉我，两位当今著名的编剧，先后在网络上说，对他们的专业帮助最大的，居然是这部书。于是，很多网友开始询问和寻找。也有一些问到我这里的，但我三十年来一直只藏下了一本，送出去就没有了。

这就又一次产生了再版的念头。

二

　　为了再版，我匆忙地浏览了一遍全书。奇怪的是，我被四十年前的自己吓着了。

　　我不想借此而自傲，而只想惊叹一种生命的奇迹。

　　生命的奇迹有可能发生在自己身上，谁也不必过于谦虚，因为生命并不只是属于自己。

　　我前面说了，这部书上印着的出版时间，是一九八三年五月。这个时间很值得玩味。浩劫方过，百废待兴，步履维艰，顾虑重重。一家地方出版社拿到这么一大堆文稿，真不知该怎么面对。按当时的运作效率，必然会耗费很长时间。而且，每一步的耗费都有充分理由，例如，当时我才三十多岁，以前并没有发表过学术成果，出版社怎么敢为这么一个毫无把握的年轻人接下如此庞大的一副重担？而且，这部书的内容，绝大多数属于当时极为警惕的"西方资产阶级的意识形态"，审查的难度可想而知。因此，这部书在问世之前至少要在多个环节间厮磨、辗转好几年。

　　这么一算，倒推回去，这部问世于一九八三年春天的书稿，送到出版社的时间，再迟也不会晚于一九八〇年。这也就是说，离否定"文革"的"十一届三中全会"，很近。

在刚刚否定"文革"的时候就送过去了，那么，这部书的主体工程，只能完成于灾难岁月。

这个灾难岁月对我来说极为恐怖，因为父亲被关押，叔叔被害死，全家衣食无着。

如果进一步，把这部书的内容与灾难岁月作一个对比，那就更会发现，里边包含着一种今天的年轻人难以想象的大胆。

因为那场灾难，起点是戏剧，即批判历史剧《海瑞罢官》，旗帜也是戏剧，即八个"革命样板戏"。很多人的死亡和受难，仅仅是因为说了一句最平常的戏剧评论。而我，居然在锋利的刀口上汇集全世界的戏剧学，这实在是不要命的事情了。但是，我也就此证明，人类的极端性恐吓，有可能带来极端性勇气。

六十八万字的书稿，几乎每一页都与当时身边的极左言论背道而驰。我写的时候，并不是在批驳那些言论，如果这样，反倒抬举那些言论了。我自命的任务，是彻底鄙视它们，视它们为无物，判它们为无知。

我写这部书的时候，当然没想到出版，因为我无法想象灾难的结束。

我只希望，写完，厚厚几叠，用油布包起来，用麻绳扎起来，找一个无月的深夜，爬着竹梯塞在屋梁上面。不知今后哪个年月，让后人偶尔发现。

正因为这样，当灾难出乎意料地过去，这部书居然可以出版的时候，我简直不敢相信。

更惊人的是，在一次统括二十世纪的全国学术评奖中，这部书竟也在极少的名额中获得大奖。那次颁奖大典，弥漫着一种从生死火线夺命归来的悲壮和凄凉。

记得大家都不怎么讲话，只看着那些低声抽泣的早已离世的获奖者家属，似晕似呆。大家选举我代表所有的获奖者发言，我分明记得，北京的那个冬天，冷得清奇蚀骨。

在严寒中，我看着台下那几个还活着的获奖者，他们都抖抖索索，毫无壮士气息。我想，中国总是如此，坚守在城头宁死不屈的，历来是几个体格瘦弱的文人。彪悍之士，不知躲到哪里去了。

多少年后，当灾难已被彻底淡忘，彪悍之士又出现了。他们天天展现着激烈的扮演，响亮的嗓门，受到无知年轻人的追捧。

但是，一些陈旧的书稿提醒年轻人，在历史的泥路边，除了扮演和嗓门之外，还曾经有过一些无声的身影。

为此，我经常想反问那些成天慷慨激昂的彪悍之士：在灾难深重的日子里，你们在哪里？说过什么？写过什么？做过什么？

三

我被四十年前的自己吓着，更因为一系列技术性的原因。

翻翻这部书，读者难免会产生疑问：全世界两千多年来的戏剧学经典，直到今天仍然没有多少翻译成中文，那么，在那个荒凉的年代，究竟是怎么收集、怎么翻译的？

记得这本书刚刚出版一年，复旦大学的著名英语专家陆谷孙教授就带领着加拿大的一名华裔戏剧教授来找我。这位加拿大教授盯着我说："为找您，我飞了半个地球。只想问您，怎么会做到这么齐全？"

新加坡首席国家级戏剧家郭宝昆先生对我说："我到美国和香港的几个图书馆都去查对了，全世界主要的戏剧学著作，您都没有遗漏。这究竟是怎么回事？"

我总是笑笑，不作回答。因为，太难回答。

从事学术研究的朋友都知道，这样一部著作的成败关键，在于选择。在全世界，为什么只选这十几个国家？那就必须接触更多国家的资料。在这些入选的国家中，为什么只选了这几位戏剧家，而不是其他几位？对于每一位戏剧学家，在他们一辈子的大量言论中，为什么只选了这几个观点？……

那就是说，必须对没有选上的戏剧家和戏剧学，都有广泛和深入的了解。总之，这部《世界戏剧学》的背景资料和备选资料，应该是写出来的好几倍。

这么大规模的工作，即使在今天，申请为一个资金充裕的国家项目，又配备各种语言背景的工作团队，也未必做得起来。而我一个人，在造反派暴徒、极左派打手、大批判斗士的环视下，居然像"蚂蚁啃骨头"一般，偷偷摸摸、鬼鬼祟祟地做到了。

首先要感念的，是上海戏剧学院图书馆的外文书库，那是我的资料基地。说起来，在"文革"灾难前，北京人民文学出版社也曾出过《古典文艺理论译丛》，质量很好，对我极有帮助，本书也采用了其中不少译文，可惜那套译丛内容零敲碎打，诸艺混杂，不成系统。但在上海戏剧学院图书馆的外文书库里，戏剧的主题非常明晰，而且由于老一代教育家的几十年搜集，达到了"专业性齐备"的标准。但这些书，我们的学术前辈在兵荒马乱之中几乎都没有系统读过，只是静静地存在那里，等待着阅读者。

"文革"灾难开始时，图书馆被造反派们查封，我们很快也被发配到外地农场劳动去了。直到一九七一年周恩来总理主持教育恢复工作，我们才有机会回上海参加教材编写，可以进图书馆了。

值得庆幸的是，当时身边的极左派打手和大批判斗士，都不懂外文。图书馆管理员中，原来有几个懂，都已年老退休，那时也没有人懂了。其中有一个叫蔡祥明的先生，农村来的，文化程度不高，却喜欢书，也算是我的朋友。他只要见到我，就把外文书库的门轻轻打开，再送进来一条小木凳，供我在书架前爬上爬下找书。我进门后，他会快速把外文书库的门关上，让我一个人在里边，不要引起别人的注意。

四

这实在是一个非常奇特的时期，后人很难理解。

造反派暴徒"奉命夺权"之后，全国大乱，毛泽东便下令工人和军人以"宣传队"名义进驻所有的文化教学单位，成了实际掌控者，于是与造反派产生了激烈的冲突，甚至还产生武斗。其实当时的工人、军人"宣传队"和造反派在思想观念上没有什么差别，但是出于对权力的争逐却使他们裂缝重重。等到一九七一年周恩来总理成了中央的第二号领导者主持复课，情况更是发生了进一步变化。极端主义势力虽然还气势汹汹，却已经不能自圆其说，因此出现了一些文化流转的边角空间。

例如，我当时与上海戏剧学院青年教师中的几位伙伴几度密谋，实施了一个危险而精采的行动。我因为深知由"革命样板戏"引起的大量冤案，决心在复课时竭力阻止它们进入学院的课堂。但这很难，当时与戏剧无关的各种学校都把它们当做教材，我们学院以戏剧为专业，怎么阻止？

我的行动是，让几位伙伴收集全国因"移植样板戏"而出现了"差错"的案例，由我拿着去给进驻的工人和军人看，让他们产生印象，这东西只要一碰，很容易犯政治错误，应该恭敬让开。工人和军人看了材料果然害怕，问我们该以什么戏剧作为教材。

这时我就拿出两本马克思的著作，翻出马克思高度评价莎士比亚的段落。工人和军人不知道莎士比亚，却太知道马克思，当时恰逢毛泽东又号召"读马克思主义原著要不折不扣"。他们看了我划出的段落，又翻到封面确认是马克思的书，再翻到版权页确认由国家正式出版，就放心了，同意在复课时讲解和排演莎士比亚戏剧片段。

我对伙伴们说：只要能够堵住"样板戏"，迎进莎士比亚，那就是我们学院复课的最大成果。为了掩人耳目，平日不妨在发言和发文中表现出"紧跟形势"的姿态，甚至说几句违心的极左言论。

结果，从一九七一年复课到一九七六年文革结束，整整五年，偌大一所上海戏剧学院的各系科、各专业，从来没有在课堂中引进过一句"样板戏",这在当时是无法想象的。更无法想象的是,莎士比亚却借着马克思的佑护,倒在课程中微笑漫步。

但在课程中,莎士比亚只是实例,而不是教材。我当时被胜利所鼓励,就开始着手编写完整的正规教材《世界戏剧学》。这件事太大,又没有马克思的佑护,一旦被造反派和"宣传队"发现,必酿大祸,因此需要彻底保密。

对年轻的生命来说,冒险、酿祸、保密,都是刺激。只要暗暗一想,掌心就像握有秘符,肩头就像负有玄命,便立即气血充盈、精力贯注。

五

我在外文书库编写《世界戏剧学》,当然也会在大量的外国资料中遇到翻译上的难点,那就不能不感念孙珏老师了。孙珏老师是我读中学时的英语老师,我在《文化苦旅》初版中曾写到他,被台湾的著名出版家肖孟能先生看到了。肖先生对我说,孙珏老师是他大学里的同学,英语极好,奇怪怎么只做个中学老师。我说,他在抗日战争时曾进入过一个美军翻译机构,而这个机构是蒋介石亲自挂名领导的。一九四九年之后,孙老师在填写履历表的"证明人"一栏时,在这段履历上竟填了蒋的名字，那当然就出了问题。能教中学，还算好的。

他的"落难"，给我带来了方便。我在研读中凡是碰到翻译上的"硬块"，就到他家去请教。他家住在重庆南路，我搭二十四路电车到复兴公园，再走几百公尺就到了。记得有一次在静安寺的二十一路电车上与他巧遇，我乐不可支，连忙从口袋里取出半页纸，上面抄着一段很难翻译的文字，请他指教。我本想过两天到他家去听回答，没想到他一见英文就兴奋，竟在拥挤的电车里读了出来。我连忙环顾四周，因为按照当时的社会政治气氛，这太像两个"美国特务"在接头了。

另一位需要特别感念的人，是上世纪八十年代初担任上海文艺出版社社长的丁景唐先生。他德高望重，突然听手下的编辑说，有这么一部稿子，便要来翻阅了一遍。他居然一点儿也不在乎书的篇幅太大、我的年龄太轻、宣扬西方太多，签名同意出版。这在当时，无论从哪个角度看，都不可思议。

……

感念这个人，感念那个人。不管怎么说，这项工程总算完成了。

没有想到，此书出版至今三十年，又出现了一个漫长的"不可思议"。

记得我在两度领奖的时候，都断定它很快就会被同类新书追赶、超越、替代。但是，三十年过去，这种情况没有发生。

不仅没有出现"同类新书"，而且，连我写到的那些经典，知道的人也越来越少，包括很多从事电影、电视、戏剧的专业人员。偶然也会在传媒间看到一些艺术争论，似乎很激烈，却是前人早在几百年前就已经完满解决了的，而且解决的等级远远高于今天的争论。但大家都不知道，好像世界刚刚诞生，历史刚刚开始。

这种状况，比我们的年代，显得更加漠然无知。

渐渐我明白了，人文领域的创造，其实与条件无关。古往今来，都是如此。不错，我写这部书的条件，确实非常恶劣。但是，作为一个当事人，我有资格在四十年之后告诉大家，当时也有一些优势是现在所不具备的。例如——

第一，心无旁骛的充裕时间；

第二，无视生死的勇敢劲头；

第三，毫无名利的纯净心态。

现在还能回想起不少当时的片断画面：

听说复旦大学图书馆里可能有某本书，立即背一个包，换三次车，走一段路，然后在宿舍楼下呼喊一个"朋友的朋友"的名字，请他帮忙……

再过一个星期，坐火车到南京，除了找书，还找两位老人……

从南京老人那里知道，上海的一个弄堂里，住着一位早年的法国留学生……

早年的法国留学生又神秘地提示，最重要的几份德文资料，在同济大学图书馆。而能够真正读解这些资料的人，却在上海外语学院……

六

为了《世界戏剧学》的新版，竟然引出那么多回忆，这是事先没有想到的。我不知道，世上还有哪一部学术著作是在这种情况下写出来的。

读了我的上述回忆，有些读者也许会对这部书投以不信任的目光。但是我要告诉他们，几十年的历史证明，这书是可以信任的。继续做教材，也还称当。

我更要告诉读者的是，这本书虽然标着"戏剧学"的书名，但内容却广及整个艺术、整个美学。

原因是，世界各国的智者们在很长时间内，把戏剧当作"最高艺术"来论述。因此，他们的其他艺术观念也都汇集到了戏剧学。随之而来，更多与戏剧关系不大的哲学家、宗教家、政论家、法学家也都挤到这里来高谈阔论，精彩勃发。因此，如果把这部《世界戏剧学》的书名，改为《世界经典艺术学》，或《世界感性美学》，也未尝不可。

以我自己为例，我写作此书那么多年，获得的精神成果就远远超出戏剧专业，使自己完全变成了另外一个人。从那个时候起到现在，我被海内外广泛认知的身份是中华文化的阐释者，但是在我的精神基座上，却牢牢地烙刻着亚里士多德、狄德罗、莱辛、歌德、黑格尔、席勒、雨果、尼采的大名。这些大名，都与这部书有关。

从这个庞大而厚实的精神基座出发，通达对我更重要的康德、荣格、罗素、萨特，也不难了。

一个人，如果能够尽早获得全人类最高星座的审美默契，然后返视自己立足的土地，投入全新的创造，那就能拥有真正的生命尊严。

二〇一三年春日

星云大师

一

新春时节，获赠一箱子书，星云大师的《百年佛缘》。四函，十五册，可谓洋洋大观。同时收到慧宽法师的信函，说星云大师希望知道我读这部书的感想。

要读完这么多书，需要花一些时日。我随手拿起一函，抽出一本翻阅，发现文句清顺流畅，如恂恂口语。看前言才知，原来是星云大师在八十五岁高龄时所做的一次系统口述。我耳边，又响起了他温厚的扬州口音。

刚翻几页就停下了，因为看到了书上的一帧照片。

照片上有十几个人，最中间的是星云大师。他的左边，站着辜振甫先生，而他的右边站着的那个人，有点儿眼熟。比他们两位年轻，乐呵呵地闭着眼睛。照片下面注着的日期是一九九七年一月二十三日。

终于想起来了，那个人就是我。那一天，是辜振甫先生的八十大寿。

辜振甫先生的寿宴，全家子女到齐，济济一堂，围坐成一个大圆桌。客人只有两人，那就是星云大师和我。寿宴设在佛光山台北道场，辜先生向全家介绍我们这两个客人后，郑重地说："过生日，就是纪念生命，因此每年这一天都吃素，不杀生。"

我一听，心想，真是慧言嘉行。

然后，辜先生向我们两人一一介绍在场的子女。"这个是赚钱的"，"这个是筹钱的"，"这个是数钱的"，"这个是存钱的"，"这个……"

"这个是花钱的！"这是他的女儿辜怀群自己在抢着说，全场都笑了。辜怀群我知道，是戏剧家，排戏、办剧场，当然是花钱的活儿。她随即以同行的口气对我说："余先生，我一直在找你！"

我一笑："还想花钱？"大家又乐了。

寿宴结束后，全体人员拍摄了那帧合影。辜振甫先生夫妇又邀着我，在外面的客厅里谈了一会儿话。他们很懂文学，也都读过我的书，因此一起说："每次从报纸上知道你来，又找不到你。下次再来台湾，一定要告诉我们！"

我点头，顺口对辜先生说："与您会谈的汪道涵先生，倒是我的书友。他凡是见到好书，都会多买一本，与我分享。"

辜先生说："请代我向他问好！"

我转而对他夫人说："尊祖父严复先生，是十九世纪到二十世纪最重要的启蒙思想家。真正的中国近代，由他开始。"

辜夫人笑着说："谢谢！"

看我们谈得差不多了，星云大师就走了过来。星云大师比辜先生年轻十岁，但辜先生面对他，却像面对兄长。

二

那么，我怎么会被邀参加辜先生家宴的呢？

完全是因为星云大师。

星云大师从各种新闻媒体上看到，我在台湾太忙碌了。怕我累着，他请陆铿先生转告，让我从闹市区的福华饭店搬到佛光山台北道场来住，那儿清净，可以免去很多打扰。

这对我来说，是求之不得。倒不是为了逃避忙碌，而是为了再次向他靠近。

星云大师的大名，我早就知道，但首度当面拜识，却在寿宴前的五年，一九九二年。当时他邀请我到"世界佛教徒友谊会"暨"世界佛教青年友谊会"发表演讲。演讲是由星云大师亲自主持的，他是世界佛教徒友谊会的"永久荣誉会长"。

那个演讲现场颇为壮观，世界各国的佛教徒按国别层层排开，以同样的经颂、同样的仪姿礼拜。我那天的演讲，题为"行脚深深"，讲述中国古代的一个个佛教旅行家的事迹。讲稿的摘要，后来收入台湾尔雅出版社的《余秋雨台湾演讲》中。

那次演讲的地方，在高雄佛光山总部，因此我是从台北松山机场飞过去的。陪我去的，便是陆铿先生。陆铿先生比星云大师还年长八岁，早已是古稀老人，但在接获星云大师指令后，居然变成了一个小伙子，一路上对我这个晚辈殷勤照拂，甚至一次次试图来搀扶我，帮我提包。当时我就想，在通向佛光山的路上，好像大家都没有了年龄。

那天到了高雄佛光山总部，星云大师一见我便说，昨天有一位年轻的比丘尼拿着我的书找到他，建议邀请我到山上来讲课。大师当时哈哈一笑，说："你想到的，我早就想到。余先生明天就上山。"

为了证明这件巧事，星云大师随即吩咐身边两位年轻僧人把那位比丘尼找来。很快找来了，几个僧人不分尊幼地就在庙檐下谈起了我的散文，包括大师本人。

我至今还记得，星云大师对我散文的评语是"回肠荡气"。

这情景让我吃惊了。我写的并不是宗教书籍，在这里居然可以谈得那么热烈。可以想象,他们对一本哲学著作、社会学著作、经济学著作,也会这样。这就是佛光山吗?精神体量之大,远远超出了我的预计。

星云大师领着我,走进一间山景满窗的敞亮办公室,向我介绍慈惠法师和其他法师。慈惠法师微笑着看了我一会儿,说:"我觉得《山居笔记》比《文化苦旅》更好。从这本书可以推测,你的写作目标不只是散文,更是整体文化研究。但是,散文让你的研究有声有色。"

我又吃惊了,说:"没想到在佛光山遇到了文化知音。"

星云大师知道我担任过上海戏剧学院院长,话题就从文学转到了戏剧。他说:"我老和尚很少看戏,前不久在美国西来寺,花了很长时间看完了一部大陆的电视剧,非常精彩。因此我想托你办一件事。"

我说:"什么事?尽管吩咐。"

他说:"我们刚刚建立了一个佛光电视台,想播出那部电视剧。你能不能找到那个女主角?我们与她商量一下。"

我问:"是哪部电视剧,哪位女主角?"

他说:"电视剧叫《严凤英》,女主角叫马兰。"

"这不太难找。"我边说边笑。

星云大师看我笑得奇怪,便用眼神问我怎么回事。

我说:"马兰就是我的妻子。"

这下轮到他笑了。

那天,我与星云大师畅谈了整整一下午。他那时身体还很健硕,引着我走遍了佛光山的各个重要所在,还参观了他小而整洁的卧室,以及卧室外他每天运动的一个小球场。走走坐坐,坐坐走走,一路都在谈话。他在茫茫尘世间的经历,他在台湾和世界各地所做的事情,他在五大洲兴建一个个佛教道场的努力……这一切,都娓娓道来,声声入耳。

我侧身注视着他袈裟飘飘的高大身影,心想,这实在是一种人间奇迹:气吞山河却依然天真,成功连连却与世无争,立足经典又非常现代,面对仇怨只播洒爱心。

为什么说是奇迹呢?因为按照常例,大成功总是离不开权谋,老法师总是免不了孤寂。星云大师和佛光山,完全打破了这种常例。因为不合常例,也就构成了奇迹。

我在五年以后住进佛光山台北道场,就是想进一步深入这种奇迹,进行文化思考。

三

在辜振甫先生寿宴前后,我在台北道场住了十天,每天都有幸与星云大师交谈很长时间。

这十天中，我思考的问题很大，主要有这样三个——

第一，当代社会，信息密集、科学发达、沟通便捷、流转迅速，与各大宗教的形成期和发展期已经有了极大差别。那么，还有可能让大批年轻人接受神圣的感召，进入一种脱离家庭生活的宗教团体之中吗？

第二，进入宗教团体的僧侣队伍，在今天还有可能以自己由衷的快乐、纯净、高尚，带动周边广大的信众吗？有可能为今天纷乱无比的社会，增加健康的精神力量吗？

第三，这种在宗教旗帜下的健康精神力量，有可能给世界各地的大中华文化圈带来友爱，减除彼此间长久的隔阂吗？

这几个问题，是当代人文科学中的宏观难题。星云大师都以自己的实践，做了精彩的回答。

而且，这种回答具有极大的历史开创性。因为千百年来的佛教大师，没有一个遇到过那么强大的现代冲撞，也没有一个组建过像佛光山那样的盛大欢乐。

我把自己观察和思考的结果，先后发表在很多文章里。

在我的《中国文脉》一书中，有专文研究佛教的盛衰历史，其中有一段结论性的阐述——

我重新对佛教的前途产生喜悦的憧憬，是在台湾。星云大师所开创的佛光山几十年来致力于让佛教走向现实人间、走向世界各地的宏大事业，成果卓著，已经拥有数百万固定的信众。我曾多次在那里居住，看到大批具有现代国际教育背景的年轻僧侣，笑容澄澈无碍，善待一切生命，每天忙着利益众生、开导人心的大事小事，总是非常振奋。

我想，佛教的历史重要性已被两千年时间充分证明，而它的现实重要性则要被当今的实践来证明。现在好了，这种证明竟然已经展现得那么辉煌。

我的这一论述，曾被大陆的权威佛教学刊和其他学术刊物一再转载。

早在一九九七年那十天间，我就把这种感受告诉了星云大师。他谦虚地说："过奖，过奖！"

当我说到以佛教精神减除大中华文化圈长久隔阂的时候，他给我谈到了一九八九年收留许家屯的事。他讲述了事情的全部经过，又谈了自己超越政治对立的包容情怀。但是，这一件事，已经阻断他再度返回大陆的行程好几年。

从台北返回上海的飞机上，我一直想着如何由自己出面来疏通一下。星云大师在那个事件中本来也是想起疏通作用的，却被误解了。我既然听了他的叙述，也就承担了责任。但是，我自从辞职后就彻底割断了与权力结构的关系，不再与官员接触，因此找不到疏通渠道。我在飞机上想来想去，突然想到了一个人，觉得看到了一线光亮。

似有神助，我下飞机后刚进关，在机场过道的转弯处，恰恰见了这个人，那就是我的忘年书友汪道涵先生。他像是在等一位接他的人，独自站在一个角落。由于做过上海市市长，很多人都认识，他便把脸转向过道外面，背对人群。我上前招呼，他转身一见我，高兴极了。

我立即告诉他，辜振甫先生向他问好。然后，我顿了顿，说想约他长谈一次，内容非常重要，有关星云大师。

"星云大师？"他略一迟疑，便扳着指头算日子，约我再过一个星期，到康平路一六五号找他。

到了那天，我把星云大师讲的话，几乎一句不漏地告诉了汪先生。汪先生非常耐心地听完，又反复追问了几个细节，然后用手轻拍着椅子的扶把，想了好一会儿。

最后他对我说，由于事情复杂而又重大，我必须把刚才讲的内容写成一个完整的书面材料，交给他，由他负责递送。

书面材料我很快写好，送去了。过了几天，他又告诉我："材料已经转送，想必事态会缓和下来。但不要急，此事牵涉比较复杂，需要时间。"

四

在这之后，我离开了上海，离开了众声喧哗的热闹，全身心投入了对世界文明的进一步考察。其间还被香港凤凰卫视聘为特邀主持，贴地历险四万公里，遍访了埃及文明、巴比伦文明、克里特文明、雅典文明、希伯来文明、阿拉伯文明、波斯文明、印度文明的遗迹。在这过程中，更是虔诚地巡拜了佛教文化的圣迹。从尼泊尔释迦牟尼的出生地，一直到他山洞苦修、菩提悟道、初转法轮等等遗址，全部一一到达，并长久留连，细细询问，详尽记述。从四万公里返回后，我又应邀到世界各地演讲考察成果，特别是提醒人们注意正在发酵中的恐怖主义和经济危机。

那些年，我也曾遇到过比汪道涵先生更大的高官。一见面，他们总是谈我的书，而我则与他们谈星云大师的事。我说，哪片土地如果连星云大师也容不下了，那不是他的损失。

直到二〇〇二年春天，凤凰卫视告诉我，星云大师可以回大陆了，而且领衔到陕西法门寺恭迎佛指舍利到台湾。他会在三月三十一日护送舍利回来，凤凰卫视希望我到西安机场迎接，到时接受采访。

我历来不会在公共场合接受媒体采访，但这次由于星云大师，立即动身。

那天在西安机场，采访我的不仅仅是凤凰卫视，还有别的很多电视台。那些电视台一见到我，便一下子奔涌过来，全都把话筒塞在我嘴边。我觉得这是一个难得的好机会，就比较完整地讲述了佛教精神对于当代世界的意义，以及法门寺佛指舍利的行藏与中国历史兴衰的关系。很多电视台都播出了我的这段讲话，这也就让佛教话语罕见地在大陆传媒上成了主流话语。

后来，法门寺重建立碑，邀我书写碑文，我就把那天在西安机场讲话的内容概括进去了。大家可以从《秋雨碑书》的《法门寺碑》中看到：

> 佛指在此，指点苍茫。遥想当初，隐然潜藏，中土雄魂，如蒙寒霜。渺渺千年，再见天光，苍生惊悦，世运已畅。觉者顿悟，兴衰巨掌……

后来，我把自己书写的《法门寺碑》拓片，连同我为普陀山书写的《心经》碑刻拓片，一起送给了星云大师。

回想那天在西安机场见到星云大师时，他显得相当疲惫。

连续三十七天大规模的迎送活动，每个环节都离不开他，他太劳累了。毕竟，他已经七十五岁高龄。

五

在这之后，我见到星云大师的机会还是很多。尽管，我仍然是一个严格拒绝传媒、拒绝集会、拒绝热闹、拒绝广泛交往的人。

去台湾时，曾一再地与星云大师同台进行对话，同桌围炉过年。更多的是在大陆，只要是他的行迹，我常常会"不期而遇"。这中间，似乎有某种神秘的天意。当然也有事先安排的，例如，我陪他去普陀山。

记得那天的普陀山，凡是他要走过的地方，都铺上了红地毯。两边全是僧人执礼恭迎，黄红两色连成长廊，蜿蜒盘旋。我是普陀山的"荣誉岛民"，便以主人的身份扶着他，在长廊间缓步行进。

他与普陀山当时的总方丈戒忍法师见面时，方丈说："大师，我在这儿帮您看山。"

星云大师回答道："其实佛光山也算是普陀山的一脉。"

第二天一早，我又陪着他，到普陀山一个安静的高处，为太虚法师的遗迹奠基、栽树。他在那里，即兴发表了一个充满文学性的演讲。

他平日的演讲，绝大多数是面对千万信众开示。但这天就不一样了，他与太虚法师进行了一场私密的"隔代相晤"。一个在全世界弘扬了"人间佛教"的实践者，突然来到了"人间佛教"先驱者留下的精舍，有很多心里话需要倾诉。这种倾诉，情真意切，细语绵绵，当然具有文学性，全被我"偷听"到了。

我与他最近一次见面，是偶遇，在山西大同。大同华严寺请大师开光，而我，正巧也与妻子一起在大同考察北魏文化的遗迹。于是，我们又有了愉快的夜谈。

据我长期研究，公元五世纪，北魏孝文帝拓跋宏以北方少数民族领袖的彪悍雄姿问鼎中原，既虚心学习汉文化，又大力接迎佛教文化。在接迎佛教文化的过程中，又顺理成章地引入了犍陀罗文化，以及犍陀罗身后的印度文化、希腊文化、波斯文化、巴比伦文化。于是，以佛教文化和汉文化为中心，当时整个世界的优秀文化全都浩浩荡荡地集中了，互融了。由此产生的成果，就是伟大的唐代。

因此，我应邀为大同云冈石窟书写并镌刻了一方碑文，文曰："中国由此迈向大唐"。人们看完了那些雄伟石雕，就能看到这方碑刻。

大同的云冈石窟和古城墙都修复得很好，受到海内外专家的高度评价。星云大师那天在大同讲经，就有当地的佛教信众递纸条上去，热情称赞对修复工程做出重大贡献的耿彦波市长是"活菩萨"。星云大师当天晚上就以佛教的立场，对耿市长深表感谢。

在大同圣洁的夜空下，与星云大师轻声交谈着千余年来的辉煌和岑寂，文明和信仰，实在是一种醇厚的精神体验。

癸巳年春日

（星云大师收到本文后，在第一时间就请助手朗读了一遍，他听得非常仔细。不久，我家的电话铃声响了。我拿起听筒，里边传来熟悉的声音："我是星云。"他高度评价了这篇文章，说是"小篇幅，大作品"。我说："愧不敢当。"）

祭　笔

　　《秋雨合集》二十二卷，在除夕的爆竹声中终于编成了，我轻轻放下手上的笔。

　　放下又捡起，再端详一番：笔。

　　人的一生会触碰到很多物件，多得数也数不清。对我来说，最重要的物件，一定是笔。

　　我至今还没有用电脑，一切文字都用笔写出，被出版界誉为稀世无多的"纯手工写作"。会不会改变？不会。虽然我并不保守，但一个人的生命有限，总需要守住几份忠贞，其中一份，就是对笔。

　　也许很多人会笑我落伍，但只要读了我下面的片断记忆，一定就会理解了。

一

我人生的第一支笔，是一支竹杆小毛笔。妈妈在代村民写信，我用这支小毛笔在边上模仿，那时我才三岁。第二年就被两个新来的小学老师硬生生地从我家桌子底下拖去上学了，妈妈给我换了一支好一点的毛笔。我一上课就黏得满脸是墨，惹得每个老师一下课就把我抱到小河边洗。洗完，再奔跑着把我抱回座位。

七岁时，妈妈给了我一支比毛笔还长的蘸水笔，外加一瓶蓝墨水，要我从此代她为村民写信、记账。把笔头伸到墨水瓶里蘸一次，能写七个字。笔头在纸上的划动，吸引着乡亲们的一双双眼睛。乡亲们几乎不看我，只看笔。

这也就是说，妈妈在我很小的时候就已经有意无意地告诉我，这笔，对乡亲们有一种责任。

九岁小学毕业到上海读中学，爸爸狠狠心花四元钱为我买了一支"关勒铭"牌的钢笔，这在当时算是一笔大开销，但我很快就丢失了，爸爸很生气。后来知道我得了上海市作文比赛第一名和数学竞赛大奖，爸爸气消了，但再也不给我买好钢笔。我后来用的，一直是别人不可能拿走的那种廉价钢笔。我也乐意，因为轻，而好钢笔总是比较重。

二

我第一次大规模地用笔，是从十九岁到二十一岁，替爸爸写"交代"。那是"文革"灾难的初期，爸爸被"革命群众"揭发有政治问题和历史问题，立即"打倒"，停发工资，而我们家有八口人要吃饭。爸爸希望用一篇篇文字叙述来向"革命群众"说明事实真相，因此一边擦眼泪一边写，很快眼睛坏了。不得已，就由他口述，由我代笔。后来他被"革命群众"上纲上线为"反对伟大领袖"，不能回家了。他告诉当权者，自己已经不能写字，必须由我代笔。因此，还能几天放回一次，但不能在家里过夜。

我一共为爸爸写了六十多万字的"交代"。我开始时曾劝爸爸，没有必要写。但爸爸总是不吱声，只是抖抖地把一支笔递给我。我接过笔，把纸铺平，等着他继续昨天的叙述。后来写着写着，知道了从祖父和外公开始的很多真实往事，觉得很有历史价值和文学价值，便写了下去。而且，我又主动追问了爸爸很多细节，再从祖母、妈妈那里核实。这一切，就是我后来写作《吾家小史》的起点。这书，断断续续写了四十多年。

当时为爸爸写"交代"，用的是圆珠笔。一根塑料直杆，每支两角钱，我写完了很多支。用这种圆珠笔，要比用钢笔使力，笔杆又太细，写着很不舒服。但爸爸要求，在写的材料下面必须垫一张蓝紫色的"复写纸"，使材料交上去之外还留个底，因此下笔要重，只能用这种圆珠笔。写一阵，手指发僵，而中指挨着食指的第一节还会留下深深的笔杆印。再写下去，整个手掌都会抽搐，因为实在写得太急、太多了。

三

再怎么说，我爸爸都不应该是"文革"斗争的重点。他不是干部，不是资本家，也不是知识分子。"打倒"他，是出于"革命群众"的嫉妒。嫉妒他什么呢？只有一条，生了四个儿子，属于"人丁兴旺"。那年月，对一般家庭来说，"人丁兴旺"往往意味着食不果腹，但"革命群众"不管，只在他平日与同事聊天中收集到几句似乎"不满政府"的言语，便"打倒"了，长时间关押。其实爸爸非常"知足"，毫无不满情绪。

"文革"的真正重点，倒是与我的专业有关。戏剧，成了社会灾难的引爆点。"文革"的起点，是批判吴晗的《海瑞罢官》——那是戏剧；"文革"的旗帜，是几部所谓"革命样板戏"——那也是戏剧。人类历史上从未有过这样的事：很多人只因为说了一两句与戏剧相关的话，便身陷铁窗，或丧失生命。

我当时正在上海戏剧学院读书。在学院里，我是反对"文革"的"保守派三座大山"之一。在爸爸已经被"打倒"的情况下，我的这种反对，在当时就是一种悲壮的自毁行为。就像我的叔叔余志士先生以连续三次的割脉自杀来抗议"文革"一样，我捧着他的骨灰盒，接过了他的遗志。

正在这时，一场更大的灾难突然降临，全国城里的学生必须断学废学，上山下乡，不准回城。上海学生的大多数，有不少更是被惩罚性地发配到了遥远的边疆。出发前，所有的家长和学生都必须去看一台彻底否定教育和文化的戏剧《边疆新苗》。天哪，仍然是戏剧！我看过这台戏后去农场时，把所有的笔都丢进了垃圾桶，包括为爸爸写"交代"的圆珠笔。当时，爸爸的"罪行"加重，不能离开关押室了，我也就无法再为他代笔。

为什么要把笔丢进垃圾桶？首先是一种抗议性决裂。"革命样板戏"和《边疆新苗》使我产生了一种专业性耻辱。其次，是因为发现没有机会写字了。我打听到，我们劳动的地方根本没有邮局，寄信要在休息的日子步行很远的路才能找到一个小镇，但实际上并没有休息的日子。

由于这两个原因，理所当然，折笔、弃笔、毁笔、葬笔。

实际情况比预料的更糟。我们在农场自搭茅草屋，四根竹子撑一块木板当床，睡着睡着就陷到泥淖里去了。用笔的地方完全没有，用笔的时间也完全没有。永远是天不亮下田，天全黑才回，永远在生命极限的边缘上挣扎，完全想不起字，想不起笔，想不起自己是一个能写字的人。

四

一九七一年的一个政治事件使周恩来总理突然成了中国的第二号人物，他着手领导复课，试图局部地纠正"文革"灾难。这就使很多濒临枯死的"边疆新苗"有可能回城读书了，也使我们有机会回上海参与一点教材编写。我被分配到复旦大学的"鲁迅教材编写组"，这又拿起了笔。记得那笔是从静安寺百乐商场买的，一元钱左右的吸墨水钢笔。当时的钢笔也已经有了几个"国内名牌"，像"英雄"、"金星"什么的，那就要二三元钱一支了，我买不起。

编教材，我分到的事情很少，不到三天就写完了。但是，复课、编教材这件事虽然由周恩来直接布置，却仍然受到主张废学停课的极左派反对，认为是"右倾翻案"，时时准备反击。这让我又一次愤怒，但是，由于当时已经出现了恢复教育的势头，我的愤怒也就变成了学术勇敢。

我拿起那支一元钱的笔，开始行动。那时为了复课，各大学的图书馆重新开放。我利用上海戏剧学院图书馆一个早就熟悉的职工蔡祥明，偷偷摸进了当时还视为禁地的外文书库，开始了《世界戏剧学》的构建。当时在外面，一窗之隔，只要说一句不同于"革命样板戏"的话，就会有牢狱之灾。为此，我不能不对那支一元钱的钢笔表示敬意，对自己的青年时代表示敬意。

正是那支笔，成了一支帮我偷偷潜行的拐杖，在黑暗泥泞中描划出了一个庞大的学术构建。

与这个学术构建相比，我后来完成的很多学术著作，虽然更为著名，却失去了一份不惜赴死的生命力度。

五

由于我在灾难中的表现，灾难过去之后全院三次民意测验均名列第一，被破格提升为院长。

连一个小组长也没有做过，却成为国家重点艺术高校的第一领导者，这似乎像是坐了"火箭"，但却是十年的信任沉淀。全院的教师和职工看了我整整十年，有的事当时没有看明白，后来也终于明白了，例如，我一次次鬼鬼祟祟地消失在外文书库的原因。

灾难中的形象往往会传播得很广，当时我的社会声望已远远超出学院，被选为整个上海市的中文专业教授评审组组长，兼艺术专业教授评审组组长。每次评审，我们对那些在灾难岁月投机取巧、丧失天良的文人都断然予以否定。于是，我又拿起了那支笔，一次次重重地写下了否定结论，又浓浓地签上自己的名。那支笔在当时，几乎成了法官敲下的那个锤子，响亮、果敢、权威。

这就是二十世纪八十年代，我那时说得上仕途畅达，官运亨通。已经是全国最年轻的高校校长，却还常有北京和上海的高官竭力要把我拉进更高的权力圈子，这在当时很容易。于是，有了一次次长谈，一次次规劝。这些高官，后来都成了非常显赫的领导人。但是，我太明白我的笔的秉性。它虽然也有能力继续成为更大法官的锤子，但它显然并不愿意。

我对它，也产生了更大的计划。这支笔在我手上，已经浸透百年的血泪，我却希望它去重醮千年的辉煌。我知道它所吐出的文字，不止仅有控诉功能。我知道它渴望着描绘褪色已久的尊严。

于是，我在上上下下的极度惊愕中辞职了。辞了二十三次，才被勉强批准。然后，穿上一件灰色的薄棉袄，去了甘肃高原，开始踏访公元七世纪的唐朝。

当年寻找古迹，需要长时间步行，而那些路并不好走。在去阳关的半道上，我几度蹲下身去察看坟丘密布的古战场，把我插在裤袋口上的旧钢笔弄丢了。

那支旧钢笔不值什么钱，但正是它，我在辞职前反复搓弄，就像古人搓弄占卜用的灵枝，卜问前程。那支笔每次都顽强地告诉我，只愿意把我的名字签在文章上，而不是文件上。

既然它对我有点重要，我就低着头在沙原上找了一会儿。但那地方太开阔、太芜杂了，当然找不到。转念一想也释然了：这支笔是陪了我很久的老朋友，从现在起，就代表我陪陪一千多年前的远戍将士和边塞诗人吧。

我考察的习惯，不在现场抄录什么，只在当天晚上回到旅舍后才关起门来专心写作。记得在兰州我曾长时间住在一个极简陋的小招待所里，简陋到上厕所都要走很远的路。当地一位年长的文人范克峻先生读过我的不少学术著作，又看到我行李简薄，便送来了一支圆珠笔和两叠稿纸。这种圆珠笔的笔杆较粗，比我为爸爸写"交代"的那一种更好用。只不过那稿纸太薄，一写就穿，落笔要小心翼翼。范先生说，当地文具店，只有这种稿纸。

我把白天的感觉写成一篇篇散文，寄给在《收获》杂志做编辑的老同学李小林。邮局找不到，就塞到路边一个灰绿色的老邮筒里。这时才觉得范克峻先生给我送薄稿纸算是送对了。稿纸薄，几篇文章叠在一起也能塞得进那邮筒。

写了就及时寄走，是怕在路上丢失。有的地方连路边邮筒也找不到，那就只能将写好的文章随身带了。随身带，更是要求稿纸越薄越好。由此我养成了习惯，只用薄稿纸。这一来，那种容易划破薄稿纸的圆珠笔，就需要更换了。

当然，写起来最舒服的还是吸墨水的钢笔。但这对我这个不断赶路的旅行者来说，就很不方便，因为必须随身带墨水瓶。墨水瓶都是玻璃做的，夹在行李里既容易洒，又容易碎。据说过去安徒生旅行时是把墨水瓶拴根绳子挂在脖子上的，那就不会洒，也不会碎了。但我不会模仿他，因为那样不仅难看，而且还有显摆自己"很有墨水"的嫌疑。安徒生旅行时还肩扛一大圈粗麻绳，那是准备在旅馆失火时可以滑窗而逃。可见，他走得比我还麻烦。

后来我还是学了安徒生的一半，随身带墨水瓶，但不挂在脖子上。选那种玻璃特别厚的瓶子，瓶口拧紧处再垫一个橡胶圈。但这样还是不保险，因为几经颠簸后，瓶盖易裂。所以再加一个笨办法，在瓶盖外再包一层塑料纸，用细麻绳绕三圈扎紧。行李本来就很小，把墨水瓶塞在衣服中间。

我从甘肃路边邮筒寄出的一叠叠薄稿纸，如果有可能发表，似乎应该起个总题目。因此，在寄出第三叠时，我在信封背后加了一句："就叫《文化苦旅》吧。"后来，路还在一直走，风餐露宿，满身烟尘，却永远带着那支钢笔，那瓶墨水。我想应该对笔表示一点什么了，因此，为接下来的文集起名时加了一个"笔"字，叫《山居笔记》。

六

笔之大难，莫过于在北非、中东、南亚、中亚的极端恐怖地区了。

我写了那么多中华文明遗迹，为了对比，必须去寻找同样古老的其他文明。但那路，实在太险峻、太艰难、太无序、太混乱了。我下过决心，必须贴地而行，不能坐飞机，因此要经过无数关口。在各种奇奇怪怪的关口，查啊查，等啊等，翻啊翻，问啊问。他们在不断问我，我却永远问不清，前面可以在哪里用餐，今晚可以在哪里栖宿。

由于危机天天不断，生命朝不保夕，因此完全不能靠事后记忆了，必须当天写下日记。在哪里写日记？在废弃的战壕边，在吉普的车轮上，在岗亭的棚架下。这一来，笔又成了问题。

显然不能带墨水瓶，如果带了，那些人很可能会让我当场喝两口看看是不是危险的液体。圆珠笔他们也查得仔细，又拧又拆，要判断那是不是特制的微型手枪。

好在，这时世界上已流行一种透明塑料杆的轻型墨水笔，一支可以写好几天，不必吸墨水。沿途见不到超市、文具店，因此我不管入住什么样的小旅馆，只要见到客房里有这种笔，立即收下。

在行经伊拉克、伊朗、巴基斯坦、阿富汗、尼泊尔那漫长的边界地区时，一路上黑影幢幢、堡垒隐隐、妖光熠熠、枪口森森。我把已写好的日记手稿包在一个塑料洗衣袋里紧抱在胸前，手上又捏着一支水笔。我想，即使人被俘虏了，行李被抢走了，我的纸笔还在，还能写作。当然更大的可能是不让写，那我也要尽最大努力，为自己保留一丝最后的机会，为笔保留一丝最后的机会。

这种紧抱稿子紧捏笔的情景，我一直保持到从尼泊尔入境西藏的樟木口岸。

那支水笔，连同我在历险行程中一直藏在行李箱中的一支较好的钢笔，回国后 很快被一个慈善机构高价拍卖。所得款项，全部捐献，以补充北京市残障儿童的乳品供应。

后来我在进一步研究中国文明与世界现代先进文明的差

距时，又考察了欧洲九十六座城市。虽然也非常辛苦，但那种悬生命于一线的危险没有了，而且一路上也比较容易得到顺手的笔。

我考察完那么多充满恐怖的地方之后，被国际媒体称为"当代世界最勇敢的人文教授"。从联合国开始，很多国际机构和著名大学纷纷邀请我作主题演讲。所谓主题，大多是"全球背景下的中国文明"、"一个中国学者眼中的当代世界"、"五万公里五千年"、"全球面临的新危机"等等。华盛顿国会图书馆、联合国世界文明大会、哈佛大学、耶鲁大学、哥伦比亚大学、纽约大学等等都去了。我想，既然沿途用了那么多笔，现在正该用一支更好的笔，把考察成果系统地写出来了。

但是，万万没有想到，遭遇了意想不到的情况。

七

就在我基本完成对中国文明和世界文明的长时间考察之际，我周围的文化格局发生了整体性蜕变。简单说来，八十年代由"反思、探索、改革、创新"组成的文化主题全线失落，代之以一种奇怪的文化气氛，大致可概括为"空泛奢豪、恶俗嬉闹、毒舌横飞、良莠颠倒"。

这种文化气氛，使我和妻子走投无路。妻子马兰，那么优秀的表演艺术家，由于数度婉拒了一次据说是"顶级重要的联欢会"，被地方官员"冷冻"，失去了工作；而我，则不知为什么成了文化诽谤的第一焦点，"文革派"、"自由派"和官方一些媒体亲密合作，联手造谣，我即便无声无息，也永远浊浪滚滚。这就是说，我们夫妻两人，毫无预兆、毫无理由地被驱赶了。我们又不愿向权力部门求助，因此注定无处可去。

照理应该移民，但我们没有条件。只能逃到广东省海边一个不太在意文化的城市，躲了很多年。我们原以为可以在那里找到一个友谊的小窝棚。但是，诽谤的大浪很快使几张笑脸逐一背叛。国内无人理会，国际间却一直在热心地寻找我们，邀请演讲和演出。台湾更把我当作了中华文化的主要演讲者，邀请尤其殷切。这使我产生了一个矛盾：要不要在恶劣的处境中继续阐释中国文化？

还是以前遇到过的老问题：是折笔、弃笔、毁笔、葬笔，还是再度拾笔、执笔、振笔、纵笔？

相比之下，要剥夺我妻子的演出权利是容易的，因为她已经离开了地区依赖性很强的创作群体；但是，要剥夺我的笔却不很容易，因为这只是个人的深夜坚守，没有地域性限定。除非，我自己觉得没有意思了。

那么，自己究竟觉得有没有意思呢？妻子一次次无言地看着我，我玩弄着笔杆，一次次摇头。

还去阐释中国文化？请看报刊上永远在喷泻的千百篇诽谤我的文章，用的全是中国文字、中国语法、中国恶气、中国心计。就这样，我难道应该"熟视无睹"，还到国际上传扬中国文化？而且，所有对我的诽谤，只要稍作调查就能立即识破，但整整二十年，没有任何一个文化机构和文化团体，作过一丝一毫的调查，发过一丝一毫的异议。这些报刊、机构和团体，都不是民间的。

民间，也好不到哪里去。我妻子的观众，我自己的读者，在数量上都曾经长期领先全国，在热度上更是无以复加；但一夜之间，听说被官员冷冻了，被媒体围殴了，大家也就立即转变立场，全都乐滋滋地期待着新的拳脚。

这与"文革"中的民众，一模一样。

因此，我除了摇头，还是摇头。

后来，突然发现了一些奇怪的材料，我才开始改变态度。

这些材料告诉我，始终盯着我的笔不放的，一个是几十年前鼓吹断学废学的剧作者，一个是上海工人造反派"工总司"副司令的文化教习，还有两个是上海学生造反派司令部的首领。这些年媒体间对我的各种诽谤，全由他们指挥。这一下子就前后贯通了，他们当然不允许一个与他们曾经长期对立的人取得太大的话语权，因此用"贼喊捉贼"的最简便方式来泼污。我只惊讶，他们已经年岁不小，却还如此老当益壮，徒众如云。

这几个发现让我默然良久。我父亲的十年关押，我叔叔的三度割脉，我全家的濒临饿死，我岳父的当街批斗，全都一一浮现在眼前。原来，我要不要重新拾笔，并不仅仅关及我目前的处境，而是牵涉到很大的时空坐标。

一切文化孽力都会以文化的方式断灭文化。简单说来，也就是"以笔夺笔"。他们过去夺过很多人的笔，现在夺我的笔，还在鼓动徒众们一直夺下去。因此，我还应该担负一点守护文化的责任。事实证明，我的守护并不会被当代中国文化乐意接受，但我不必看谁的脸色。我不仅还要执笔，而且也可以不再拒绝国际间的演讲邀请。我当然不会控诉我们夫妻俩的遭遇，但当我说清楚了中国文化的千年脉络、万里对比，也许会有一些中外读者对二十年来驱赶我们夫妻俩的那种文化气氛产生一点怀疑，开始认识到那未必是中国文化的真正魂魄。

因此，我又郑重地执笔了。执笔之时给自己定下了一个严格的规矩：时间不多，笔墨珍贵，不能浪费在对诽谤的反驳上。

于是，在诽谤声依然如狂风暴雨的一个个夜晚，在远离无数"文化盛典"的僻静小屋，由失业很久的妻子陪伴着，我一笔笔地写出了一批书籍。它们是:《中国文脉》、《何谓文化》、《君子之道》、《北大授课》、《极品美学》、《吾家小史》，以及它们的部分初稿《寻觅中华》、《摩挲大地》、《借我一生》……。此外，我还精选了从庄子、屈原、苏轼到《心经》等重要文化经典，用当代散文作了翻译和阐释。以前那些以《文化苦旅》领头的"文化大散文"文集，以及多部艰深的学术著作如《世界戏剧学》、《中国戏剧史》、《艺术创作学》、《观众心理学》，也都认真地整理了出来。

一个人能写出这么多的书来吗？很多出版家和读者都深感惊讶，连我自己也常常会对着这一大堆书发呆。我曾自问，这里边有草率之作吗？于是，我一次次心情紧张地重翻这些书，放下一本，又拿起一本。重复了无数遍之后，我终于可以向天轻语：每一本、每一页都是生命的锤炼，一处也未敢草率。

至此，我不敢说对得起中国文化，却敢说我对得起自己的笔了。当然，笔也对得起我。

我还可以像老朋友一样对笔开一句玩笑：你耗尽了我的一生，我却没有浪费你太多的墨水。

不仅没有浪费太多的墨水，也没有浪费什么社会资源。这二十二卷书，每一卷都没有申请过一元钱的资助。据说现在国家有钱，这样的资助名目非常之多，诸如研究基金、创作补助、项目经费、学术津贴、考察专款、资料费用、追加资金……每一项都数字惊人。我始终没有沾染分毫，只靠一支笔。

有了笔，一切都够了。

八

在行将结束此文的时候，突然冒出来一个回忆，觉得有点意思，不妨再说几句。

记得那一次考察欧洲，坐船过英吉利海峡。正遇风急浪高，全船乘客颠得东倒西歪、左仰右合、呕吐不止。只有我，生来就不晕船，居然还在船舱的一个咖啡厅里写作。有两位英国老太太也不晕船，发现我与她们同道，高兴地扶着栏杆走到了我身后。我与她们打过招呼之后继续埋头书写，随即传来这两位老太太的惊叹声："看！多么漂亮的中国字！那么大的风浪他还握得住笔！"

这两位老太太完全不懂中文，因此她们说漂亮不漂亮，只是在指一种陌生的文字记号的整齐排列，不足为凭。但是，我却非常喜欢她们的惊叹。不错，漂亮的中国字，那么大的风浪还在写。这一切，不正是有一点象征意义么？

我是一个握笔之人，握在风浪中，竟然还能写那么多，写得那么整齐。

写的目的，不完全是为了读者。写到后来，很大一部分是为了那风浪，为了那条船，为了那支笔。

其实，也是为了自己。看看过了那么多年，这个七岁就为乡亲们代写书信的小男孩，还能为乡亲们代写点什么；这个二十岁左右就为父亲写"交代"的青年人，还能为中国文化向国际社会"交代"点什么。

看自己，并不是执着于"我"，而是观察一种生命状态，能够扩展和超脱到什么程度。这是佛教的意思。

于是，谨此祭笔。

且拜且祭，且忆且思，且喜且泣。

癸巳除夕至甲午春节

学理的回答

何谓文化

——在接受澳门科技大学荣誉博士称号后的学术演讲

简目

尊敬的许敖敖校长，各位前来祝贺的教育界贤达，各位教授和同学：下午好！

感谢澳门科技大学授予我荣誉博士称号。这份荣誉，不仅仅来自称号本身，更来自于一起获得这个称号的其他名字。

这中间，有名震国际的水稻专家袁隆平先生，有贡献卓著的运载火箭和卫星技术专家孙家栋先生，有指导全国抗击了SARS灾难的医学专家钟南山先生，有领导绕月飞行而被称为"嫦娥之父"的航天专家欧阳自远先生，有很早被聘为美国大学校长的华人科学家吴家玮先生，有第一个被聘为英国大学校长的华人科学家杨福家先生……这些科学家，有的我早就熟识，有的则是新交的朋友，几天来有机会长时间交谈，很是兴奋。

我历来认为，人生最大的享受，不是华宅美食，而是与高人相晤。但是，科学高人们总是极其繁忙，又星散各地，很不容易畅叙。为此，我要再一次感谢澳门科技大学为我们创造了这个机会。

与这些科学家不同，我这次获颁的是"荣誉文学博士"，因此我今天的演讲也就推不开文化的话题了。但是在这里我首先要向科学家们叫几句苦：讲文化，看起来好像比你们讲科学容易，其实并不。原因是——

第一，科学有定量定性的指标，文化没有。

第二，科学有国际标准，文化没有。

第三，科学家很少受到非专业的评论，但在当前中国文化界，非专业的评论者在人数上是文化创造者的几百倍，在言论上都非常激烈。

这三个原因，已经造成文化话语的烟雾迷茫。本来，社会转型的终极目标是文化转型，但是，正当社会各部门纷纷向文化求援的时候，原来处于滞后状态的文化领域反过来充当起了老师。结果就产生了一系列反常现象，例如，最需要改革创新的时代却推崇起复古文化，最需要科学理性的时代却泛滥起民粹文化，最需要大爱救灾的时代却风行起谋术文化，最需要发掘人才的时代却重捡起咬人文化，等等。正是这些反常的文化现象，使国际间和我们的下一代对中华文化产生了更多的误读。

这种误读的后果是严重的。

有一个对比，我每次想起都心情沉重。你看，德国发动过两次世界大战，本来国际形象很不好。但是，当贝多芬、巴赫、歌德等人的文化暖流不断感动世人，情况也就发生了变化。中国在世界上，并没做过什么坏事，却为什么反而一直被误读？

我想，至少有一半原因，在于文化的阻隔。

既然问题出在文化上，我们也就应该完整地对它做一些思考了。

一、文化到底是什么？

你们如果到辞典、书籍中寻找"文化"的定义，一定会头疼。从英国学者泰勒（E. Burnett Tylor，一八三二——一九一七）开始，这样的定义已出现两百多个。那两百多个定义，每一个都相当长，我敢担保，你们即使硬着头皮全部看完，还是搞不清楚文化到底是什么。请记住，没有边界的国家不叫国家，没有边界的定义不是定义。

文化定义的这种毛病，让我想起了美国文化人类学家洛威尔（A. Lawrence Lowell，一八五六—一九四三）发出的叹息：

> 在这个世界上，没有别的东西比文化更难捉摸。我们不能分析它，因为它的成分无穷无尽；我们不能叙述它，因为它没有固定的形状。我们想用文字来定义它，这就像要把空气抓在手里：除了不在手里，它无处不在。

文化确实很难捉摸。因此，我们的传媒在讲述文化的时候，也只是说它有可能发挥的效果，如"凝聚力"、"软实力"、"精神家园"等等，都是比喻，至于文化本身是什么，还是没说明白。近来又有不少地方把文化等同于"创意产业"，这又把两个不同的概念混淆了。因为文化中那些最经典、最高尚的部位，早在千百年前就完成"创意"，更难以变成"产业"。

按照我的学术经验，对于那些最难下手的大题目，可以从它的裂缝处下手。你看，文化在这里就露出了它的一条裂缝：我们身边有很多跨国婚姻——离散，离散的原因大多是"文化差异"。然而仔细一问，男女双方既不在"文化界"，也不是"文化人"。可见，"文化"的含义远远大于文化部门和文化职业。这条裂缝，可以让我们窥知文化的真正奥秘。

我们现在所关注的文化，既不能大到无限广阔，又不能小到一些特殊的部门和职业，那它究竟是什么呢？看来，还要想办法给它一个定义。三年前，我在香港凤凰卫视的《秋雨时分》谈话节目中公布了自己拟订的一个文化定义。我的定义可能是全世界最简短的——

文化，是一种包含精神价值和生活方式的生态共同体。它通过积累和引导，创建集体人格。

对于这个定义中的几个关键词需要解释一下。我前面说到不少跨国婚姻因"文化差异"而离散，其中一个例子，就是作为丈夫的华人每年清明节必须从美国的公司请假回故乡扫墓，使他的美国妻子觉得难以理解。这就在"精神价值"和"生活方式"上，说明了"文化差异"是什么。

文化是一种时间的"积累"，但也有责任通过"引导"而移风易俗。在这个动态过程中，渐渐积淀成一种"集体人格"。中华文化的最重要成果，就是中国人的集体人格。

瑞士心理学家荣格（C. Gustav Jung，一八七五——一九六一）说："一切文化都沉淀为人格。不是歌德创造了浮士德，而是浮士德创造了歌德。"他在这里所说的"浮士德"，已经不是一个具体的人名，而是指德意志民族的集体人格，也就是德意志文化的象征。这种集体人格早就存在，歌德只是把它表现了出来罢了。

在中国，自觉地把文化看成是集体人格的是鲁迅。他把中国人的集体人格，称作"国民性"。他的作品《阿Q正传》、《孔乙己》、《药》、《故事新编》等，都在这方面做出了探索。因此，直到今天，他还是高出于中国现代的其他作家。

当文化——沉淀为集体人格，它也就凝聚成了民族的灵魂。必须注意的是，民族的灵魂未必都是正面的，从歌德到鲁迅都曾经深刻地揭示过其间的负面成分。

按照我所拟定的文化定义，今天中国文化在理解上至少有以下五方面的偏差：

第一，太注意文化的部门职能，而不重视它的全民性质；

第二，太注意文化的外在方式，而不重视它的精神价值；

第三，太注意文化的积累层面，而不重视它的引导作用；

第四，太注意文化的作品组成，而不重视它的人格构成；

第五，太注意文化的片段享用，而不重视它的集体沉淀。

所以，大家看出来了吧，我的定义虽然简短，内涵却是不小。这不是我的功劳，而是文化在本性上的必然诉求。

由于文化是一种精神价值、生活方式和集体人格，因此在任何一个经济社会里它都具有归结性的意义。十几年前，在纽约召开的"经济发展和文化转型"的国际学术研讨会上，各国学者达成了一系列共识，值得我们参考。

例如：

一个社会不管发达和不发达，表面上看起来是经济形态，实际上都是文化心态。

经济活动的起点和终点，都是文化。

经济发展在本质上是一个文化过程。

经济行为只要延伸到较远的目标，就一定会碰到文化。

赚钱，是以货币的方式达到非货币的目的。

赚钱的最终目的不是为了衣食，而是为了荣誉、安全、自由、幸福，这一些都是文化命题。

说这些话的人，大多是经济学家，而不是文化学者。他们不深刻，却是明白人。

二、文化的最终目标

我们已经从定义上说明文化是什么，但还没有指出它的最终目标。不管是精神价值、生活方式，还是集体人格，总会有一个正面、积极、公认的终极指向吧？它究竟是什么呢？

我刚刚引述的在纽约国际学术研讨会上诸多经济学家的发言，都强调了文化在经济活动中的重要地位，却都没有说明他们追求的文化目标是什么。

他们所说的文化，如果按照上述定义来解析，那么，在精神价值上，很可能是指理想、荣耀、成功；在生活方式上，很可能是指游学、交际、冒险；在人格修炼上，很可能是指崇敬、反省、乐观。诸如此类，都很不错。但是，还缺少终极指向。"理想"的内容是什么？"成功"的标准是什么？"反省"的基点是什么？

在这里我想举出美国企业家贝林先生的例子来说明问题。我曾为他的自传写过序言，与他有过深入的交谈。

他对我说，他原先为自己定下的文化目标是"展现个性的成功"。其中，又分了三个阶段。第一阶段，他追求"多"，即利润多，产业多；第二阶段，他追求"好"，即质量、品牌都达到国际一流；第三阶段，他追求"独"，即一切都独一无二，不可重复。他说："当这三个阶段全都走完之后，我还不到六十岁。我感到了前所未有的无聊,甚至觉得连活着都没有意义了。"

直到二〇〇一年三月,一个偶然的机会,他在亚洲某地把一把轮椅推到一个六岁的残障女孩前,女孩快速学会运用后两眼发出的生命光辉,把他的生命也照亮了。几年后,在非洲,一个津巴布韦青年背着一位完全不认识的残障老妇人,用几天时间穿过沙漠来向贝林先生领轮椅,贝林先生看着这个青年独自向沙漠深处走回去的背影想:"我一直以为有钱才能做慈善。他让我明白,我这一生把梯子搁错了墙,爬到顶上才发现搁错了。"

现在,贝林先生成天在世界各地忙碌,早已没有一丝无聊之感。他在做什么,我想大家一猜就明白。

这是一位六十岁之后才找到了文化的最终目标的大企业家。

他明白了,文化的最终目标,是在人世间普及爱和善良。

贝林先生与我们一样,当然从小就知道爱和善良,并把它们看成是道德之门、宗教之门,却很少与文化联系起来。文化,似乎主要是来制造界限的:学历的界限、专业的界限、民族的界限、时代的界限、高低的界限、成败的界限、贵贱的界限、悲喜的界限、雅俗的界限……在这重重叠叠的界限中,人们用尽了才华和智谋,编制了概念和理由,引发了冲突和谈判。这一切，似乎全都归属于文化范畴。贝林先生原先争取的"个性"、"成功"、"多"、"好"、"独"，也都是因为一条条诱人的界限而被误认为是"文化追求"。

歌德的一句话，就把整个"局"破解了。他说——

人类凭着聪明，划出了一条条界限，最后用爱，把它们全部推倒。

因此，贝林先生在六十岁之后获得的转变，是他摆脱一重重"小文化"的界限之后所发现的"大文化"。这种"大文化"，居然是他从小就听熟的词汇：爱、善良。

爱和善良超越一切，又能把一切激活。没有爱和善良，即便是勇敢的理想，也是可怕的；即便是巨大的成功，也是自私的。相反，如果以爱和善良为目标，那么，文化的精神价值、生活方式和集体人格，全都会因为这个隐藏的光源，而晶莹剔透。

一个最复杂的文化课题，立即变得不复杂了。

中国儒家说："仁者爱人"，"爱人者人恒爱之"，"与人为善"，"止于至善"。他们都把爱和善良看成是最高德行，最后原则。

回溯远古历史，最早所说的"文化"，就是指人活动的痕迹。当这种痕迹集中起来，"文化"也就是人类在特定时间和空间上的生态共同体。但是，这样的共同体应该很多，为什么只有很少几个能在极其恶劣的条件下生存下来，而其他却不能？过去的解释是，能生存，只因为强大。其实只要稍稍研究一下比较严重的自然灾害和传染病疫就能明白，人类在巨大而突发的破坏力面前，一时的所谓强大并没有用。如果不能互相救助，反而互相争夺，那么，谁也存活不了。因此，存活之道，繁衍之道，发展之道，必然包含着大爱之道、善良之道。

从大说到小，就连我们每一个人的生命能够存在，也必定是无数前人善良的结果。我曾在一篇散文中写道：

> 唐末一个逃难者在严寒之夜被拉进了一扇柴门，宋代一个书生涉江落水被路人救起，这很可能是我的祖先。一场灭绝性的征剿不知被谁劝阻，一所最小的私塾突然在荒村开张……这些事情，也都可能远远地与我有关。因此，我们区区五尺之躯，不知沉淀着多少善良因子。文化是一种感恩，懂得把它们全部唤醒。

我不否认，历史上更多地存在着"弱肉强食"的丛林原则。

但是，正是在血泊边上的点滴善良，使人类没有退回丛林变为动物，这就是动物所没有的"文化"。世间很多最初原理都会变成终极原理，善良也就由此而成了文化的最终目标。

在这个问题上，儒家文化宣示得非常堂皇却分析不多，而佛教文化却建立了一个更精密的精神架构。

佛教的逻辑出发点，倒不是善，而是苦。人为什么有那么多苦？因为有很多欲求。而细究之下，所有的欲求都是虚妄的。世间种种追求，包括人的感觉、概念、区分，都是空相。在快速变化的时间过程中，连自己这个人也是空相。由此，得出了"无我"、"无常"的启悟，可以让人解脱一切羁绊。但问题是，处于早已蒙恶的世间，"独善"的自己已不真实。那就应该解救和引渡众人，在"精神彼岸"建立一处净土。这一来，对于整个人间，都要用善良和慈悲的情怀拥抱和融化，所谓"无缘大慈，同体大悲"，就是这个意思。

包括佛学家在内的很多哲学家都认为，人之为人，在本性上潜藏着善的种子。灌溉它们，使它们发育长大，然后集合成一种看似天然的森林，这就是文化的使命。

对于这一点，我本人，是从中国民众一次次自发救灾的壮举中才深深体会到的。因此我曾多次说，我的文化课程，部分完成于课堂，部分完成于书房，而更重要的部分，则完成于一个个遗迹废墟，和一个个救灾现场。

德国哲学家康德曾多次表示，对于人类最终的善良原则和道德原则，不可讨论，也不必讨论。它们像星座一样高耀头顶，毋庸置疑，必须绝对服从。

雨果又补充一句：

善良是精神世界的太阳。

当然，不管是星座还是太阳，并不能取代一切。文化的天地辽阔而多变，接受善良的光照会有很多不同的层面和方式。例如，思索人生过程，寻找审美形式，表达震惊、恐惧、怜悯、软弱、无奈，都是以珍惜生命为起点，因此也在善良的坐标之内。呐喊、诅咒、谴责、揭露，也都与此有关。即便是纯粹描写山水，创造美的形态，也都是对人类感觉的肯定，对居息星球的探询，皆属大爱范畴。

因此，以爱和善良为终极目标，并不会缩小文化的体量。

三、中国文化的特性

讲了文化，就要缩小范围，讲中国文化。

中国文化的特性究竟是什么？很多学者发表了各种意见，我大部分不赞成。原因只有一个，他们所找出来的"特性"，并没有区别于其他文化的真正特殊性。

例如，"刚健有为"、"自强不息"、"海纳百川"、"尊师重教"、"宽容忍让"、"厚德载物"等成语，一直被轮番用来概括中华文化的特性。看起来好像并没有错，但一旦翻译成外文就麻烦了，因为世界上绝大多数民族的经典中都有类似的说法，我们只不过是用汉语文言来表述罢了。

这表明了中国文化和世界文化的可贵一致，却也表明，我们不能以这些一致性来说明中国文化的独特性。

更重要的是，这些美好的语汇，大多是古代思想家对人们的教诲和宣示，并不能说明大家已经投之于实践。有一些，恰恰古代思想家是看到大家没有做到，才提出这种训诫的。因此，所谓文化特性，还必须具有广泛而长久的实践性。

按照**独特性**和**实践性**的标准，我把中国文化的特性概括为三个"道"——

其一，在社会模式上，建立了"礼仪之道"。

其二，在人格模式上，建立了"君子之道"。

其三，在行为模式上，建立了"中庸之道"。

用这三个"道"来说明中国文化与别的文化的根本区别，

外国人能接受吗?

我从六年前开始,就应邀分别在美国哈佛大学、耶鲁大学、哥伦比亚大学、马里兰大学、华盛顿国会图书馆以这样一条思路进行演讲,反响十分积极。每次演讲之后,我照例还会与当地的教授、学者做一些讨论。大致可以肯定,这样的思路比较容易被国际学术界认可。

下面,我想用最简单的话语,对这三个"道"略做说明。

先说"**礼仪之道**"。我们的祖先早已发现,文化虽软,但要流传,必须打造出具体的形态。从原始社会传下来的各种民间文化,大多是以陋风恶俗的强硬方式来推行的。那么,思想精英们试图推行的仁爱、高尚、温厚、互敬、忍让、秩序,也不能流于空泛,而必须设计出一整套行为规范,通过一定的仪式进行半强制化的传扬。例如,出于亲情伦理的孝文化,年幼的孩子尚未获得深刻认知时,也必须学会每天向父母亲请安。这种请安就是半强制化的行为规范,也是孝文化得以延续的缆索。因此,所谓"礼仪",就是一种便于固定、便于实行、便于审视、便于继承的生活化了的文化仪式。设计者们相信,只要规范在,仪式在,里边所蕴藏着的文化精神也就有可能存活,否则,文化精神只能随风飘散。因此,荀子说,"礼者,人道之极也"。意思是,礼仪是人文道德的根本。礼仪当然也会给每个人带来很多不自由,这一点孔子早就看出来了，因此说"克己复礼"。正是孔子和其他先师们的努力，使中国在不少时候被称为"礼仪之邦"。

把"礼仪"当作社会模式，也使中国文化在几千年间保持着一种可贵的端庄。缺点是，"礼仪"太注重外在形式和繁文缛节，限制了心灵启蒙和个性表达，更阻碍了大多数中国学者进行超验、抽象的终极思考。

再说"**君子之道**"。儒者企图改造社会而做不到，最后就把改造社会的目标变成了改造人格。起先，他们设定的行为程序是"修身、齐家、治国、平天下"，修身是出发点，谁知辛苦到后来，治国、平天下的计划基本落空，因此，出发点又变成了目的地。他们修身的模型，就是君子。

把君子作为人格理想，是中国文化独有的特征。在这里我们不妨做一个宏观对比：在这个世界上，有的民族把人格理想定为"觉者"，有的民族把人格理想定为"先知"，有的民族把人格理想定为"巨人"，有的民族把人格理想定为"绅士"，有的民族把人格理想定为"骑士"，有的民族把人格理想定为"武士"，而中华民族的人格理想是"君子"，不与它们重复。

我们的祖先没有给君子下一个定义。但是比下定义更精彩的是，他们明确设定了君子的对立面——小人。而且，在一切问题上都把君子和小人进行近距离的直接对照。这种理论方式，形象鲜明，反差强烈，容易感受，又朗朗上口，非常便于流传。

你们看，历来中国人只要稍有文化就能随口说出"君子坦荡荡，小人常戚戚"、"君子求诸己，小人求诸人"、"君子喻于义，小人喻于利"、"君子泰而不骄，小人骄而不泰"、"君子和而不同，小人同而不和"等等。结果，两千多年说下来，君子和小人的界限成了中国文化的第一界限。只要是中国人，即使失败了也希望失败得像个君子，而不希望转变为成功的小人；即使被别人说成是坏人，也不愿意被别人说成小人。如此深入人心，证明古代儒者确实已经把一切政治之梦、礼仪之梦凝缩成了君子之梦、人格之梦。

最后说"**中庸之道**"。简单说来，就是中国文化在本性上不信任一切极端化的诱惑。"中庸之道"认为，极端化的言辞虽然听起来痛快、爽利，却一定害人害己。因此，必须警惕痛快和爽利，而去寻求合适和恰当；必须放弃僵硬和狭窄，而去寻求弹性和宽容。

"中庸之道"是一种整体思维方式。它反对切割，而提倡整合；它希望清晰，却又容忍混沌；它要求结果，却也承认过程；它知道是非，却又肯定转化……它认为，互补、互动、互易的整体，是世界的真相，而极端化思维则是虚假思维。

中国历史上也出现过不少极端化事件，就近而言，像义和团、"文革"等等，但时间都不长。占据历史主导地位的，还是基于农耕文明四季轮回、阴阳互生的"中庸"、"中和"、"中道"哲学。这种哲学，经由儒家和道家的深刻论述和实践，已成为中国人的基本行为模式，与世界上其他地方一直在痴迷的宗教极端主义和军事扩张主义形成鲜明的对照。我认为，中华文明之所以能够成为人类几大古文明中唯一没有中断和消亡的幸存者，有很多原因，其中最重要的秘密就是"中庸之道"。"中庸之道"在一次次巨大的灾难中起了关键的缓冲作用、阻爆作用和疗伤作用，既保全了自己，又维护了世界。例如，中国的主流文化不支持跨国军事远征，这就和其他那些重大文明很不一样。这种区别，连很多来华的西方传教士也过了很久才弄明白，发觉根源就是"中庸之道"。二〇〇五年我曾在联合国世界文明大会上发表了题为"利玛窦说"的演讲，以一系列历史事实，从文化哲学上批驳了"中国威胁论"。

好了，三个"道"，社会模式、人格模式、行为模式齐全，而且组合严整，构成了一种大文化的"三足鼎立"。这尊文化之鼎，既是中国人精神凝聚的理由，又是中国人在地球上的一个重大建树。别人如果不承认，那是他们自己没有见识。

有些人，直到今天还经常拿着西方近代建立的一些社会观念贬斥中国和中国人。不错，那些西方观念都很优秀，很值得我们学习，但我稍稍也有一点儿不服气。因为在那些观念产生之前，中国文化已经相当刚健地存活了至少五千年。"相当刚健"的证据，就是当同年的邻居早已纷纷死亡，而它还生气勃勃地活到了今天，活出了诸子百家，活出了秦汉唐宋，活出了人丁兴旺。活得那么久，活得那么大，难道就没有自己的精神价值么？

几个月前在台北，我与一位美籍华人政论者产生争执。他说："西方的价值系统，是我们讨论全部问题的起点和终点。"我说："是不是终点，你我都没有资格判断。但是，我有资格肯定，起点不在那里。"

四、中国文化的弊病

说了中国文化的建树，那也就有必要讨论一下它的弊病了。

中国文化体量大、寿命长，弊病当然很多。我为了与前面讲的三个"道"对应，也选出了三个"弱"。

中国文化的第一个弱项，是疏于公共空间。

"公共空间"（public space）作为一个社会学命题是德国法兰克福学派重新阐释的，却是欧洲文化自古至今的一大亮点。

中国文化对此一直比较黯然，历来总是强调，上对得起社稷朝廷，下对得起家庭亲情，所谓"忠孝两全"。但是，有了忠、孝，就"全"了吗？不。在朝廷和家庭之间，有辽阔的"公共空间"，这是中国文化的一个盲区。

你看，古代一个官员坐着轿子来到了某个公共空间，前面一定有差役举出两块牌子："肃静"、"回避"。这么一来，公共空间一下子又不见了。那么，似乎只好让知识分子来关心公共空间了，但是中国文人遵守一个座右铭："两耳不闻窗外事，一心只读圣贤书。"这里边所说的"窗外"，就是公共空间，他们不予关注。他们有时也讲"天下兴亡"，但主要是指朝廷兴亡。

这个毛病，与德国哲学家康德的一个重要论述对比一下就更明显了。康德说，知识分子的崇高责任，就是"敢于在一切公共空间运用理性"。

我在国外游历时，经常听到外国朋友抱怨中国游客随地吐痰、高声喧哗、在旅馆大堂打牌等低劣行为，认为没有道德。我往往会为自己的同胞辩护几句，说那个高声喧哗的农村妇女，很可能收养过两个孤儿。他们的失态，只能说明他们不知道公共空间的行为规范。责任不在他们，而在中国文化。当然，这样的事说到底确实也与道德有关，那就是缺少公德。

现在，中国文化的这个缺漏只能靠我们当代人来弥补了。

很多城市提出要建设"文化强市",我认为,最重要的支点不在于推出多少作品,而在于重建公共空间。

公共空间是最大的文化作品,同时又是最大的文化课堂。广大市民的集体人格和审美习惯,都在那里培养。

中国文化的第二个弱项,是疏于实证意识。

已故的美籍华人史学家黄仁宇教授说,中国历史最大的弊端是"缺少数字化管理"。他故意幽默地用了一个新词汇,来阐述一个老问题。他特别举了明代朝廷档案《明实录》的例子,发现那里记载的数字大多很不准确,甚至极为荒谬,但从撰稿者、抄写者、审核者,到阅读者、引用者,好像都陷入了盲区。这个盲区,在中国现代有增无减。尤其是那些看上去最具有实证架势的数字,往往最难相信。什么"三个月戡乱成功"、"亩产二十万斤"、"百分之九十五的当权派都烂掉了"等等,这些风行全国的数字,有哪一个得到过实证?

实证意识的缺乏,也就是科学意识的缺乏。这种倾向,使中国文化长期处于"只问忠奸、不问真假"的泥潭之中。其实,弄不清真假,其他一切都失去了基础。现在让人痛心疾首的诚信失落,也与此有关。假货哪个国家都有,但对中国祸害最大;谣言哪个国家都有,但对中国伤害最深。这是因为,中国文化不具备发现虚假、抵制伪造、消除谣言的机制和程序。

多年来我发现，在中国，不管什么人，只要遇到了针对自己的谣言，就无法找到文化本身的手段来破除。什么叫"文化本身的手段"？那就是不必依赖官方的澄清，也不必自杀，仅仅靠着社会上多数民众对证据的辨别能力，以及对虚假的逻辑敏感，就能让事实恢复真相。对此，中国文化完全无能为力，中国文人则大多助纣为虐，几乎所有后果最坏的谣言，都是文人制造出来的。本来，传媒和互联网的发达可以帮助搜寻证据、克服谣言，但事实证明，它们在很大程度上反而成了谣言的翅膀，满天飞舞。

总之，中国文化在这个问题上形成了一个奇怪的局面，我曾用八个短句进行概括：*造谣无责，传谣无阻；中谣无助，辟谣无路；驳谣无效，破谣无趣；老谣方去，新谣无数。*

由此联想到社会大局，什么时候只要有人故意造谣生事，一定会引发一场场难以控制的人文灾难。我这些年在香港，惊讶地发现那里很多文人都固执地相信直到今天汶川地震的现场还"哀鸿遍野、民不聊生"，我怎么用亲身见闻来反驳都没有效果。对照世界上其他遭遇自然灾害的国家，救灾行动远远比不上中国，却并没有这种谣言。因此我不能不认定，这里确实隐藏着中国文化的一大毛病。

中国文化的第三个弱项，是疏于法制观念。

我不是从政治角度，而是从文化角度来论述这个问题的。

中国至今最流行的文学，仍然是武侠小说。武侠小说在艺术手法上颇多佳笔，但在文化观念上却一定在颂扬"法外英雄"。这种英雄国外也有过，如罗宾汉、佐罗，但文化地位远没有在中国文化中那么高。在中国文化中，"好汉"总是在挑战法律，"江湖"总是要远离法律，"良民"总是在拦轿告状，"清官"总是在法外演仁。这类"总是"还可以不断列举下去，说明中国历来的民间灵魂大多栖息在法制之外，或者飘零在边缘地带。

当然，这也与中国法制历来的弊病有关。相比之下，与中国的"水浒好汉"几乎同时的"北欧海盗"，却经历了从"家族复仇"到"理性审判"的痛苦转化过程。中国的这个转化迟至现代才开始，但在文化上却一直没有真正开始。这个问题，我在《行者无疆》一书中讨论北欧海盗的那些文章，有较详细的论述。

中国文化对法律观念的疏淡，严重影响广大民众快速进入现代文明。让人担忧的是，现在有很多官员还在忙着表演离开法制程序的所谓"亲民"举动，把上访看作起诉，以调解替代审判，用金钱慰抚非法，结果，法律被贬，正义蒙尘，凶者得利，善者受损。更严重的是，不少活跃在传媒和网络上的文人还把自己的喧闹围啄当作"民间法庭"。其实，中外历史都证明，世间一切"民间法庭"都是对法律的最大破坏。

中国文化的弱项还有很多，我曾在香港凤凰卫视中很系统地讲过一年，今天由于时间有限，仅举上述这三点。但是，仅此三点已经够沉重的了。要克服，恐怕要经过好几代。

五、近三十年的进步

由于我对文化的定义是精神价值、生活方式、集体人格，因此在整体上对中国文化的现状很不满意，有时甚至很愤怒。虚假、空洞、重复、极左、奉迎、低智、恶趣、媚俗之风，在文化领域愈演愈烈。

我认为，造成了这些现象，主要原因是以往我国文化体制的惯性延续。由于这种体制与日新月异的社会发展越来越格格不入，因此比过去任何时代都不可容忍。

但是，如果不理会这种陈旧体制，而是看社会的正常层面，那么，在一些基本文化观念上还是取得了重大进步——

第一，由于三十年来"注重经济建设"、"改善人民生活"的成功实践，比较充分地普及了"**民生文化**"。

这种民生文化，已经成为当代社会的思维主轴，改变了整个社会的精神重点，与以前没完没了的斗争哲学划出了时代性的界限。以这种民生文化为坐标，过去流行的"宫廷兴亡史观"

也在渐渐被"全民生态史观"所替代。目前，这种民生文化正在向更公平的分配制度、更健全的服务体系、更良好的生态环境推进。这一切，看似经济事件、社会事件，但在我看来，都是重大文化事件。

第二，由于改革开放，文化视野开拓，比较有效地普及了**"多元文化"**。

所谓多元文化，其实也是包容文化、差异文化、对峙文化。绝大多数中国人比以前更能容忍和欣赏许多异己的艺术形态，新生的一代更愿意把创造的前沿放在熟悉和陌生之间。这对于长期处于"大一统"传统之下的中国文化而言，实在是一大进步。

与广大民众相比，倒是有些官员对多元文化的理解大为落后，仍然固守着保守的奉承观念，颐指气使。但从总的发展趋势来看，这已经不成气候，多元文化的观念已经推向了全社会。现在，反倒是西方，对中国文化的多元化进程缺少理解和宽容。

第三，由于一次次全民救灾的行动，在中国史无前例地普及了**"生命文化"**。

在我看来，全中国上上下下从心底呼喊出"生命第一"的声音，这是一次非常重大的文化转型。因为类似的情景在中国历史上没有出现过。有了"生命第一"的观念，人性、人道的命题都可以一一确立，大爱、大善的行为也可以进一步发扬，直逼我在前面所说的文化的最终目标。显然，这是中国文化从精神上站立起来的最重要标志。

大家可能已经从香港的报纸上看到，我在5·12汶川大地震之后，与海内外那些热衷于编织"哀鸿遍野5·12"的奇怪人群展开了激烈争论，核心问题就在于：全民支援灾区的事实，要不要肯定？重建中国的文化精神，是靠爱，还是靠恨？我认为，中国社会沉淀的恨已经太多，好不容易迸发出了普天大爱，应该珍惜，不容糟践。

除了这些奇怪人群之外，不少文化人对于民生文化、多元文化、生命文化的了解也落后于广大民众。这也难怪，由于以前的文化包袱太重，他们大多还沉溺于书面文化、谋臣文化、大批判文化里边，我们应该帮助他们走出昔日的泥淖。

在肯定上述实质性进步之后，我们还应看到，这些进步还带有不少被动性和脆弱性，有待于大力加固和提高。例如，民生文化的加固有待于社会体制的改革，多元文化的加固有待于民主进程的推进，生命文化的加固有待于宗教精神的重建等等。好在希望已经出现，努力有了依凭。

六、当前的文化隐忧

当前中国文化遇到的问题，比它的历史弊病还要复杂。

因此，我今天的演讲要在这个话题上停留较多时间，大胆地把几个隐忧坦陈出来。

第一个隐忧，复古文化正在冲击着创新文化。

前面刚刚讲过，我不赞成拿着西方文化的两百年来压中国文化的五千年。这话本该说得理直气壮却很难理直气壮了，因为最近几年，国内突然风行起复古主义，使事情失去了另一番平衡。

其实，任何文化的生命力都在于创新，而不是怀古。要怀古，比中国更有资格的是伊拉克和埃及。但是，如果它们不创新，成天向世界讲述巴比伦文明和法老遗言，怎么能奢望在现代找到自己的文化地位？

很遗憾，打开我们的电视、报纸、书刊，很少有一个创意思维引起广泛关注，永远在大做文章的还是一千年前的枭雄心计、七百年前的宫门是非，以及古人之夺、古墓之争、老戏重拍。

本来，做一点儿这种事情也未尝不可。但是，在文化判断力不高的现代中国，社会关注是一种集体运动，传播热点是一种心理召唤，倚重于此必然麻木于彼。几年下来，广大民众心中增添了很多历史累赘，却没有提升创新的敏感度，这不是好事。

复古文化在极度自信的背后隐藏着极度的不自信。因为这股风潮降低了中国文化与世界上其他文化进行平等对话的可能，只是自言自语、自娱自乐、自产自销、自迷自醉。这是中国文化自改革开放以来的一个倒退。

更让人警惕的是，这几年的复古文化有一个重点，那就是违背我前面讲过的"爱和善良"原则，竭力宣扬中国文化中的阴谋、权术、诡计，并把它们统统称为"中国智慧"、"制胜良策"。相反，复古文化从来不去揭示中华大地上千家万户间守望相助、和衷共济的悠久生态，这实在是对中国文化的曲解。这种曲解，已经伤害到了民族的文明素质，伤害到了后代的人格建设，也伤害到了中国的国际形象。

这股复古思潮，甚至对近百年来发生的某些社会文化现象也进行过度夸耀。例如在我生活时间较长的上海，一些人对二十世纪二三十年代的"夜上海"、"百乐门"的滥情描述，对当时还处于起步状态的学人、艺人的极度吹捧，就完全违背了基本常识，贬损了一个现代国际大都市的文化格局。不仅是上海，据我所知，这些年各地已经把很多处于生存竞争过程中的民间艺术、地方戏曲，全都不分优劣地当作"国家遗产"保护了起来，把它们称作"国粹"、"省粹"、"市粹"，顺便，还把老一代民间艺人一律封为不可超越的"艺术泰斗"、"文化经典"。

这在文化史上闹了大笑话，还阻断了民间艺术新陈代谢的自然选择过程，反而恶化了文化生态。

保护，对破坏而言，是一个正面概念；但对改革而言，则很可能是一个负面概念。今天世界上的"贸易保护主义"，就意味着倒退。

由于很多文化官员对于文化发展的大势缺少思考，这股失控的复古势头也获得了不少行政加持。结果，当过去的文化现象在官方的帮助下被越吹越大，创新和突破反倒失去了合理性。

第二个隐忧，民粹文化正在冲击着理性文化。

我前面曾经说到，康德认为知识分子的责任是"有勇气在一切公共空间运用理性"。这句话的关键词，除了"公共空间"就是"运用理性"。但这些年来，理性文化还没有来得及被广泛运用，却受到民粹文化的严重冲击。民粹和复古一样，都是在设定虚假信仰。任何虚假信仰，都是文化欺骗。

每一个正常的现代社会都应该重视民众的呼声，但是，这种重视必须通过真正的民主理性和必要程序来实现。应该承认，世上许多重大课题，一般民众是感受不到，也思考不了的。例如，在我的记忆中，如果三十年前拿着"要不要改革开放"的大问题进行民意测验，肯定很难通过。因为这会使很多"铁饭碗"保不住，而一般民众又无法预计中国经济后来的发展。又如，现在如果拿着"低碳"、"减排"、"禁猎"、"限牧"、"休渔"等问题交付民意裁决，情况也会很不乐观。

如果"民意"就是最高原则，那么，人类为什么还需要那些苦苦寻求真理的文化大师，而且他们都那么孤独？孔子流浪十几年，一路上没有什么人听他的，除了身边几个学生；老子连一个学生也没有，单身出关，不知所终。如果让当时的民众来评判，他们这些默默赶路的人什么也不是。民众追捧的，是另一类人物。

对于民粹主义，凡是经历过"文革"的中国人都不陌生。那时候，普天下都是大鸣、大放、大批判、大揭发，号称大民主。发起冲击者，就是自称"革命群众"的造反派。他们被一些投机文人封为"弱势群体"，但当时真正的弱势群体，显然是那些天天遭受欺凌的文化精英。我一直认为，"文革"如果仅仅是一场上层的政治斗争，那还算不上灾难；但是，当民粹暴力以"民意"的名义大行其道的时候，立即就变成了一场全民浩劫。幸好，他们那时只用大字报，还没有互联网。

民粹很像民主，却绝对不是民主。民粹的泛滥，是对不民主的惩罚，但是这种惩罚唤不来民主。民粹对于民主的损害，甚至超过专制。因为专制让人向往民主，民粹让人误解民主。

由于民粹主义历来是一群投机文人挑唆起来的，因此还是要有一批真正的知识分子站出来坚持冷峻的理性，与他们对峙。

一个可悲的事实是，由于多年来对于民粹的放纵，现在要面对着它来坚持理性，已经成为一件非常艰难的事情。

民粹主义表现在文化艺术上，就是放弃应有的等级和标准，把底层观众的现场快感当作第一坐标。

不管是东方还是西方的美学都告诉我们：快感不是美感，美是对人的提升。一切优秀的文化艺术本是历代大师辛勤架设的提升人们生命品质的阶梯，民粹主义拆掉了所有的阶梯，只剩下地面上的一片嬉闹。

当然，嬉闹也可以被允许。但是应该明白，即使普通民众，也有权利寻求精神上的攀援，也有权利享受高出于自己的审美等级。

今天我要请在场的同学们冷静下来设想一下，如果把人类历史上所有第一流的艺术大师都一一交给当时当地的民众来"海选"，结果能选上哪几个？我可以肯定，一个也选不上。"海选"，是社会上部分爱热闹的年轻人的短期游戏，与艺术的高低基本没有关系。最有精神价值的作品，永远面对着"高贵的寂寞"。虽然寂寞，却能构成夜醒之人的精神向往，如黑海的灯，远山的塔。

总之，不管在哪个时代、哪个国家，文化艺术一旦受控于民粹主义，很快就会从惊人的热闹走向惊人的低俗，然后走向惊人的荒凉。

第三个隐忧，文化的耗损机制仍然强于建设机制。

现在经常有人提出这样一个尖锐的问题："中国的经济发展举世瞩目，却为什么迟迟不能出现真正被海内外公认的文化成就？"

答案，必定与文化的耗损机制有关。

耗损有不同的类型，我要先讲一讲"惰性耗损"。

"惰性耗损"是一种体制性的毛病，这种毛病耗损了文化的活力，浪费了文化的资源，使"恶性耗损"乘虚而入。

今天中国文化的"惰性耗损"，主要耗损在官场化、行政化的体制之中。直到今天，最重要的文化资源仍在体制之内，而最重要的文化成果却在体制之外。

文化的官场化、行政化，比较集中地体现在中国大陆一层层"领导"文化的政府部门以及"文联"、"作协"这样的官方机构中。这些机构一定也做过一些好事，当然还可以继续存在，我的不少朋友也在里边。但是现在应该厘清它们的真实性质，免使它们继续受到不必要的指责。它们其实没有太多权力，也没有现实的代表性，可能会给部分人员一些身份和津贴吧，却无法面对文化创建上的真正课题。

其实目前处于文化创建前沿的，是年轻的一代。他们天天遇到的障碍、挑战、挣扎、乐趣，是官方机构无法想象的。这中间的差异，就像"野战军"和"军人俱乐部"之间的天壤之别。现在的体制似乎把"军人俱乐部"里的活动当作了战场，错把大量的国家文化资源和荣誉资源都给了他们。而在真实的战场上，却风沙扑面，蛇蝎处处，缺少支援。

这就引出了"恶性耗损"。

我们应该检讨，在"文革"之后的拨乱反正过程中，对于祸害极大的"革命大批判"，当时只是否定了它的具体内容，却没有否定它的行为模式。于是，几十年一过，当"文革"灾难渐渐被人淡忘，大批判的行为模式又沉渣泛起了。现在中国文化传媒界一些不断整人的投机文人，比"文革"时期的造反派更加恶劣，因为他们明知真相而坚持造谣，明知法律而坚持犯法。相比之下，当年的造反派倒是比他们无知得多。

这种大批判的行为模式，永远是假借"大众"的名义，通过捕风捉影、断章取义、上纲上线、鼓噪起哄，给文化环境带来巨大的不安全。因此大家都看到了，不少文化人为了安全起见纷纷寻求官方背景，甚至加入军方的文艺团体。没有获得这种背景而又有较大名声的文化创造者，就成了"恶性耗损"的重点对象。正是这种耗损，危及了中国当代文化的命脉。

这中间，很多传媒起到了极为关键的负面作用。近十年来，这些传媒经常在境外控诉，它们的记者如何受到了哪个县长、哪个机关的不礼貌对待，似乎他们是正义的化身，又是备受欺凌的"弱者"。但是它们忘了告诉人们，自己就是一种强大权力，不知有多少文化创造者一直受到它们的诽谤、追殴而求告无门。当诽谤被一一揭穿，它们也从来不更正、不道歉、不受罚，总是转身去谋划着新的诽谤。

它们为什么敢于如此？那是因为，这些传媒都顶着"政府喉舌"的光环，不存在体制上的对立面，更没有法律上的担忧。因此，即使没有受到它们伤害的文化创造者也只能天天如履薄冰、如临深渊。这，就是当前中国文化成果寥落的主因。

从现在看来，中国的法律界习惯于把受毁损的文化人看成是"公众人物"，似乎理应挨打；把传媒的暴行看成是"言论自由"，似乎理应施暴。

结果大家都看到了，在文化领域，任何恶性耗损几乎都不必支付最低的成本和代价。时间一长，文化耗损者的队伍大大扩充，文化建设又何从谈起？

近两年，很多地方都在为缺少文化人才而着急，准备放宽政策、重奖重赏、多方引进。其实，在我看来，只要阻止了"惰性耗损"和"恶性耗损"，文化人才就成批地站在眼前了。真正杰出的文化人才数量有限，居无定所，永远在寻找着能够守护文化等级和文化安全的地方。

讲了当前中国文化遇到的三个隐忧，可能会引起大家的不少烦恼。这些问题发作的程度已经不轻，什么时候能够缓释？什么时候能够解决？

对此我想做一个让大家宽心的判断。

我认为，复古文化的热潮现在已经越过了峰尖，开始降温。原因是人们已经发觉那些老句子、老故事、老谋略对于当代生活帮助并不大，产生了厌倦。

同样开始引起人们厌倦的，是那种"恶性耗损"机制。大家渐渐发现，虽然这种机制每次发动进攻时都声势很大，但到最后都疑窦重重。时间一长，连幸灾乐祸的起哄者都疲顿了。

我感到悲观的，反倒是那些看起来危害不大的"惰性耗损"。那么多争权夺位的协会，那么多假大空的晚会，那么多早已失去公信的评奖，那么多近似于"楼堂馆所"的"文化精品工程"，什么时候能够大刀阔斧地收拾一下呢？不少官员也看出了其中的虚耗成分，但觉得反正有钱，用文化做点儿"面子工程"也未尝不可。但是，事实证明，这种"惰性耗损"越热闹，真实的文化创造就越难产。

说到这里，大家已经明白我为什么在演讲一开始就在叫苦了。文化，当它以自己的身份争取尊严的时候，一点儿不比政治、经济、科学简单。文化又大又难，在文化上即使终身不懈，能做的事情也不会太多。因此，进去的人流总是浩浩荡荡，出来的成果总是寥寥无几。这种情景，与科技领域完全不同。

我很抱歉向年轻的同学们说了这么多沉重的话题。我想，与其让你们自己去一点点吃惊地发现，还不如先把真相告诉你们，相信你们能够面对。

最后，我想改变气氛，缩小话题，提振情绪，对澳门科技大学的同学们留几句鼓励的话，来作为演讲的了结——

同学们，不知你们听了我的演讲后，还喜不喜欢文化。但是不管怎么说，你们逃不开它。那就不要逃，主动投入吧，文化也需要你们。投入文化就是投入创造，就像我们的祖先刻第一块玉，烧第一炉窑。你们还那么年轻，应该立即命令自己成为一个文化创造者，而不仅仅是文化享受者。

作为一个文化创造者必须是善良的，绝不会伤害别人，指责别人，而只会帮助别人，把最好的作品奉献给别人。他的每一项创造，都是出于大爱。文化创造者的精力永远不够用，因为他们要探寻全人类和全民族的终极价值和重大忧患，还要探寻最佳的艺术形式，使每一个作品都能提升人们的生命体验。

作为一个文化创造者必须是诚恳的，不会假装"复古"来掩饰自己在现代性上的无能，也不会假借"民意"来遮盖自己在主体性上的乏力。作为一个文化创造者又必须是超逸的，既不会屈服于学历压力、职称压力、舆论压力、官位压力，也不会屈服于同行嫉妒、文人耍嘴、痞子泼污、传媒围攻。只有这样，我前面所说的诸多弊病、种种隐忧，才会被逐步冷落和化解。

中国文化的前途取决于像你们这样年轻的创造者。既然一切文化都沉淀为人格，那么，你们的品行、等级、力量、眼界、气度、心态，就是中国文化的未来。

就讲到这里吧。整整一个下午，大家听得那么专注，那么安静，让我感动。对于在座的名誉博士和各位教授，我实在要说"不敢当"，请你们多多包涵、指正；对于在座的那么多学生，我要说的是，学习科学技术的年轻人能够如此诚恳地面对文化课题，真让我安慰。

谢谢！

（二〇一〇年三月二十七日演讲，根据录音整理）

利玛窦的结论

——在联合国"世界文明大会"上的主题演讲

主席，各国的学者、专家、朋友：

我作为本届"世界文明大会"邀请的唯一中国演讲者，准备从文化的视角，对"中国威胁论"提出一点儿异议。

我是一个纯粹的民间学者，坚持独立思维，连任何协会都没有参加。因此，今天也只是从个人的立场来谈中外文化比较中的一个学术问题。

我想从四百年前一位欧洲人的目光说起。

继马可·波罗之后，另一个完整地用国际眼光考察了中华文明的，是意大利天主教耶稣会传教士利玛窦（Matteo Ricci，一五五二——六一零）。

与马可·波罗不同的是，利玛窦在中国待了整整三十年，深入研究了中华文明的历史和经典，与许多中国学者有充分的交往。他在晚年所写的《利玛窦札记》第一卷第六章中，表述了他几十年研究的一个重要答案，那就是中国文明的非侵略、非扩张本性。

利玛窦说，虽然中国人有装备精良的陆军和海军，很容易征服邻近的国家，但他们的皇上和人民都从来没有想过要发动侵略战争。他们很满足于自己已有的东西，没有征服的野心。在这方面，他们与欧洲人很不相同……

利玛窦说，当时有一些欧洲学者写的文章中认为，中国曾经或必然会征服邻国，扩张自己的势力范围。与他同行的一些西方传教士，也有类似的观点。他认为，这种说法是不真实的。他写道：

> 我仔细研究了中国长达四千多年的历史，不得不承认我从未见到有这类征服的记载，也没有听说过他们扩张国界。

他还说，他经常拿着这个问题询问中国博学的历史学家。他们的回答完全一致：从来没有发生过侵略和扩张的事，也不可能发生这样的事。

对于成吉思汗的大范围征服，利玛窦认为，当时中华文明的主体部分也是"被征服者"，而不是"征服者"。

利玛窦的这部札记，由一位比利时籍的传教士从中国带回欧洲，一六一五年在德国出版。后来有拉丁文本四种，法文本三种，德文、西班牙文、意大利文和英文本各一种。

为了在广泛的对比中研究利玛窦论述的可靠性，我本人，经历了长期的研究和考察。甚至，冒险穿越了从北非、中东到西亚这一现今恐怖主义横行的"古文明发祥地"。在这过程中，我还阅读了大量的书籍，仔细分析中华文明和其他文明在这些问题上的思维异同。

我发现，古代的希腊人、波斯人、罗马人、阿拉伯人，近代的西班牙人、葡萄牙人、荷兰人、英国人、德国人、日本人，都在一系列历史文献中留下了征服世界的计划。但在中国浩如烟海的各类典籍中，却怎么也找不到类似的计划。

古代中国虽然对世界了解不够，但也早已通过一些使节、商人、僧人和旅行者的记述，知道外部世界的存在。在唐代，通过丝绸之路，中国对外部世界的了解已相当充分。但是，即便如此，中国在实力很强的情况下，既没有参与过中亚、西亚、北非、欧洲之间的千年征战，也没有参与过近几百年的海洋争逐。

这实在太让人惊讶了。大家都在伸手，它不伸手；它有能力伸手，还是不伸手。大家因此不理解它，不信任它，猜测它迟早会伸手。猜测了那么多年，仍然没有看到，大家反而有点儿慌乱和焦躁。

是啊，这究竟是怎么回事？

产生这种情况的根本原因，是中华文明的本性决定的。

中华文明的主体是农耕文明，与海洋文明和游牧文明很不相同。海洋文明和游牧文明大多具有生存空间上的拓展性、进犯性、无边界性。它们的出发点和终点，此岸和彼岸，是无羁的，不确定的。相反，中国农耕文明的基本意识是固土自守、热土难离。它建立精良军队的目的，全都在于集权的安慰和边境的防守。农耕文明的"厚土观念"、"故乡情结"，上升为杜甫所说的"立国自有疆"的领土自律。结果，中国历代朝野，压根儿对"占领远方"不感兴趣。

万里长城作为中华文明的象征，便是防守型而不是进攻型的证明。我在中东和欧洲见到不少进攻型的城墙，总是围成一个大圈，用的材料是刚刚被破坏的古典建筑残片，里边造了很多马槽，只等明天一开城门，蹄如箭发。经过反复对比，我终于强烈感受到，中国的万里长城是干什么的了。

即使具有马背上的尚武精神，中国军人也主要是为了守护疆土、排除干扰，偶尔有一些边界战争，但也仅止于此。即使有些使者远行万里，也是为了《尧典》所说的"协和万邦"。明代的大航海家郑和七次大航海也是为了这个目的，对于所到之地并无领土要求。从郑和本人到每一个水手，一丝一毫都没有这种念头。而且正如大家知道的，他七次大航海结束后，朝廷又是长期的闭关自守。这与晚他六十年的欧洲航海家哥伦布等人发现新大陆相比，就完全不同了。不同在行动，但行动的背景是文化。

这种非侵略性的特点，也护佑中华文明成为所有人类古文明中传至今日的唯一者。因为在古代，一切军事远征都是文明自杀，或迟或早而已。

这个观点也获得了现代国际学术界的支持。三十多年前，美国学者爱德华·麦克诺尔·伯恩斯（Edward McNall Burns）和菲利普·李·拉尔夫（Philip Lee Ralph）合著的《世界文明史》（*World Civilizations*）第一部分第七章第一节写到中国文明时，曾经这样说：

> 它之所以能长期存在，有地理原因，也有历史原因。中国在它的大部分历史时期，没有建立过侵略性的政权。也许更重要的是，中国伟大的哲学家和伦理

学家的和平主义精神约束了它的向外扩张。

我认为这两位学者说得很内行。

漫长的历史，沉淀成了稳定的民族心理。中华文明的内部，为了争权夺利发生过大量的血腥争斗；但是对外，基本以和平自守的方式相处。它大体上是一种**非侵略性的内耗型文明**。国际社会一次次产生的"中国威胁论"，只是一种被利玛窦神父早就否定过的幻觉。

中华文明的固土自守思维，也带来了自身的一系列严重缺点。例如，自宋代以来，虽然屡有边界战争，却对世界上其他文明的了解越来越少，已经很难见到从北魏到大唐的世界视野了。尤其是明代以后，更是保守封闭，朱元璋亲自下达了"片板不许入海"的禁令，不知道欧洲在"地理大发现"后，海洋已经开始被划分、被武装。结果，中国失去了原本可以拥有的海洋活力。中国在十九世纪所遇到的一次次沉重灾难，全都来自海上。

偶尔翻书，读到清代晚期主持朝廷外交的李鸿章写于一八七四年的一段话，表示他已感受到中国在这方面的生存危机——

> 历代备边，多在西北。……今则东南海疆万余里，各国通商传教，来往自如，麇集京师及各省腹地，阳托和好之名，阴怀吞噬之计，一国生事，诸国构煽，实为数千年未有之变局。

东南海疆间各种外部势力名为和好，实想吞噬，"一国生事，诸国构煽"的情景屡屡发生，这是李鸿章深感不解的。我在几年前系统地考察了北欧海盗的历史，才知道"一国生事，诸国构煽"的情景，其实是出自于"一船寻衅，诸船围攻"的海盗文化，中国对此了解不多，因此当时几乎都束手无策。处于如此狼狈的境地，还被"构煽者"诬陷为"威胁"，中国实在受冤屈了。在这里，请原谅我要借用两个中国成语，来揭示"构煽者"的行为。说轻微一点儿，他们是"以己度人"；说严重一点儿，他们是"贼喊捉贼"。

中华文明在近几百年的主要毛病，是保守，是封闭，是对自己拥有的疆土风物的高度满足，是不想与外部世界有更多的接触。结果，反而频频遭来列强的欺侮而无力自卫。

作为一名文化史学者，我很希望国际同行们能像利玛窦一样，真实、深入地研究中华文化，然后做出合理的判断，而不应该随着某些政客，想当然地来评述一个历史最长、人口最多的文明。现在我们看到的某些书籍，把中华文明的优点和缺点恰恰颠倒了，在学术上真是有点儿可笑。

刚才这位日本学者的观点，我更不能赞同。你说十余年前曾在上海复旦大学做访问学者，正好那时我是复旦大学兼职教授，有此同校之谊，我也就直言了。

作为日本学者竟然如此不了解中国人的集体心理，我深感惊讶。难道，唐代的船帆、近代的战火、现代的血泊，还不能让你比利玛窦更感知中华文明？我知道我的同胞，他们所要的，不是报复，不是雪恨，不是扩张，不是占领，而只是历史的公道，今天的理性，未来的和平。

今年是美国向日本投掷原子弹并结束太平洋战争六十周年。记得五年前我曾经应邀到广岛，参加八月六日的和平大会。会上，由原子弹的受害者代表、投掷者代表发言，一个是日本人，一个是美国人，都上了年纪。我是第三方发言者，代表被日本侵略国的民众。

我说，我是"二战"结束后一年出生的，从懂事开始，就知道侵略和被侵略，就知道烧杀抢掠，就知道家国深仇。但到少年时代，整个中国却被一种声音所裹卷，那就是"中日人民要世世代代友好下去"。就连那些死了很多人的家庭，也都艰难地接受了这个口号。我熟知世界历史，从来没有发现另一个地方，另一种国民，能够如此高尚地呼唤和平。带着巨大的伤痛，带着恐怖的记忆，却全然放下，只要和平。

在这种情况下，应该让他们看到对方的真诚。万不能故意再去触动远年的伤疤，还把责任推给他们。

既然你到过中国，我建议，学习利玛窦，更加深入地研究一下中华文明。

这种学习和研究，应该摆脱国际政治"阴谋论"的沙盘推演，而是回归文化，回归由文化所沉淀的集体心理。这种集体心理，也可称之为"集体无意识"，即一种很难变化的心理本能。

中华文明作为一个庞大种族在几千年间形成的精神惯性，早已把和平、非攻、拒绝远征等原则，变成不可动摇的"文化契约"，根植于千家万户每个人的心间。其实，对此存疑的外国人可以到中国乡间，随意询问任何一个地头老农。我保证，谁也不会对远方的土地产生不正常的兴趣。

如果离开了基本事实，离开了历史文化，离开了集体心理，伪造出"中国威胁论"，互拾余唾，不断起哄，那是学术的悲哀，良知的坟墓。

最后，我要感谢大会在讨论中国文化的时候，能够邀请中国学者做主题演讲。

谢谢！

（二〇〇五年七月二十日，东京）

驳"文明冲突论"

——对话博科娃

说明：

博科娃女士现任联合国教科文组织总干事，二〇一〇年五月二十一日，她到中国来亲自发布一份有关文化的世界报告。自从联合国教科文组织一九四五年十一月成立以来，发布以文化为主题的世界报告还是第一次，因此，这一天有历史意义。

发布的地点，在上海世博会的"联合国馆"。发布仪式上有一个环节，是我与她的对话。对话的程序很简单：先由她介绍这份世界报告的基本思路，接着由我从文化价值上做一番阐释，最后她表示感谢。两方面并没有出现具体观点上的切磋和讨论。

联合国的总干事，当然是一名大官，而我却没有任何官职，这怎么构得成"对话"的相应身份？主持人为此向各国听众介绍我："亲自历险数万公里考察了全球各大文明遗址，又拥有最多的华文读者。"我连忙更正:"最多"的统计经常在变,现在已经不是。

下面就是我在发布仪式上对这份"世界报告"所做的六段阐释,根据现场录音整理,并补充了另一场发言的相关内容。

一

尊敬的博科娃总干事,欢迎您来到上海。

由于您亲自到这里来发布联合国有史以来第一份以文化为主题的世界报告,今天的上海特别晴朗。

您刚才反复论述,这份世界报告的宗旨是"文化的多样性"。

这个宗旨,当然非常重要。但恕我直言,大家都可能把它看成一个很平常的提法,谁也不会反对,谁也不会激动。

产生这种情况的主要原因,从学术上说,是出现了"对立面的泛化"。对此,我解释一下。

"文化的多样化",顾名思义,它的对立面应该是"文化的单边化",也就是某种文化在当今世界的独霸。但是,现在并没有一种文化宣布这种企图,也没有一个理论家推出这种主张。就连"单边化"嫌疑最大的那个国家,主要也"单边"在国际政治上,它自身的文化则保持着"多样性"。它近年来对伊斯兰文化和中华文化的防范，也总是寻找文化以外的借口。因此，如果要寻找"文化多样化"的对立面，人们缺少现实对象。

由于对立面的不确定，也就使我们今天的宗旨有一点儿褪色。

那么，"文化的多样性"的宗旨，究竟是针对什么？

我认为，全部问题的核心是：在多样性的文化之间，究竟是导致必然冲突，还是有可能互相包容？

所以，真正的对立面，是以亨廷顿先生为代表的"文明冲突论"。

亨廷顿先生的理论，被当代世界夸张、误读，结果，为各种冲突找到了"文明"的依据，这就使冲突越来越严重了。在这之前，世界历史上的那么多冲突，还未曾找到那么明确、那么充足的"文明"理由。

正是"文明冲突论"，有可能使文明与文明之间的对话关系变成了对峙关系，互敬关系变成了互警关系，互访关系变成了互防关系。时间一长，每个文明的目光越来越自我，越来越偏执，这就从根本上背离了我们的"多样性"宗旨。

这，确实值得联合国发布一个单独以文化为主题的世界报告，来正本清源。

二

亨廷顿先生的《文明的冲突》，发表在一九九四年。一发表，就在世界上产生了极大影响，这是为什么？

那是因为，当时全世界的智者们都开始回顾和总结二十世纪，以便更好地走向二十一世纪。大家一回顾总结，无穷无尽的枪炮血泊又回到了眼前。二十世纪太可怕了，不仅发生了两次世界大战，而且又持续了严重的"冷战"。但是，到了二十世纪最后十年，似乎一切都烟消云散。什么同盟国、协约国、法西斯同盟、反法西斯同盟，什么社会主义阵营、帝国主义阵营，都已成过眼烟云，就连后来匆忙提出的"三个世界"划分，也很快发生了变化。总之，一切作为二十世纪冲突根源的政治依据，眼看着都很难延续。但是，这并没有给人们带来心理上的安全感，反而，由于不知道新的冲突根源，人们更慌乱了。

大家不喜欢冲突，但更不喜欢那种不知道冲突由来的无准备、无逻辑状态。因此，地球的各个角落，都在期待一种判断，一种预测。否则，就不知如何跨入二十一世纪了。

正是在这种情况下，美国哈佛大学的政治学教授亨廷顿先生出场了。

他说，二十一世纪的冲突，将以"文明"为坐标。他预言，所有古往今来所积聚的不同文明群落，在摆脱别的种种归类后，将以自己的文明为皈依，然后与其他文明对弈、纠缠、冲突。在所有的文明群落中，二十一世纪最重要的冲突将发生在最重要的三大文明之间，那就是西方文明、伊斯兰文明、中华文明。

这种解释和划分，乍一听，理由比较充分，具有文化含量，又有现实证据，因此一发表便轰传各国，万人瞩目。

有人说，亨廷顿先生的厉害，就是从政治划分回归到了文化划分，而文化确实比政治更稳固、更长久。这就无怪，"文明冲突论"成了二十世纪晚期最重要的人文理论。

但是，从一开始，就有学者指出了这种理论的弊端。

我作为一名东方学者，就于一九九九年两次明确地批评了亨廷顿先生的两大局限——

一是以西方立场来解析文明格局。带有冷战思维的明显印痕，只是以"文明"之名锁定了新的对手。

二是以冲突立场来解析文明格局。淡化了比冲突更普遍的文明交融和文明互置，实际效果令人担忧。

我不能说，从世纪之交开始激化的西方文明和伊斯兰文明之间的越来越严重的冲突，是由亨廷顿先生的"文明冲突论"引起的；但是，冲突的事实和冲突的理论之间，确实起了"互相印证"的作用。因此，从新世纪开始以来，如何面对这种理论，成了人类文化的一个大课题。

三

于是，二〇〇四年联合国发布的《人类发展报告》，虽然不是专谈文化，却明确地对"文明冲突论"予以否定。

我本人有幸受联合国开发计划署之邀，参加了这个报告的研究和讨论。我和各国学者在研究和讨论中一致认为，"文明冲突论"的错误，在于把正常的文明差异，当作了世界冲突之源。因此，我们必须反过来，肯定差异、保护差异、欣赏差异，让差异成为世界美好之源。在这个意义上，"多样化"这个概念，就成了保护差异的理由和结果。

我记得，在讨论中，使用频率最高的两个英文词是difference（差异）和diversity（多样性）。两个D，后来又增加了一个D，那就是南非大主教图图那句话的第一个字母："Delight in our differences"（为我们的差异而欢欣）。

大家看到没有，图图大主教的这句话，就被正式写到了那年《人类发展报告》的前言之中。与这句话一起，还出现了一句果断的结论：本报告否定文化差异必然导致文明冲突的理论。

有趣的是，我在联合国的各种报告中，很少读到这种坚定的结论性语言。

在那次研究和讨论中，我才知道，其实早在二〇〇一年，联合国已经通过了一个《世界文化多样性宣言》。后来，二〇〇五年，在联合国"世界文明大会"上，又通过了《保护和促进文化表现形式多样性公约》，作为对二〇〇一年那个宣言的补充文件。我又一次应邀参加了这个大会并发表了主题演讲，以"文化多样性"的原理提醒国际学者，应该更深入地了解非常特殊的中华文化，不要以自己的文化逻辑横加猜疑。

联合国毕竟是联合国，清晰地知道当前世界的主要麻烦，是以"文明差异"或"文化差异"的理由，爆发冲突。因此，始终没有离开这个焦点，多年来一直锲而不舍地发宣言、订公约、开大会，实在让人感动；但同时，联合国又毕竟是联合国，总是那么绅士派头，说来说去还是"多样性"，委婉平和，不做厉声疾语。

今天发布的世界报告还是一如既往，从"多样性"出发来否定文明冲突。但是，与过去的宣言和公约相比，它又大大进了一步，从学术深度上指出了亨廷顿理论的"三大错误假设"。

在我看来，这在同一问题的思考深度上，达到了前所未有的高度。

因此，请允许我稍稍花一点儿时间，对这"三大错误假设"做一些解释。

四

亨廷顿先生的"文明冲突论"，就像历史上很多轰传一时却站不住脚的理论一样，立足的基础是一系列假设。学术研究是允许假设的，但亨廷顿先生未能诚恳地表明是假设，显然是一种理论错误。

"文明冲突论"的第一个假设，是粗糙地设想人类的每一个文明群落在文化归属、文明选择上，只能是单一的。事实上，全部世界史证明，这种归属和选择都是多重的，叠加的，互相依赖的。因此，那种看似"正宗不二"的单色、单线、单层、单调，只是一种假设，一种出于幼稚而懒惰的思辨方便而进行的"想象式提纯"，与实际情况相距甚远。

"文明冲突论"的第二个假设，是武断地设想不同文明之间的边界是一条条水火不容的封闭式断裂线。事实上，所有这样的边界都是多孔的，互渗的，松软的。文明的边界不像战时国界那样壁垒森严，而是混沌地包括着风俗、语言、婚姻、祭祀、歌舞等生态文化的不可分割元素，即使某些地方出现了区划，仔细一看也是异中有同、同中有异，甚至大同小异。因此，那种以邻为壑式的所谓文明边界，其实也只是一种不真实的理论切割，为的是使冲突双方"到位"，并找到"冲突的身份"。这很不应该，因为绝大多数"冲突的身份"，是自欺欺人的虚构。

"文明冲突论"的第三个假设，是鲁莽地设想每种文明的传承都是保守的，凝固的，复古的。事实上，世界上的多数文明都在忙着创新、改革、广采博纳、吐故纳新。我走遍全世界，看到一切活着的文明都很不确定，一切健康的文明都日新月异。因此，它们都不可能拿着千年不变的模式去与别的文明冲突。在学术上，把不确定的活体说成是僵化的实体，那就是在为冲突制造理由。

以上所说这三个"错误假设"，是"文明冲突论"所隐藏的三个理论支柱。今天发布的世界报告明确指出了这一点，我很希望世界上有更多的人能够看到。如果大家都明白了各种文明之间归属的叠加性、边界的模糊性、内容的变动性，那么，信奉和执行"文明冲突论"的人群就会大大减少。

五

在这个问题上，我还想谈谈个人的感受。

前面提到，我在二十世纪末就对"文明冲突论"提出异议。这种异议，较系统地见之于我在考察世界各大文明后写的书籍《千年一叹》和《行者无疆》中，也见之于我花了两年时间在香港凤凰卫视的谈话专题《秋雨时分》中。

照理，我贴地考察了当今世界冲突最严重的中东、北非、中亚、南亚地区，最能呼应"文明冲突论"，为什么却反对了呢？

我在那两本书里写道，看来看去，确实到处都在发生冲突。但是，所有的恶性冲突都发生在文明和野蛮之间，而不是发生在文明和文明之间。因此，当今世界应该划出的第一界限，是文明和野蛮的根本区别。

那么，什么是"当代野蛮"呢？我在书里一再指出的是七项，那就是：恐怖主义、核竞赛、环境破坏、制毒贩毒、极端霸权、极端民粹，以及面对自然灾难和传染病无所作为。从事这些"当代野蛮"的人，和反对这些"当代野蛮"的人一样，都散布在不同的族群里。如果有人硬把文明和野蛮的冲突解释成文明与文明之间的冲突，那么，他们就有掩饰自己野蛮行径的嫌疑。

我在几本书里反复表述了这样一个意思：

　　几万里历险告诉我，"文明"之所以称为"文明"，互相之间一定有共同的前提、共同的默契、共同的底线、共同的防范、共同的灾难、共同的敌人。这么多"共同"，是人类存活至今的基本保证。如果有谁热衷于文明族群之间的挑唆，那就势必会淡化乃至放弃这么多"共同"，最后只能导致全人类的生存危机。

在这么多"共同"下，文化差异就必须被保护、被欣赏了，并由此产生文化的多样性。

对于守护文明的共同底线，我们的态度是严峻；而对于保护文明范围内的多样差异，我们的心情是喜悦。

在这里，我想特别说一说专业的文化行为。因为我发现，在文明课题下的轻重颠倒、敏感挪移、是非混淆、悲喜错置，这样的事情，一直是由一批文化人在操弄。他们的文化地位和社会影响，造成了浓重的人文迷雾，使很多人失去了正常的判断。

由于文明与文明之间的差异被他们夸张成了你死我活，我们经常可以听到激烈的文化自守言论。对此，我还是只能以自己为例来做一些分析。

我在华文读者中的形象，是中华文化的搜寻者和捍卫者，因此那些激烈言论也总是在我身边鼓荡，希望由我进一步来带头强化。但是，只能让他们深深失望了，因为我的看法完全不同。我写道：

> 不错，我是中华文化的忠诚阐释者，但是，我完成这些思考的基础逻辑，是欧几里得几何学给予我的；我文化思维的美学基础，是黑格尔、康德给予我的；我的现代意识，是荣格、爱因斯坦、萨特给予我的。我从来没有觉得，这些来自欧洲的精神资源，曾与我心中的老子、孔子、屈原、司马迁产生过剧烈冲突。
>
> 既然一个小小的心灵都能融汇那么多不同的文明成果而毫无怨隙，那么，大大的世界又会如何呢？

确实，我一直认为，当我们在讨论世界不同文明之间的关系的时候，真不如把自己的内心贮备，当作一个参照范本。

但是，我看到的更多的文化人却走了相反的路。我可以用一个真实的案例，来说明他们的基本行为方式。

例如，上海这座移民城市的一个社区，一百年来聚居着来自北方、来自南方和本地原住这三拨居民，早已互相通婚，相融相依，难分彼此。一天，忽然来了几个文化人，调查三拨居民百年来的恩怨情仇。他们问：偷盗事件以哪一拨为多？群殴事件以哪一拨为多？又发生过多少次跨族群仇杀？折腾过多少次法庭诉讼？这一切，与三拨人的地域传统有什么关系？这三拨人的后代，在今天的处世状况如何？……这样的调查，经过一个月，拟成了初稿印发，结果，这个社区对立横起、冲突复萌，再也无法友爱和平了。

难道，文化人为了"学术研究"和"社会调查"，就应该起这样的作用？

扩大了看，我觉得"文明冲突论"和其他许多类似的理论，也或多或少进入了这样的模式，必须引起警觉。

文化和文明，不管在任何情况下都应该从它们的"研究需要"回到人文道德的伦理本体，不要因手段而使目的异化。二十一世纪，随着传媒技术和互联网系统的突飞猛进，那种以"文化"的名义造成恶果的可能性，比过去任何时代都大大增加。

六

二〇〇五年四月十五日，我应邀在哈佛大学演讲。演讲结束后，又两度与该校二十几位教授长时间座谈，话题频频涉及"文明冲突论"。春夜别墅林苑的温煦话语，令人难忘。听教授们说，那些天亨廷顿先生不在波士顿，否则他们就把他也请来了。我倒是很想与他当面切磋一番。

二〇〇八年夏天，在中美两国很多学术界朋友的策划下，准备在美国举办一个论坛，邀请亨廷顿先生与我对谈，时间定在二〇〇九年春天。一切都已经安排就绪，但遗憾的是，亨廷顿先生却在二〇〇八年十二月廿八日去世了。一代学人，语势滔滔，竟戛然中断，溘然离去，实在令人不舍。

从他最后两年发表的文章看，他已经知道国际间有人批评"文明冲突论"诱发了冲突，他为此感到委屈，进行了自辩。

我愿意相信，这位学者并不存在点燃和扩大冲突的动机。但遗憾的是，一切理论的初始动机和实际效果并不一致，而更应该重视的却是后者。

亨廷顿先生表现出来的问题，是很多西方学者的习惯性思维。因此，即便在他逝世之后，我们也不妨再探讨几句。

一种出于西方本位论的自以为是，使"文明冲突论"在论述其他文明时只停留在外部扫描，而没有体察它们的各自立场，以及它们实际遇到的痛痒。

例如，亨廷顿先生把儒家文化看成是二十一世纪"核心中的核心"的三大文化之一，说了不少话，并把亚洲"四小龙"的经济发展往事也与之相连。但是，他对儒家文化的了解实在是太少、太浅、太表面了，说来说去，基本上是"行外话"。因此，立论于一九九四年的他，并没有预见到中国经济的快速崛起。而在同样的时间，曾任美国威斯康星大学经济研究所所长的高希均教授，由于他自身的文化背景，却准确地做了这种预见。

根据亨廷顿先生和很多西方学者的立场，其他文明即使获得了不小的经济发展，在"精神价值"和"制度文化"上也应该归附于西方文明。如果不归附，他们就无法进行阐述，因此在他们的内心认知上就是"麻烦"，冲突在所难免。

由此可见，"文明冲突论"表面上气魄雄伟，实际上仍是西方本位论面对新世界的一种新表述。因此，事情不能推到亨廷顿先生一个人身上。

可以肯定，文明与文明之间的课题，将会在二十一世纪被反复讨论。本来，我是准备在与亨廷顿先生对谈时向他提供一些有关中国文化的素材的。例如，就"文化"中处于重要地位的"制度文化"而论，西方建立于近三百年间，而中华文明却已实际延续了四千多年而未曾中断；这四千多年，中华文明成就可观，且基本上没有与其他文明发生过严重冲突。

这个素材与冲突有关，应该会引起他的重视。

好了，我今天的发言就是这一些。

历史将证明，今天发布的这个报告，和联合国长期以来在文化上所做的种种努力一样，是人类理性和智慧的当代展现。它虽然显得低调，却非常重要。我们这代人的使命之一，就是让这种重要，真正成为重要。

谢谢总干事。谢谢诸位。

文化之痛

一

在"文革"灾难中，全中国冤屈致死的人难以计算。其中最为显赫的，当然是国家主席刘少奇。

刘少奇平反后，大家都在期待他的家属的血泪控诉。但是，居然没有等到。他的夫人王光美女士本人也受尽迫害，这时反倒以平静的口气说了一句："那些事情，体现了一种文化。"

我在电视里听到她的这个表述，立即陷入深思。文化？难道是文化？初一听，似乎讲淡了；细一想，其实是讲透了。

当时，几乎全社会都在作政治控诉。然而，这位最有资格运用政治话语的女性，却把话题引向了文化。

正是在这种让人吃惊的逆反中，文化展现了它真正的本质。人们终究会发现，把政治引向文化，不是降低了，而是升高了。

二

海内外似乎有一个共识，认为"文革"断灭了中国的传统文化。其实这种说法只有部分道理。在另一个视角上，这场灾难倒是传统文化隐秘层次的大汇聚、大爆发。

记得"文革"爆发的第一特征，是全民突然天天要站起来"敬祝"领袖"万寿无疆"。"敬祝"的仪式、动作、程序、声调、节奏，不仅全国基本一致，而且与几百年前的朝廷基本一致。

与"敬祝"仪式同时产生的，是"批斗"仪式。无论是游街示众、挂牌下跪，还是戴高帽子、满门抄家，以及"罪该万死"、"死有余辜"等等一大堆用语，也都与几百年前的朝廷基本一致。

这就奇怪了。

而且，奇怪得令人百思不得其解。

因为当时操纵"敬祝"仪式和"批斗"仪式的，都是不到二十岁的青年学生。他们从哪里学来了这套仪式？

按照年代，连他们的父亲和祖父都不可能见到过这些朝廷里边的仪式。也就是说，他们对这些仪式的知晓，不可能来自于家庭长辈。

那么，是不是当时有文件，逐级布置了这种仪式？不是。查过文革初期的各种文件，没有找到与这种仪式有关的片言只语。

是不是从传媒上学得的？也不是。当时没有电视，没有网络，而在偶尔观看的纪录影片中，也没有这些东西。

但是，恰恰是这种没有来路的仪式，在全国各城市、乡村、街道、单位快速普及，所有的人都能"无师自通"，而且全国统一。

这倒底是怎么回事？

我认为，这是一个庞大梦魇的全盘复活。这个庞大梦魇，也就是心理学家所说的"集体无意识"，或曰"集体潜意识"。

这种集体潜意识，是悠久的沉淀，沉淀于每个人的生命阶段之前。既是一种心理定势，也是一种深层文化，而且是大文化。尽管这种深层大文化是那么讨厌，但一有机会，就会外渗，就会冒泡，就会局部喷发。

当年那些年轻的暴徒，乍看是他们在毁坏文化，其实是文化毁坏了他们。

三

毁坏了一代年轻人的集体潜意识，究竟是什么样的文化？

中国人的心底固然有很多正面的"一致"，那么，负面的"一致"又有多少？我说的"一致"，不仅有空间的"一致"，而且有时间的"一致"。那就是，牵连全国，暗通古今。

在一个题为《何谓文化》的演讲中，我曾经讨论过中国文化的几个痼疾。但那是一个在境外的学术演讲，口气必须温和、平正。今天既然从"文革"灾难的梦魇说起，那就可以换一种尖锐的口气了。我很想直率地揭露中国文化最让我们痛心的几个病穴。但只揭露，不分析，不归纳。把分析和归纳，留给其他学人吧。

我选的三个文化病穴是：**仪式化造假、运动化整人、投机化响应。**

先说第一个文化病穴：**仪式化造假。**

中国文化的很多正面概念，在形态上都比较宏大、空泛，这就为大量"想做而做不到"，"不想做而假装做到"的人留出了很大漏洞。后来，又没有经历科学主义、实证主义的改造，从未建立"证伪机制"，结果，造假的成分越来越多，而且由无奈造假发展成主动造假、机制性造假，最后凝结为仪式化造假。

造假本是一个恶劣行为，而当它成为一个仪式，也就变成了一种文化。这种仪式让人沉迷，非常强大，因此，很多政治谋术都要通过这种仪式而成事。初看像是政治，其实那一串串政治事件只是浮在文化之水上面的一只只纸船。真正厉害的，是纸船底下的文化河道，平静而浑浊的千年河道。

在"文革"灾难中，仪式化造假已经达到登峰造极的地步。试举以下几例即可明白。

首先，引发"文革"的"敌情"，就是一大造假。这个"敌情"是：刘少奇等人要复辟，要卖国。这在基本逻辑上就非常荒唐：古稀老人要"复辟"，要复辟成什么朝代？国家主席要"卖国"，卖给谁？荒唐至此，但因为进入了仪式，全国大多数人都相信。

其次，"民情"也是造假。这个"民情"是，革命群众都要造反，因此组成了"造反派"。但是，这种"造反"完全是最高当局通过文件和报纸一遍遍公开授意和发动的，因此所谓"造反派"也就是最忠心、最听话、最乖巧的那一群人。请问，天下哪有这样的"造反"和"造反派"？但是，那么明显的造假，连无数聪明人也挤在里边，假戏真做，绝不悔悟。为什么绝不悔悟？因为有仪式，有文化，一切都处于蛊惑状态。蛊惑，是文化最原始的功能。

接下来，"造反派"名声刚出，又成了假东西。被称为"宣传队"的工人和军人进驻各单位执掌实权，文革十年间至少有九年时间全归他们领导。但是到了十年后"清查"，全国却未曾责问过任何一个掌权的工人和军人。因此，连"清查"也成了"仪式化造假"。

还有，"文革"中几乎人人宣布"造反"，包括干部、知识分子在内,"文革"后又全体宣称"受到迫害"。那么,究竟是何方"外星人"下凡迫害了他们?他们自己又在做什么?其实,大家都进入了"仪式化造假"。

……

还可以一条条罗列下去,但不必了。这一个文化病穴,已经充分暴露。造假,在迷迷糊糊中贯串始终,让人很难醒来。

四

为什么要伪造"敌情"和"民情"?为了排除异己,整人。整人的仪式,大多以一个个"政治运动"的方式展开,直接继承了巫术文化中不断重复的"驱魔捉妖"仪式。因此,这里又出现了一个与此相连的病穴,那就是**运动化整人**。

其实在"文革"开始时,刘少奇和他的部属已经全部出局,但是,这场没有对手的斗争,却又非常奇怪地延续了十年之久。全国民众都被纳入了一场没有对手的拳击整整十年,你说痛不痛心?

怪异的延续,只能靠仪式,那一场场零零碎碎、接连不断、此起彼伏的整人仪式。

起点消失了,可以不断地制造起点。对手不见了,可以不断地制造对手。案情了结了，可以不断地制造案情。这种仪式的动力源，在人群中发掘，那就是号召大家"用大字报互相揭发"。这种做法，在古代朝廷、官衙中经常采用，只是不用大字报罢了。因此，中国人没有感到太大的惊讶，这显然又与文化有关。

中国古代官场，常会出现一些案件，不知怎么总是牵连广阔，无法结案。你看明代朱元璋所制造的那些案件，拖延之久，杀人之多，几乎让人不敢相信。仔细一看，从起点，到对手，到案情，都是严重造假，全靠"互揭互咬"在灌溉。

说起来，以"互揭互咬"的方式进行运动化整人，并非中国仅有，欧洲中世纪的宗教裁判所也实行了很久。但欧洲在文艺复兴之后基本已经戒除，而在中国，却依然在不断纵容，而且每次都披着正义的外衣。

这种运动化的整人仪式，有以下一些特征。

首先，运动化整人的起点是营造污旋文化。

这种程序一旦启动，全社会立即处于一种不安全的气氛之中。世俗有谚："身正不怕影子歪，半夜敲门不惊心"，其实都不成立。既然是"用大字报互相揭发"，任何人都无法担保贴大字报的人在真实性、科学性、逻辑性上的基本操守。即便被冤枉后坚持申诉，需花费多少时间和精力？更何况，人世交叉，即便自己无辜，也难说前后左右、上下亲友不来牵累。因此在这种仪式中，人人竖耳，步步惊心，天天担忧，夜夜失魂，尽管他们中的绝大多数，并没有什么罪行。当全社会失去了安全感，那也就让所有的人失去了理性底线，全都成了察言观色试图自保的人。那么，这个社会必然严重失控，一切怪事都会发生。这便是典型的"乱世文化"，或曰"污旋文化"。"文革"之中的社会气氛，就是如此。

其次，运动化整人必然引发民粹狂舞。

这种整人方式编造了一个貌似正义的理由，那就是让广大民众揭发平日不敢揭发的事情。其实这个理由纯属假设。"文革"中，揭发"学术权威"的，一定不是普遍民众；揭发"反动作家"的，肯定是作家协会里的其他作家；揭发高官显要的，必定是其他高官。明明是同业互嫉，同行互残，却又要拉出"广大民众"，目的是为了获取正当性。于是，不得不呼诱一批"伪民众"来参与了。"伪民众"为了摆脱其伪，一定加劲施力，那就构成了民粹狂舞。

一切民粹闹剧的起点，肯定与真相背离，与理性背离，与正义背离。但是由于受人借用，它快速呼风唤雨，覆盖远近。在这种情况下，原先试图利用民粹的政治人物，也被民粹绑架，成了民粹的附庸。即便权力再大，也失去了控制能力，这在"文革"中体现得极为充分。

但当民粹形成了一种沉重的气压，中国式的法制也会或多或少随其左右，从"法不罚众"，变成了"法不逆众"。而这个"众"，却是一团雾霾。对于这种雾霾，千万不可小觑，它看似笼罩一切，其实功能单向，毫不含糊。简单说来，民粹的雾霾，只具有蛮横的呼唤功能，聚集功能，激化功能，冲击功能，却不具有丝毫的调查功能，取证功能，纠错功能，自省功能。身陷这种雾霾，连平日的智者也会晕头转向，呆若木鸡，智商急剧下滑到与傻瓜无异。因此，只能让狂舞更加狂舞。

民粹狂舞，正是"文革"最让人痛心之处。然而时至今日，中华文化仍然常被这股雾霾笼罩。既然我们的文化对此无能为力，我就要推荐一份西方药方，那就是法国学者古斯塔夫·勒庞（Gustave Le Bon，1841-1931）写的名著《民意研究》（A Study of the Popular Mind）。此书曾被译成二十多种文字，已成经典之作。中文译本译为《乌合之众》，有可能让中国读者误会成是对部分低劣群体的研究。其实，该书研究的是广泛意义上的群众，因此更有价值。

再次，运动化整人需要设计互窥情节。

用大字报互揭互咬，必然造成社会精英的互窥互防。表面上还在客气地点头、握手，但每人都心知肚明：既然已经进入一种运动，对方极有可能是敌人，是地雷，是暗堡，是黑枪。彼此都有可能，因此快速在内心设定种种预警，种种防线，种种退路。

现在竟有年轻人说："文革时期人际关系单纯"，真是胡言乱语。我作为一个过来人知道，当时由于一个个整人的小运动接连不断，每个小运动全靠互揭互咬，因此城市里一切稍稍像样的人物，大大都处在危殆之中。连多年老友也不敢往来了，因为即使老友没咬到自己，却被他人咬到了，自己也是老友心中的嫌疑对象。所以，人人闭门杜客，惶惶不可终日，除了孤独，还是孤独。

用大字报互揭互咬所导致的互窥互防，必然造成精英阶层气衰神疲、活力荡然。不仅如此，精英们在互窥互防中所设计的反制、反击准备，其实是他们心底恶气和凶器的调动。本来，人人心底，既有良知，又有凶器。当凶器被一一查点、擦拭、修检，良知就必然被搁置一边。因此，凡是互相揭发的大字报最兴盛的时代，必是社会隐恶大聚集的时代。表面上，大家都在企盼着互揭互咬之后出现的清明盛世、朗朗乾坤，也就是当年"文革"暴徒宣称的"红彤彤的无产阶级新世界"，其实，正是这种时候，里里外外，都是恶的赛场。

一切处于互窥互防中的人，必然双目炯炯，行动敏捷。但是，千万不要把这一切看成是"精神面貌的大提升"。我可以肯定，不管是古代的连年大案，还是现代的整人运动，看似名正言顺，结果总是带来社会精神的严重斫伤，多年不得恢复。即使具有外部正义，往往也是治了外肤，伤了腑脏。请看"文革"时期，家家被审，人人透明，无私无隐，无藏无掖，这总该"轻装上阵"、"全民奋斗"了吧? 结果呢，触目萎靡，行行崩溃。

最后，运动化整人必然滋养歹戏拖棚。

运动化的整人，由于没有明确目标，也就没有终点。看似不整了，甚至宣告停止了，但转眼又重起炉灶，重摆阵势，一轮轮循环往复，延绵不绝。这用闽南方言来说，就是"歹戏拖棚"。

"文革"进行到后来，已经没有话题了，却还是到处拾捡话题来滋养运动。甚至，读《水浒》也成了运动，评儒家也成了运动，一封什么信也成了运动，推荐谁也不懂的《反杜林论》、《哥达纲领批判》也成了运动。每个运动总要想着法子找靶子，一批批地整人。后来如果不是高层人事发生巨大变动，"文革"不知要搞二十年，还是三十年。

为什么会拖下去? 原因是，找不到退场机制，丢失了刹车手阀。面对这种困局，在"文革"中还建立了理论依据，称为"不断革命论"和"继续革命论"。这种"不断"和"继续"，体现了一种死缠烂打、无休无止的恶质文化。

等到这种文化广泛行世，中国再也找不到可以安安静静坐下来的一天。这种政治，太让人惶恐；这种文化，太让人辛苦。

五

因为主要是在讲文化，因此还要说说文人在运动中的态度。

这就要触及中国文化除了仪式化造假、运动化整人之外的第三个病穴了，那就是：**投机化响应**。

对于这种"投机化响应"的态度，不能过于责怪文人。兹事体大，牵涉到文化在中国的地位。

由于儒家对于文人"治国平天下"的倡导，由于一千多年来通过科举考试选拔文官的全国性实践，结果，文化在中国，只与政治紧密缠绕，找不到自己的独立地位。

当然有不少文化作品广泛流传，却从来构不成自成体系的文化哲学来支撑历史。即便在世道清明的年代，文人有权利选择自己的态度，例如是驯顺、辅佐、牢骚，还是疏远、嘲讽、怨叹，却不可能以自身的完整逻辑构成切实有效的文明更新和精神重建。因此，中国在绝大多数时间内，一般意义上的文化和文人，都无足轻重。

我本人由于在"文革"中受尽磨难，对那时的中国文人有过广泛而长久的观察，可以作为例证。

面对连年不绝的例行逆施，我从来没有见过一个长辈文人挺身而出，秉承公理，厉声阻止。他们一般都很胆小，平静地服从一切掌权者，包括造反派。甚至，也不拒绝在名义上参加造反派。但他们中的大多数，并不表现出过于积极的态度，只是投机化响应。

也有显赫的投机者，人数不多，百分之五左右吧。他们在参加造反派后担任了小首领，如"常委"之类，风光一时。他们领喊口号、主持会议，却并不实际行恶，如打人、抄家。这些文人，投机的目的是为了显摆，为了扮演。扮演，是中国文人很热衷的一个毛病

也有积极的揭发者，比例比较大，约百分之二十左右，效果很坏。揭发的原因，大多出于平日嫉妒，也是为了宣示积极，追赶潮流。他们对别人造成了实实在在的伤害，因此比一般的投机化响应恶劣得多。

也有隐秘的告密者，比例不大，约百分之五左右。前面所说的揭发者一般是在大字报和批判会上公开表现，而告密者主要是靠耳语和纸条。他们的行为令人不齿，但产生的恶果却未必有大字报揭发那么大。因为大字报揭发本身已经完成了一种众目睽睽下的实际伤害，而告密却要经过几度中转才可能生效。

在当时，不敢公开指证的告密者，大家都看不起，因此反面作用并不太大。

也有滥情的控诉者，大多在一轮轮小运动之间控诉已经失势的前一轮掌权者。这样的文人很少，大概在百分之三、四左右吧，偶尔令人同情，过后被人讪笑，多半也只是投机的一种拙劣表演。

以上几类，就是我所见过的师长一辈的"文革"文人。他们身上最值得称许的品德，就是等到政治气氛稍稍放松，便会投身自己的专业并做出成绩。那么，究竟有没有人对社会、政治走向作出整体批判和独立思考，像欧洲中世纪后期的但丁他们那样？抱歉，我既没有遇到，也没有听到。这里，出现了中国文化的边限。

对于那些不到二十岁的造反派骨干成员，我也有所观察。他们以青年学生的身份举起旗号，成立团队，很像勇敢的斗士，政治的新秀，文化的闯将。一有机会，他们也常常托腮沉思，皱眉踱步。演讲时，更是经常气吞山河，引爆全场。但是，这些全是虚相。他们思维贫乏，知识单薄，器识低下。在自欺欺人的表演中所包裹的，只是最通行的极左口号。是的，只是口号，而且是在空洞的概念里重复绕圈的口号。他们在冲击一切学术机构、行政部门后就开始了造反派之间的互相恶斗，从这种恶斗中真相毕露。他们并没有任何信念，貌似冲锋陷阵，其实只是名利争抢，谈不上什么品级和人格。

这批造反派骨干虽狂妄却无知，人们在痛惜被他们破坏的一切之后，也会为他们本身感到痛惜。

六

在说过了"仪式化造假"、"运动化整人"、"投机化响应"这三个病穴之后，读者也许能够明白，我在"文革"中感受的文化之痛，是一种弥散型的刺激。紧紧地包围着肌肤，几乎让人窒息，却难以表述，难以解析，难以批判。

现在，当新一轮"国学热"、"国粹热"、"遗产热"、"传统热"裹卷着"民意"、"民判"、"民剿"再度熊熊燃烧的时候，当"文革"和极左的那一套又被频频美化的时候，我希望能有一些年轻人，站开距离，静静地感受一下文化之痛。

我们总是习惯地说，文化之中既有精华又有糟粕，应该分开。但是，请看那熊熊燃烧的燎原大火，谁能把它的火苗和烟焰分开？谁能把它的热力和灼力分开？

因此，文化之痛是整体的，又是真实的，远远没有消褪。

早在"文革"结束后不久，有一阵，我以为从此可以不痛和少痛了。对于过往之痛，我们可以隐忍、吞泪、宽恕、转移。但是，在度过充满希望的上世纪八十年代之后，随着血迹已淡，泪痕已干，记忆已远，证人已散，很多都又回来了，而且有可能变本加厉。原来，当初致痛的基因还在，经络还在，穴位还在，不可能挥之即去。

我至今还是中华文化的守护者和阐释者，在海内外力争它的历史尊严。但是，我又明白，它必须重构，必须转型，必须新生。目前的存在方式，正在快速地把它拖入险境。

对一种文化的最简明衡量，是看它所隶属的创造者群体，是否快乐，是否自由，是否安全。回想盛唐时期的丝绸之路，那么多异邦人士为什么风沙万里赶到长安来？因为在当时全世界各个文明群体之间，唯独中华文明最能提供快乐、自由和安全。

"安史之乱"使唐代失去了快乐、自由和安全，连李白、杜甫、王维也被检举揭发，层层审查。中国民众虽然紧挨文化，却缺少"护文本性"。请看那个近乎透明的李白，只是遇到了这么一点点政治麻烦，老百姓立即就忘了他的文化创造，都认为必须把他杀掉。这就引出了杜甫在诗中的微弱嗫嚅："世人皆欲杀，吾意独怜才。"同样，民众也没有保护杜甫、王维。说得更开一点，民众也未曾保护过屈原、陶渊明、苏东坡、李清照、

286

曹雪芹。

这些人如果活在今天，大概也很难获得保护，因为他们太遭嫉妒，太多疑点，又不懂周旋，不懂自卫。他们如果落到现在大谈"国粹"的人士手中，情况也很不妙，因为在"文革"中，残害作家、艺术家最执着的那些人，多半是原先的"书迷"和"戏迷"。

文化的接受者为什么总是不能庇护文化的创造者？这个问题本身，也正是一切中国人都应该反思的文化之弊，文化之憾，文化之痛。

种种文化之痛，构成了沉重而巨大的课题。至少在我的有生之年，多半解答不了。

感受着痛，虽无消痛之方，却也不要否认痛的存在。那就带痛而行，并把它交付给下一代。以痛握脉，以痛传代。

只有凭着这种真诚，我们还能与文化同在。

身上的文化

二十年前，在上海一辆拥挤的公共汽车上，一个工作人员开始查票。查票很安静，工作人员只对乘客点一下头，乘客看一眼他的胸牌，便从口袋里取出票来。工作人员立即用红铅笔在票上画一下，便把脸转向另一位乘客。整个过程，几乎没有一点儿声响。

终于，有一位中年乘客拿不出票来。工作人员说："逃票要罚款。"

"逃票？"中年乘客激动起来。因为一个"逃"字，完全排除了遗忘的可能，听起来很刺耳。他看了一眼周围人的脸，发现大家都有点儿幸灾乐祸。乘公共汽车太枯燥，人人都期待着发生一点儿与自己无关的事，解解闷。

中年乘客这一看就更恼怒了。他拿不出票，却要快速找到不是"逃票"的理由，而且不仅仅要说服工作人员，还要说服周围所有的人。他憋红了脸，慌忙从上衣口袋里取出一张名片塞给工作人员，说："你看我管着多少人，还要逃票？"

他在摸名片的时候无意中碰到了放在同一口袋里的一个银行存折。千不该万不该，他居然把这个存折也塞到工作人员手里，说："你看看这个，我还用得着逃你的票吗？"

当年的工作人员很有修养，既没有看名片，也没有看存折，而是礼貌地把这两件东西塞回到他手里，说："这与职位、金钱没有关系。上车买票，是一种城市文化。"

"文化？"中年乘客受不了当众被教育的情景，何况又扯上了文化。他不知怎么回应，便说："你还给我说文化？我儿子已经是硕士……"

这一下，整个车厢都笑了。大家也不清楚这儿怎么冒出来了文化，只是在笑这位乘客说不过人家的时候，拉出儿子来做救兵。

二十年过去，社会变化天翻地覆。有趣的是，那次公共汽车上出现的最后一个概念——文化，已成为人们区分荣辱的第一防线。

一位企业家的最大荣耀，不是财报上公布的当年业绩，而是无意中听到职工的背后议论："我们的董事长比较有文化。"

据调查，目前多数城市富裕家庭之间最大的攀比，是孩子的文化程度。

据调查，目前多数退休官员晚年生活质量的差异指标，除了健康，就是文化，即有没有戏剧、音乐、文学、书法方面的兴趣相伴随。

这儿所说的文化，都是个体文化，也就是每个人身上的文化。

过去，每个人身上的文化只有文化界里边才会关注，现在，中国社会的方方面面都关注了。这样的情况，可能是宋代以来第一遭吧？因为明清两代的朝廷不断实行文化恐怖主义，文为祸源，避之唯恐不及；近代和现代，则以军事和政治的交杂为主调，有限的那一点儿文化一直在蓬头垢面地颠沛流离。其他逃难者看到几副厚厚的眼镜也许会投来几分怜悯，却怎么也构不成向往。

但是，现在，当大家都在向往文化的时候，怎么来处置落到自己身上的文化，也就变成了一个问题。

而且，这个问题变得越来越迫切，越来越重要。

近年来，先是学生们问我这个问题，后来，不同领域的一些重要人物也都来问了。其实我自己也在为这个问题苦恼、思考、观察、比较。终于能做一些回答了，供大家参考。

我认为，一个人身上要拥有真正的文化，必须先"祛病"，再"进补"，这就体现为两个"不再"，两个"必要"——

第一，不再扮演。

第二，不再黏着。

第三，必要贮存。

第四，必要风范。

下分述之。

不再扮演

真正有了文化，就不会再"扮演文化"。这个道理，一听就明白。

这真像，真正的功夫高手不会一边走路一边表演拳脚。因此，我们或许可以凭着是否扮演，来猜测真假和深浅。

我想起了两件小事。

很多年前，我还在任职的时候，曾经组织过上海人文学科著名教授的一次聚会，《英汉大辞典》主编、复旦大学外文系的陆谷孙教授也应邀前来。很多教授看到他来了就纷纷围上去，其中好几个对他说话时都夹着英语。但他，从头至尾没说一个英语词。因为在他看来，那次聚会，从内容到人员，都没有讲英语的理由。而他，更没有理由要表演英语。

还有一次，东北某地聘请我和当时还健在的汪曾祺先生担任文化顾问。聘请仪式上的发言者也许考虑到我们两人都写散文，便美词滔滔。汪曾祺先生显然有点儿受不住了，便边听边轻声地把那些话"翻译"成平常口语，像一个语文老师在当场改错。他的年龄，使他有资格这么做。发言者说："今天丽日高照，惠风和畅"，汪先生立即说："请改成今天天气不错"；发言者说："在场莘莘学子，一代俊彦"，汪先生立即说："请改成在场学生们也挺好"……

这就构成了一种幽默效果，现场气氛一下子活跃起来。发言人不仅没有生气，而且以自嘲的口气感谢汪先生，说："您老人家已经在做文化顾问了。"

一听就知道，汪曾祺先生和那位发言者，谁更有文化。那位可爱的发言者唯一的毛病，是在"扮演散文"。

因此，我一再告诫学生，拥有文化的第一证明，是不再扮演文化。

按照这个标准，我们可以省察四周了。

一个真正拥有文化的人，不会扮演"当代名士"。他不会写着半通不通的民国文言，踱着不疾不徐的遗老方步，数着百年文坛的散落残屑，翻着笔迹草率的谁家信笺，又矜持地抖一下宽袖。

　　他也不会扮演"历史脊梁"。不会用嫉妒来冒充正义，用诽谤来展示勇敢，用疯话来显露风骨，顺便再从电视剧中学一点儿忧郁的眼神，慈祥的笑容。

　　他也不会扮演"文坛要人"。总是迟到，总是早退，总在抱怨，"部长又打来电话，近期有五个论坛……"边叹气边摇头，像是实在受尽了折磨。

　　我曾从一个文艺刊物上抄录过这样一段论文："Writing is a system of signs，一点儿不错，巴尔特消解了索绪尔的符号理论，认为作品是单数，文本是复数，但那文本也是一种元语言（metalanguage），福柯则认为不必复现创造主体的荣耀，宁肯归于薄暮时分的荒凉……"

　　很多朋友认为，这种论文太艰深，没有考虑到广大读者。我则要以内行的身份判定，作者完全不懂自己所写的任何一个概念，只是在"扮演艰深"，恰恰是想吸引广大读者。

　　……

　　种种扮演，本该很累却居然不累，原因是同道很多，互相观摩。由于势头不小，触目皆是，这倒也树立了一个"反向路标"：避开它们，才有可能找到真文化。

当然，文化中也有正常的扮演，那就是在舞台上。擅长于舞台艺术的人最容易识破生活中的扮演，一看便笑，轻轻拍着对方的肩，说一句："咳，别演了，剧本太老，又在台下。"

从事文化，从诚实开始。

不再黏着

文化的一大优势，就是宏观。从宏观来看，世界一切都只是局部，都只是暂时。因此，文化的宏观也就成了达观。

过去乡村里的农民，只知埋头种地，目光不出二三个村庄。突然有一个游子回来，略知天下，略懂古今，又会讲话，从此村里有事，有了他，大伙就能往大里想。一想，心胸就宽，龃龉就少。这个人，就是村里的"文化人"，或者说，是"身上有文化的人"。

从农村扩大到整个社会，道理一样。文化，让人知道更大的空间，更长的时间，因此不会再圉于鼻尖、作茧自缚。

我们经常会闹的一个误会，是把"专业"当作了"文化"。

其实，"专业"以狭小立身，"文化"以广阔为业，"专业"以界限自守，"文化"以交融为本，两者有着不同的方向。当然，也有一些专业行为，突破了局限，靠近了文化。

遗憾的是，很多专业人士陷于一角一隅而拔身不出，还为此沾沾自喜。

我们经常会听到这种嘲笑别人的声音："听不懂古琴，也不知道昆曲，真是没有文化！"

我不赞成这种嘲笑。文化的天地很大，如果把文化切割成小块还以为是全部，黏着自己倒也罢了，还要强制性地去黏别人，恰恰是丢失了文化的浩荡魂魄。

这种情况，在近年来的文物收藏热潮中表现得尤其明显。文物很容易被等同于文化，结果，"身外的文物"也就取代了"身上的文化"。其实，无论是中国还是外国，一切真正的文化巨匠都不热衷于文物收藏。即便偶有所得，也只是稍稍观赏，便轻易过手，多不沉溺。算起来，只有一位文化巨匠的家属是收藏家，那就是李清照的丈夫赵明诚。当然，李清照在丈夫死后为那些文物吃尽了苦头。我们平日经常听到的所谓"盛世收藏"，乃非真言，不可轻信，因为并无多少事实根据。当然，收藏能保存文化记忆，因此也有一些通达之士涉足其间，例如我的朋友曹兴诚先生、马未都先生、海岩先生都是，但与他们聊天，话题总是海阔天空。他们懂得，文物再好，也只是文化鹰隼偶尔留下的爪印，而鹰隼的生命在翅翼，在飞翔。

在诸多黏着中，黏着于专业、古琴和文物还算是最好的。最不好的黏着，是一些人以文化的名字自辟擂台，自黏目标，寻衅滋事，长黏不放。这已经成了最常见的文化风景，不少朋友都曾遭遇。

面对这种遭遇，文化人的最佳选择是不计成本地脱离黏着，哪怕是肌肤受伤，名誉蒙尘，也要脱离。

摆脱黏着，不管是正面的黏着还是负面的黏着，都是人生的一大解放。这一点我要感谢伟大的佛陀，他关于破除一切执着而涅槃的教言，帮助人们在文化的天域中获得了真正的大自在。

对此，请允许我讲几句私人的切身感受。

以我的经验，不黏着于官位是容易的，不黏着于他人的诽谤也不难。但是，当大家发现我还在进一步摆脱黏着，亲手把自己创建的文化专业搁置，把已经取得的文化成就放弃，就不能不惊诧了。

我记得，当时连一些非常抬举我的文化长辈也深感奇怪。

本来，由于国内一批著名文史权威的强力推荐，我连副教授都没有做过一天，破格升任全国最年轻的文科正教授。但他们很快发现，我转眼就不再黏着于他们对我的高度评价，独自一人开始了废墟考察，而且范围漫无边际，完全不可归类。连山西商人、清代流放、民间傩仪都成了我实地研究的对象，他们对我产生了陌生感。而我，则因摆脱了一种高雅的黏着而无比兴奋。

现在，海内外的读者都能证明，我在"脱黏"后的成果，远超以前。

黏着，使人有所依靠，但这种依靠也是一种限制。一旦摆脱，就会发现，我们有可能以"陌生化"、"间离化"的视角看得更深、更广、更远，甚至产生专业之外的洞见和预见。

那就不妨再举两个私人例子。

我并不具备财经专业背景，却早在十多年前考察欧洲的时候就判定西班牙、希腊、爱尔兰、葡萄牙四国会是"贫困国家"，每年必须接受欧盟的援助（见《行者无疆》初版第 289 页）；其中，又判定希腊社会已经"走向了疲惫、慵懒和木然，很容易造成精神上的贫血和失重，结果被现代文明所遗落"（见《千年

一叹》初版第 27 页);而且，我还判定欧洲很多富裕国家"社会
福利的实际费用是一个难以控制的无底洞，直接导致赤字增大
和通货膨胀"(见《行者无疆》初版第 326 页)。

好几位财经专家问我，为什么能在十多年前就得出如此准
确的预见？我说，原因就在于我不是财经专家，不会黏着于那
么多数据、报表、曲线，只能从整体上粗粗地观察这些国家的
支柱产业、社会生活和精神状态，反而对了。

记得就在准确地预测了欧洲经济之后，我还以非专业的外
行目光，对自己身边的一家老式百货商店进行了预测。当时，
在各种新兴"超市"的包围下，上海街市间的这种老式百货商
店早已奄奄一息，即使"转制"也无人看好。而事实上，全上
海同类商店这么多年下来的存活比例，确实也微乎其微。但我，
却早早地发现了这家商店一位能干的年轻经理，觉得他就是前
途，便进行了投资。现在证明我的这个预测又对了，有的财经
评论员有点儿嫉妒。我说，很抱歉，你们这些财经评论员太黏
着于专业了，看不到活生生的人，因此只能做"事后预测"。

有很多"策划专家"喜欢给每个地区、每个行业、每个单位、
每个人"定位"，但这只是一时之需。文化的使命之一，恰恰是
给"定位"太死的社会带来自由活力，让每个人的综合天性充

分发挥。

说到这里，也许可以做一个小结了：只要摆脱黏着，摆脱定位，摆脱局限，让文化回到宏观的本性，我们就能天马行空。

必要贮存

前面所说的不再扮演，不再黏着，是做减法。紧接着，我要做一点儿加法了。

一个真正拥有文化的人，为什么可以不扮演、不黏着？是因为"有恃无恐"。那么，他"恃"的是什么呢？

是胸中的贮存。

文化多元，贮存可以各不相同。但是，文化作为一种广泛交流、对话、沟通的纽带，不可以没有共同基元。这种共同基元，也就是文化人的"必要贮存"。

说"必要贮存"，当然是针对着"非必要贮存"。平心而论，多数人身上的文化贮存，实在是太杂、太乱、太多了。

要想做一个受人尊敬的文化人，那么，他的"必要贮存"也应该受到时间和空间的普遍尊敬。也就是说，这些"必要贮存"已被漫长的历史接受，也被庞大的人群接受。因此，量不会太多，大家都应知道。

对此，我想稍稍说得实在一点儿。

我觉得一个人身上的文化，最好从自己的母语文化出发。对此，中国人的理由更充分，因为中华文化是人类诸多古文化中独独没有中断和湮灭的唯一者。我们身上的"必要贮存"中如果不是以中华文化打底，连外人看来也会觉得十分奇怪。

中华文化历时长，典籍多，容易挑花眼。我很想随手写出一个简单目录出来作为例证，说明对于非研究人员而言，至少应该浏览和记诵一些必要的文本。例如：

《诗经》七八篇，《关雎》、《桃夭》、《静女》、《氓》、《黍离》、《七月》，等等。

《论语》，应该多读一点儿。如要精读，可选《学而》、《为政》、《里仁》、《雍也》、《述而》、《卫灵公》等篇中的关键段落，最好能背诵。

《老子》，即《道德经》，总共才五千多字，不妨借着现代译注通读一遍，然后画出重要句子，记住。

《孟子》，可选读《梁惠王上》、《尽心上》等篇。

《庄子》，读《逍遥游》、《齐物论》、《大宗师》、《至乐》等篇。

《离骚》，对照着今译，至少通读两遍。

《礼记》，读其中的《礼运》即可。"大道之行也，天下为公"那一段，要背诵。

《史记》，应读名篇甚多，如《项羽本纪》、《游侠列传》、《屈原贾生列传》、《刺客列传》、《李将军列传》、《魏公子列传》、《淮阴侯列传》、《货殖列传》等篇，包括《太史公自序》。在《史记》之外，那篇《报任安书》也要读。司马迁是中国首席历史学家，又是中国叙事文学第一巨匠，读他的书，兼得历史、文学、人格，不嫌其多。

曹操诗，读《短歌行》、《龟虽寿》、《观沧海》。

陶渊明诗文，诵读《归去来兮辞》、《归园田居》、《饮酒》、《读山海经》、《桃花源记》、《五柳先生传》。

唐诗，乃是中国人之为中国人的第一文化标志，因此一般人至少应该熟读五十首，背诵二十首。按重要排序为：第一等级李白、杜甫，第二等级王维、白居易，第三等级李商隐、杜牧，第四等级王之涣、刘禹锡、王昌龄、孟浩然。这四个等级的唐诗，具体篇目难以细列，可在各种选本中自行寻找，也是一种乐趣。

李煜，一个失败的政治人物，却是文学大家。可读《浪淘沙》、《虞美人》。

宋词，是继唐诗之后中国人的另一文化标志，也应多读能诵。按重要排序为：苏东坡、辛弃疾、李清照。三人最重要的那几首词，应朗朗上口。陆游的诗，为宋诗第一，不输唐诗，也应选读。

明清小说，真正的顶峰杰作只有一部，是《红楼梦》，必读。第二等级为《西游记》、《水浒传》。第三等级为《三国演义》、《儒林外史》、《聊斋志异》。

为什么选这些文本？这与中国文脉的消长荣衰有关，是一个非常复杂的学术课题，可以参见我的著作《中国文脉》，以及我为北大学生讲授中国文化史的记录《北大授课：中华文化四十七讲》一书。

完成以上阅读，一年时间即可。如果尚有余裕，可按个人需要旁及孙子、墨子、《中庸》、韩愈、柳宗元、朱熹、王阳明、《人间词话》。当然，这个目录中我没有把具有文学价值的宗教文本包括在内，如《心经》、《六祖坛经》。

除了阅读，"必要贮存"中也应该涉猎一些最有代表性的中国艺术，例如以敦煌、云冈、龙门、麦积山为代表的石窟艺术，以《石鼓文》、《兰亭序》、《九成宫》、《祭侄稿》、《寒食帖》为代表的书法艺术，以张择端、范宽、黄公望、石涛为代表的绘画艺术，以关汉卿、王实甫、汤显祖、孔尚任为代表的戏曲艺术。涉猎的结果，要对它们不感陌生，又有自己的特别喜爱。

对于国际间的文化，怎么才能构成"必要贮存"呢?

那么多国家，范围实在太大。我建议，先把哲学、人文科学放一边，只记住文学艺术方面的一些名人经典。例如，美术上的达·芬奇、米开朗琪罗、拉斐尔、伦勃朗、罗丹，文学上的莎士比亚、歌德、塞万提斯、雨果、托尔斯泰，音乐上的贝多芬、巴赫、莫扎特、施特劳斯、肖邦。基本是十九世纪之前的，现代太多，须自行选择。

对于国际间这些名人的作品，不必制订研习计划，可以用潇洒的态度随机接受，只要知道等级就行。

不管是中国的，还是外国的，"必要贮存"迟早要完成。而且，最后是以欣赏来完成贮存的，使它们渐渐成为自己生命的一部分。

这是真正"身上的文化",比任何最高学历的叠加,还要珍贵。

必要风范

既有贮存,即非扮演。明乎此,我们就不妨让身上的文化很自然地显现出来,不必隐蔽,不必遮盖。

今天的社会,太少斯文之气,太少文化魅力。因此,适度地自然显现,为人们提供一种"必要风范",倒是功德无量。

那么,这种出自文化的"必要风范",大概包括哪些特征呢?

我概括为四点:书卷气,长者风,裁断力,慈爱相。容一一道来。

一、书卷气

身上的文化,首先显现为书卷气。

书卷气已经不是书卷本身,而是被书卷熏陶出来的一种气质。大致表现为:衣貌整洁,声音温厚,用语干净,逻辑清晰。

偶尔在合适的时机引用文化知识和名人名言，反倒是匆匆带过，就像是自家门口的小溪，自然流出。若是引用古语，必须大体能懂，再做一些解释，绝不以硬块示人，以学问炫人。

书卷气容易被误置为中国古代的冬烘气、塾师气、文牍气，必须高度警惕，予以防范。目前在一些"伪文化圈"中开始复活的"近代文言"、"民国文言"绝不可用，因为那是一种很低级的"孔乙己腔调"。古文，盛于汉唐，止于明末；现代，美文尽在白话，而且是一种洗去了骈俪污渍的质朴白话。近代的落第秀才、账房先生学不会这种白话，才会有那种不伦不类的文言，恰恰与"书卷气"背道而驰。

此外，现代的书卷气没有国界，不分行业，表现为一种来回穿插、往返参照的思维自由。自由度越高，参照系越多，书卷气也就越浓。

书卷气一浓，也可能失去自己。因此，要在"必要贮存"中寻找自己的最爱，不讳避偏好。对于自己的语言习惯，也不妨构建几个常用的典雅组合，让别人能在书卷气中识别你的存在。

二、长者风

这里所说的"长者"，不是指年龄，而是指风范。由于文化给了我们古今中外，给了我们大哲大美，给了我们极老极新，因此我们远比年龄成熟。身上的文化使我们的躯体变大，大得兼容并包、宽厚体谅，这便是长者风。

对一般民众而言，与一个有文化的人谈话，就是在触摸超越周围的时间和空间，触摸超越自己的历练和智慧，因此觉得可以依靠，可以信赖。这就给予文化人一种责任，那就是充分地提升可以被依赖、被信赖的感觉，不要让人失望。

长者风的最大特点，就是善于倾听。这就像在家里，孩子遇事回家，对长者的要求，九成是倾听，一成是帮助。甚至，根本不要帮助，只要倾听。倾听时的眼神和表情，就是诉说者最大的期待。

长者风容易落入一个陷阱，那就是滥施怜惜、即刻表态。一旦这样，你就成了诉说者的小兄弟，而不再是长者。长者当然也充满同情，却又受到理性的控制，决不把事情推向一角。长者风的本质，是在倾听之后慢慢寻找解决问题的恰当之道、合适之道，其实也就是中庸之道。

因此，长者风让人宽慰，让人舒心，让人开怀。除非，遇到了真正的善恶之分、是非之辨。

那就需要紧接着讲第三个特征了。

三、裁断力

越是温和的长者，越有可能拍案而起。这是因为，文化虽然宽容，却也有严肃的边际，那就是必须与邪恶划清界限。历来政治、经济、军事等行为，都会以利益而转移，但文化不会。文化的立场，应该最稳定、最恒久，因此也最敏锐、最坚守。

对于大是大非，文化有分辨能力。它可以从层层叠叠、远远近近的佐证中，判断最复杂的交错，寻找最隐蔽的暗线。它又能解析事情的根源、成因和背景，然后得出完整的结论。因此，一个身上有文化的人，除了保持宽厚的长者风，还须展现果敢的裁断力，让人眼睛一亮，身心一震。

裁断力是全社会的"公平秤"，它的刻度、秤砣和砝码，全都来自文化。文化再无用，也能把万物衡量。

文化裁断力的表现方式，与法院的裁断并不相同。它没有那种排场，那种仪式，那种权威，那种语言。有时，甚至没有任何语言，只是沉默，只是摇头。它可以快速分辨出什么是谎言，然后背过脸去；它也可以顷刻便知道什么是诽谤，然后以明确的态度表示拒绝。

文化裁断力的最高表现，是在谣诼成势、众口起哄、铺天盖地的时候，不怕成为"独醒者"。身上的文化在这种情况下总会变成一系列怀疑，提出一项项质询。同样，对于如日中天、众声欢呼的人和事，也会后退三步，投之以寻常观察，仍然以"独醒者"的冷静，寻出最隐晦的曲巷暗道，最细微的拼接印。

于是，在熙熙攘攘的人群中，即便是一个人身上的文化，也成了一支"定海神针"。这种风范，让人难忘。

四、慈爱相

慈爱相，是文化的终极之相。所有的风范，皆以此为轴。

多年来，我对文化人的判断形成了一个基本标准：不看他写了什么，说了什么，只看每次民族大难、自然灾害发生时，他在哪里，表情如何。遗憾的是，很多"言论领袖"都会在那个时候整体隐遁。当然，也有另一些人意外地站了出来，满眼都是由衷的善良。

我的好友陈逸飞从来不找我做什么事，却在 SARS 疫情肆虐期间突然找到我，破天荒地约我和他一起在最短的时间内做一个宣传短片，安抚人心。我看着这位国际大画家满头大汗的着急样子，刹时感动。

我的一名学生，并不熟悉，在汶川大地震后的一个民众捐款站，一身黑衣，向每一位捐款者深深一鞠躬。多数捐款者其实并没有发现她，但她还是不停地鞠躬。我看到后心里一动，默默称赞一声，真是一个懂文化的好孩子。

我当时也到废墟之间，含泪劝慰遇难学生的家长，并为幸存的学生捐建了三个图书馆。但由于所有的图书需要由我亲自挑选，时间有点儿慢，就受到一些奇怪文人的攻击。这时，一批著名的文化大家立即从四面八方向我伸出援手，寄来了为三个图书馆的热情题词。我当时觉得奇怪，他们也不知道事实真相啊，怎么就能做出判断？但我很快明白了：野熊隔得再远，也能闻到自己同类的气息。

大爱无须争，大慈无须辩，但一旦出现，哪怕是闪烁朦胧、随风明灭，也能立即在最远的地方获得感应，这就是文化横贯于天地之间的终极仪式。

古人说，"腹有诗书气自华"。这里所说的"气"和"华"，没有具体内容，却能让大家发现。可见，它们与众人相关，真所谓"无缘大慈，同体大悲"。文化，就是要让这种终极性的慈爱生命化、人格化，变成风范。

现今的中国文化，作品如潮，风范还少。因此，构成了殷切的企盼。

在我看来，中华文化的复兴，不在于出了几部名作，得了几个大奖，而在于由"身外"返回"身上"，看人格，看风范。

（根据在香港学者协会、香港教育局、北京清华大学的演讲录音，综合整理。）

向市长建言

一

二十年前，我作为首度到台湾发表演讲的大陆学者，在那里讲了三场，都在台北。一场是讲东方美学精神，一场是讲大陆现存的傩文化，一场是讲明代的昆剧艺术。台湾听众首度面对大陆学者，非常好奇，因此来听的人很多。

第二次去，是巡回演讲，去了好几个城市，时间是一九九六年十二月至一九九七年一月。尔雅出版社的那本《余秋雨台湾演讲》收录了当时根据录音整理的演讲稿。

又过了几年，我应著名经济学家高希均教授之邀，又一次到台湾各城市间做巡回演讲。可能是因为我的书在台湾很畅销，每一场的热闹程度都超乎预期。在台北的那一场由当时担任市长的马英九先生主持，现场听众有两千多，会场门口的人群还产生了一点儿混乱，把两个保安挤倒在地，连牙齿都磕掉了。台北市的组织者非常有心，特意凭着一张老照片，把我几年前演讲时的那张讲台从一个旧仓库里找了出来，放在早已全新的礼堂主席台上，让我觉得好像是在继续昨天的话语。

九天后巡回到了台中，那是二〇〇五年二月二十四日，演讲的地点是中兴大学礼堂。进去就吓了一跳，居然已经挤满了三千多位观众，报道说是四千多。那个礼堂也真大，乌央乌央一大片。主持者胡志强市长很会讲话，根据《倾听秋雨》一书中的记录，他开头就说：

> 我要诚心诚意地谢谢天下远见出版公司的社长高希均教授。我差点儿扭断他的手臂，他原来说余教授很忙，不一定能来台中演讲。我威胁他说，如果余教授真的不来，以后你就不能到台中来，我不会给你签证。
>
> 最后终于成功了，而且来听的人这么多。我走到这个礼堂的门口时，心里非常高兴。就是维也纳交响乐团来，也没有看到这么多热心的人来参加。我要请大家给自己一个掌声。
>
> ——见《倾听秋雨》第 91 页

掌声过后，他又讲了一句话，引起一片笑声。但是，《倾听秋雨》这本书里并没有留下那句话，是胡市长自己删掉的吗？可能。他那句话是这样说的：

> 所以，比较城市的魅力，不应该比较市长头发的多少，而应该比较余教授演讲时听众的多少。

胡市长自嘲头发稀疏，比不上马英九市长头发茂密；但他又知道，今天台中的听众数量，比台北多。因此，就玩了这个幽默。

巧的是，那天我演讲的题目正好也是"城市的魅力"。

这个题目一定是高希均教授出的。高教授为什么觉得我能够讲这个题目？我估计只有一个理由：他知道我仔细考察过从北非、中东到西亚、南亚很多古老城市的兴衰，又认真对比过欧洲的九十六座城市。

其实高教授不知道，我平时在大陆演讲较多的题目之一，也正是城市文化问题。我所主持的"博士后流动站"也有一个中心课题：城市美学。

就像《倾听秋雨》没有保留胡市长那句幽默的话一样，那本书中所收的《城市的魅力》演讲稿也显得太理论、太正经、太刻板了。当时的实际演讲，应该更加生动、感性一些。但也有限，因为一讲到城市文化建设上的"常见病"、"多发病"，我就担心会不会让在场的几千听众误会成是针对台中市的，让胡志强市长当面尴尬。所以，我一讲到比较尖锐的内容，先要瞟一眼坐在第一排的笑眯眯的胡市长，然后把话咽掉一半，甚至全部咽掉。

由此知道，今后不管在什么地方，都千万不要当着市长的面向市民演讲城市文化。尤其对那些很聪明、会自嘲的市长，更应小心。因为自嘲出于高度自尊，我们岂能借别人的懂事，而自己不懂事？

但是，我真想在市民不在现场的情况下，向市长们提供一点儿建言。市民只要不是"面对面"，听到了也不要紧，不会当场产生误会。

我对市长们的建议，主要出自对近三十年中国大陆城市化运动的观察。欧洲、美洲、亚洲那些城市的建设经验是我的参考坐标，但也仅止于参考而已。因为中国大陆这次城市化运动所牵涉的城市数量、人口总量、历史深度、环保难度，在世界上都是空前的，没有现成的范例可以全方位依凭。

市长总是很忙，没时间听太多学术话语。因此我会选用最通俗的语言，一听就明白。

二

很多市长把城市的魅力寄托于城市文化，这没有错，但一讲文化，脑子就乱了。我发现，不少市长都把城市文化建设集中在常规的几个方面，例如：

第一，发掘本地古人。

第二，重建文化遗迹。

第三，大话地方特色。

围绕着这几个方面，还会经常地举办这个节、那个节、研讨会、演唱会等，以扩大影响。

这些事，本来做做也很好，但由于政府权力主导，行政系统调动，容易失去分寸。时间一长，上上下下都误以为这就是城市文化的全部了。因此，我不能不逐条泼一点儿冷水，请市长们包涵。

先讲第一方面，**发掘本地古人**。

中国历史长，人口多，要把各地有点儿名堂的人物印成名册，一定是汗牛充栋。一个城市应该留下历史档案，但是如果乱加张扬，反而会降低城市文化的品格。

历史的最大生命力，就在于大浪淘沙。不淘汰，历史的河道就会淤塞，造成灾害。淤塞的沙土碎石、残枝败叶，并非一开始就是垃圾，说不定在上游还是美丽的林木呢。但是，一旦在浩荡水流中漂浮了那么久，浸泡了那么久，一切已经变味。市长，你愿意在自己任内，造成江河的淤塞吗？

过去的，就让它过去吧，这才是历史的达观。即使按照思想比较保守的孔子的说法，也叫"逝者如斯夫"，他同样以江流比喻历史。

我曾经到过亚洲一些古老国家的古老城市，满街都是古人雕像，但社会疲衰、城市破败、处处肮脏，成了对这些古人最直接的讥讽。现在我们这儿经济发展不错，但很多城市拿出来的古人，比那些国家的那些雕像还不如。例如，一个市长开口就说，我们城市一共出过近百名进士，十几名朝臣。其实，这根本不值一提。我写过一篇文章，题目就叫"十万进士"，标明了中国古代进士的数量。说起来，那个城市也算有点儿名气，怎么只考出了近百名，仅占全国的千分之一？少不要紧，如果还把少当作多，那就好玩了。再说，进士又是什么？公务员考试的录取者而已。即使是状元，也同样是公务员考试的录取者，只不过所写答卷更讨巧一点儿罢了，其实一句也拿不出来。

当然，各地历史上也会出一些真正的文化巨匠值得永远纪念。但是，文化巨匠的本质是跨越时空，因此即便是家乡也不能过度"挟持"，使他们变小。更不要相信"人杰地灵"的说法，断言某地出过一个名人今后也必然天才辈出。唐代最大的诗人李白究竟出生在哪里？好几个地方都在抢，以为抢到了就获得了"诗的基因"。其实，李白出生在今天的吉尔吉斯斯坦的托克马克城，毗邻哈萨克斯坦。我不知道这两个中亚国家，后来有没有再出生过这样的诗人？其实，"诗的基因"在李白的儿子伯禽身上已经找不到了，伯禽的两个女儿都嫁给了普通农夫，很快就不知踪影。李白是大家的，是中国的，甚至是世界的，把他钉在一个小地方，那就反而对不起文化了。

这些年我发现，一些近现代文化人的名字也渐渐成了不少城市的标牌，甚至在高速公路上都标出他们的故居所在，这实在有点儿不应该，我要劝说交通部门予以清理。因为任何文化人都没有理由侵凌山河大地，骚扰民众出行的视线。更何况，中国近现代，一直兵荒马乱，文化成果寥落。这些年只是由于一些传媒讲述者误占了文化话语权，才轻重颠倒，笑话连连。市长万不可受制于这种"舆论"，把文化"高速公路"的"路标"都指岔了。

再讲第二方面，是上面这个问题的直接延伸，叫作**重建文化遗迹**。

重大文化遗迹需要保护，对于这一点，目前中国国内已经没有争议。有争议的，是"重建"。那些活态遗产，如工艺、戏曲，"重建"是可能的；但如果是一个遗址，一项古迹，一处废墟，"重建"就要万分谨慎。哪怕是修复，也要小心翼翼。有关古迹保护的《佛罗伦萨宪章》第九章规定：

> 修复过程是一个高度专业性的工作，其目的旨在保存和展示古迹的美学与历史价值，并以尊重原始材料和确凿文献为依据。一旦出现臆测，必须立即停止。

最后这句话，"一旦出现臆测，必须立即停止"，非常重要。

可惜的是，我见到的古迹修复中，臆测太多，完全没有停止的意思。更可惜的是，这样的事情，往往是市长的主意。

二十世纪最后一年我曾冒险去伊拉克考察巴比伦文化，在那里看到大量臆测性的"古迹"。当时立即就产生怀疑：他们对千年古迹尚且敢于如此作假，那么，自己宣称的军事力量恐怕也是不可信的吧？后来的事实证明，果然。

一个城市没有像样的古迹，一点儿也不丢人。如果这个城市的市民因此而喜欢外出旅游，把全世界的古迹当作自己的财富，那就是把弱项变成了强项。随之，局部文化变成了宏观文化，固守文化变成了历险文化，身外文化变成了人格文化。这，不是更好吗？深圳没有高山，但在世界各大高峰的登山者中，深圳市民领先全国其他城市，这便是一个范例。

不少市长着急地"重建"或"修复"古迹，是为了推动旅游。但是，我曾当面询问过几位市长，如果有机会私人度假，你们会带着父母妻儿，专为某几个古迹到哪个城市住几天吗？为了一间清代书屋？为了一处东晋墓葬？市长们都摇头。于是我便追一句：既然市长自己也不会去，为什么会设想别人会来？

不错，世界上一些体量惊人的古迹会推动旅游，如万里长城、金字塔，但这是"重建"不出来的。目前世界上旅游最火爆的热点还是法国的地中海沿岸，我去过多次，没找到一处古迹。其实也有，被故意"忽略"了，好让各国并非历史专业和考古专业的普通旅游者能够尽心尽意地享受海风、碧波、白帆、美食。有人指责那里"没文化"吗？至今没有听到。

如果重要的文化遗迹正巧落到了哪位市长手上，又具备了修复的可能，那就要怀着虔诚之心隆重进行。我发觉在中国，这方面做得比较成功的有大同的云冈石窟，西安的大明宫遗址，安阳的殷墟和成都的金沙遗址。

第三方面，**大话地方特色**。

大家都反对"百城一面"，当然就会企盼"地方特色"。

但遗憾的是，很多"地方特色"让人厌烦。因此，"百城一面"就更严重了。

市长们知道问题出在哪里吗？

仔细研究就可发现，很多地方，是把贫困时期的生态弊病，当作了"地方特色"。

这一点，前些年最典型地体现在饮食文化上。例如，很多地方均自称"我们这儿的特色是味重"，其实就是投盐严重超量，其咸无比。这是贫困的遗留、前辈的苦难，过去任何地方都是如此，现在早已证明损害健康，根本不应该作为"地方特色"继续保持。这一点，近年有较大改变。但其中包含的道理，却没有过去。

例如，很多地方把村寨歌舞和老人手艺当作文化主干，推介过度。其实，外来旅游者的掌声，主要出自礼貌。如果半强制性地让他们接受几小时这类表演，实在有点儿勉为其难。

"接受美学"告诉我们，一切美，在很大程度上由接受环境和接受方式决定。把那些在交通不便、时间停滞、信息全无的时代的审美方式，生硬地搬到今天，就会处处让人感到虚假和不耐烦。更何况，市长心里也知道，眼前很多"地方特色"，带有很大的游戏性质，不能过于认真。那两个被称之为"千年传统活化石"的老人，并不是来自唐代，而是在一九四九年新中国成立时刚刚出生，一直过着与同龄人一模一样的生活，前两年才留的胡子；那个被称之为"国粹泰斗"的女士，在"文革"中还是一名活跃的"红卫兵"，后来才学了一点儿戏。传媒因无聊、无知而乱加头衔，市长最好不要跟着说。

至于"大话地方特色"中的"大话"两字，更要略加收敛。很多地方的自我宣传话语，已经大得没边了。例如，"中国第一风情镇"、"亚洲首选垂钓岸"、"千古论道第一山"、"北方最佳饺子城"、"全球大枣集散地"……

据说很多市长还在召集文人设计更麻辣的宣传词，其实用不着了，因为大词已经被用完。西安的朋友说，没有西安就没有中国最伟大的朝代，一听稍有迟疑；武汉的朋友说，没有武汉就没有中国近代，一听略略皱眉；安徽的朋友说，没有安徽就没有北京，也没有京剧，也没有五四运动，也没有执政党，这一听就没有表情了；湖南的朋友口气更大一点儿，说长江、黄河，其实都只是湘江余波；河南的朋友轻轻一笑，问：黄帝的籍贯在哪里？夏、商、周的首都在哪里？中国的祖源在哪里？小一点儿的城市也不甘示弱，例如浙江的绍兴谦虚地说，我们没做过首都，也没做过省会，但从大禹陵、王羲之，到陆游、秋瑾、鲁迅，历来很难出第二流的人物……这样的例子可以一直举下去。

在这种"大话"系统里，又有不少市长在忙着写市歌、编市训。但我不禁要问，市歌编成了，让谁唱？外地人自然不会唱，那本市人又在什么时候、什么场合唱？到头来又有几个人会唱？市训如果也编成了，一般总是八个字或十六个字吧，到底会与其他城市有多少差别？为了显摆特殊，反而严重雷同，这是不是浪费得有点儿滑稽？

我想，堂堂市长，尽量不要去参与这种文字玩闹。鲁迅说过，为自己的地盘打造什么"十景"之类，是最无聊的文人们干的。实在没景了，也能凑出"荒路明月"、"小村老井"之类，听起来还很有诗意。我也无聊过，记得二十几年前担任上海戏剧学院院长，特别喜欢把学院简称为"上戏"，因为我们的对手中央戏剧学院的简称是"中戏"。一"上"一"中"，听着痛快。我还期待厦门也办一个戏剧学院，那就"上、中、下"系列齐全了。现在一想，当年怎么会如此孩子气？但说起来，二十几年前就是高校校长，我的官场资历一定高于今天的市长们，因此有资格劝说你们，不要在文字上玩得过分。

三

泼过了冷水，就该提一些正面建议了。

大家都会做的事情不必再提建议。例如，我相信各位市长对于城市文化建设中的"完善文化设施"、"举办文化活动"、"尊重文化人才"等方面都会做得很好。但是，还有两个环节有一定难度，容易缺漏，我要特别提醒。

这两个环节，一是公共审美，二是集体礼仪。下面分别说一说。

公共审美

城市文化的哲学本质，是一种密集空间里的心理共享。

城市的密集空间，在政治上促成了市民民主，在经济上促成了都市金融，而在文化上，则促成了公共审美。

欧洲的文化复兴，并没有出现什么思想家、哲学家，而只是几位公共艺术家，如达·芬奇、米开朗琪罗、拉斐尔等人在城市的公共空间进行创作，造就了可以进行集体评判的广大市民，从而使城市走向文化自觉。

保护重大古迹，其实也在建立一种公共审美，使众多市民找到与古人"隔时共居"、与今人"同时共居"的时间造型和历史造型。由此，增加共同居住的理由和自尊。

公共审美的要求，使城市文化肩负了很多艰巨的具体任务。

这儿不妨做一个比较：在今天，我们可以不必理会那些自己不喜欢的各种作品，但对于建筑和街道来说就不一样了。那是一种**强制性的公共审美**，所谓"抬头不见低头见"，眼睛怎么也躲不过。因此，它们构成了一个庞大的审美课堂，天天都在上课。如果"课本"优秀，那么全城的市民也就获得了一种正面的审美共识；如果相反，"课本"拙劣，那么一代代市民也就接受了丑的熏陶，一起蒙污，造成文化上的沦落。欧洲有的城市曾经判定丑陋建筑的设计师应负法律责任，就是考虑到这种躲不开的祸害。

很多市长常常把哪个画家、哪个诗人得了奖当作城市文化的大事。其实，那些得奖的作品未必是公共审美，而建筑、街道却是。因此，在城市文化中孰轻孰重，不言而喻。尤其是建筑，一楼既立，百年不倒，它的设计等级，也就成了一个城市文化等级的代表，成了全城民众荣辱文野的标志。是功是罪，在此一举，拜托各位市长，万万不可掉以轻心。

只要是公共审美，再小也不可轻视。例如我很看重街道间各种招牌上的书法，并把它看成是中国千年书法艺术在当代最普及的实现方式，比开办书法展、出版书法集更为重要。我在很多城市的街道上闲逛时曾一再疑问：这些城市的书法家协会，为什么不在公共书法这样的大事上多做一点儿事呢？

除此之外，街道上的路灯、长椅、花坛、栏杆、垃圾桶等等，全都是公共审美的载体，也是城市文化的重要元素。想想吧，我们花费不少经费举办的演唱晚会一夜即过，而这些元素却年年月月都安静地存在，与市民在构建着一种长久的相互适应。

这种相互适应一旦建立，市民们也就拥有了共同的审美基石。如果适应的是高等级，那么，对于低等级的街道就会产生不适应。这种适应和不适应，也就是城市美学的升级过程。

改革开放之后，大批中国旅游者曾经由衷赞叹过巴黎、罗马、佛罗伦萨、海德堡的建筑之美和街道之美，那就是在欣赏城市文化各项审美元素的高等级和谐。要做到"高等级和谐"很不容易，需要一些全方位的艺术家执掌。我们知道欧洲曾有不少大艺术家参与其事，其实中国唐代的长安、日本的京都也是如此。在当代中国，我的好友陈逸飞先生生前曾参与上海浦东世纪大道巨细靡遗的规划和设计，国内有几所美术学院的师生也做了类似的事情，那都为城市文化的建设做出了切实贡献。在这方面，市长应该"退居二线"，不要成为"首席设计师"。

作为一种公共审美，城市文化的主要方面应该是可视的。城市里各所大学、研究所里的学术成果，严格说来并不是城市文化，至多只能说是"城市里的文化"。**城市文化以密集而稳固的全民共享性作为基础**，因此也必须遵守其他文化不必遵守的规矩。

公共审美必须遵守的一条重要规矩就是"**免惊扰**"。"惊扰"分两类，一类是内容上的惊扰，一类是形式上的惊扰。

何谓内容上的惊扰？由于是公共审美，审美者包括老人、小孩、病人，以及带有各种精神倾向的人。因此必须把暴力、色情、恐怖、恶心的图像删除。上海一个现代派艺术家曾把一具仿造的骷髅悬挂在窗下，直对街道，这就对很多市民造成惊扰。同样，巨蟒、软虫、蜥蜴的巨幅视频也不能出现在闹市。过于暴露的性爱镜头出现在公共场所，也会使很多领着孩子的家长、扶着老人的晚辈尴尬。

何谓形式上的惊扰？那就是艳色灼目、厉声刺耳、广告堵眼、标语破景。有人说，这一切是"现代自由"。其实，现代社会人人平等，任何人都不能享有惊扰他人自由的自由。这就像在一个安静的住宅社区，半夜里突然响起了意大利男高音，虽然唱得很美却违反了现代公共空间的规矩。

现在中国城市间最常见的艳色、彩灯、大字、广告和标语，市长们可能已经习以为常。但是，只要多多游历就会懂得，这是低级社区的基本图像。就像一个男人穿着花格子西装、戴着未除商标的墨镜、又挂着粗亮的项链，很难让人尊敬。记得北京奥运会之前，按国际规则，一切与奥运无关的标语、广告都要清除。一清除，北京市民终于发现，自己的城市就像经过了沐浴梳洗，其实很美。因此奥运会过后，大家也不忍心再把那些东西挂上去了，除了少数偷偷摸摸的例外。

今天的天津中心城区，沿着海河竟然很难找到广告和标语，使我立即对它刮目相看。它因深谙公共审美的奥秘而快速走向高贵。

公共审美的"免惊扰"原则，必然会使一座城市在图像上删除繁冗，删除缤纷，删除怪异，走向简约，走向朴素，走向本真。到那时，你的市民又可以在白墙长巷里打伞听雨声了，又可以在深秋江堤边静坐数远帆了。你所选择的优秀建筑设计，也可以不受干扰、不被拥塞地呈现它们完整的线条了。

公共审美的最后标准，是融入自然。城市里如果有山有水，人们必须虔诚礼让，即所谓"显山露水"。这还不够，应该进一步让自然景物成为城市的主角和灵魂。不是让城市来装饰它们，而是让它们以野朴的本相契入城市精神。柏林的城中森林，伯尔尼不失土腥气的阿勒河，京都如海如潮的枫叶，都表现了人类对自然的谦恭。这样，前面所说的"免惊扰"原则，有了更重要的含义，那就是，既是不惊扰市民，也是不惊扰自然。现在全球都在努力地节能、减排，是对两种"免惊扰"的共同遵守。

《北大授课》一书记录了我与北京大学和台湾大学学生的一系列问答，其中我说：现在大家常常过于看重官场行政，其实千年历史告诉我们，经济大于行政，文化大于经济，自然大于文化。我们不管什么职业，都是自然之子。

集体礼仪

城市文化的活体呈现，是市民身上的礼仪。

我曾不止一次阐释过荣格的那个观点：一切文化都沉淀为人格，重要的不是个体人格而是集体人格。荣格所说的集体人格带有"原型"的意思,是文化人类学中的一个关键课题。我们在这里借用他的这个概念,并把这个概念缩小,说明一个城市的文化,也就是这个城市的集体人格。

优化一个城市的集体人格,是城市文化建设的目标。这个目标一定会使市长们激动,但又不知从何下手。按照往常的习惯,政府会号召,会呼吁,会倡导,而一些"知识分子"则会天天写杂文讥讽、嘲笑集体人格中的毛病,扮演出"痛心疾首"的表情。

据我看,这些都没有用。

在集体人格上,谁也不会听从号召,谁也不会听从批判。

我们的祖先早就明白这个道理,不信任"空对空"的说教,而是设计一套行为规范,以半强制的方式在社会上推行。这种行为规范,就叫礼仪。孔子一生最看重的事,就是寻找周朝的礼仪,并力图恢复。我们现在企盼的集体礼仪,应该具有新的内容和形式。

正是礼仪,使文化变成行动,使无形变为有形,使精神可触可摸,使道德可依可循。教育,先教"做什么",再说"为什么"。

人的一生,很多嘉言美行都是从仿效家长、老师的行为规范开始的，过了很久才慢慢领悟为何如此。有的人甚至一辈子都没有领悟，但依着做了，就成了一个"不自觉的实践者"，也很好。

须知，孔子心中的"君子世界"，是一个礼仪世界，而未必是一个觉悟世界。或者说，礼仪在前，觉悟在后，已是君子。

根据上述理由，我希望各位市长，减少空洞的宣教，投入礼仪设计，试行推广步骤。

市长们也许会盼望国家规定统一礼仪，全国推行。这很难，中国太大，而礼仪又不是法律条文，没有全国推广的充分理由和实际效果。如果在一个城市里边，先找几所学校、几个部门、几家企业率先试点，并由此构成彼此间的借鉴和比赛，就有可能产生意想不到的成果。

我想以一个常见的实例，来说明这个问题。

大家常坐飞机，早就熟悉了空中服务的行为规范。其实，这里埋藏着一种极为深刻的"礼仪哲学"。

空中服务的行为规范普及于二十世纪中后期，而且各国基本一致。请大家想一想，那时，两次世界大战刚过，各国之间的恩怨如山，而各国本身也发生了翻天覆地的变化，很多古典原则、传统方式都已放弃，人们如何在和平年代建立交往的可能？当然可以有各种政治谈判，但那无涉生活感性。正在这种处处壁垒的情况下，在一架架穿越国界的飞机上，大家看到了一种可以全球统一，没有任何障碍的文化礼仪。我甚至认为，正是这种高空中的礼仪，展示了"二战"之后各国沟通的行为起点，从而安抚了伤痕累累的苍生大地。

当然，空中礼仪只是礼仪。那些微笑和举止，并不是出于对你个体的了解和交情，而仅仅出自规制化的重复。正是这种规制化的重复，功用超过外交宣言，超过深奥学理，成为现今社会少有的感性纽带，因此，我把它提高为"礼仪哲学"。

从空中想到地面。当年蔡元培先生执掌北京大学，邀请海内外诸多著名学者前来任教。对于其中几位年龄稍长的学者，每月月底他都会亲自上门"请安"，实际上是奉上薪酬。他坐的是马车，到了教授府宅之前，先由助手上前轻拍门环，待门打开，教授出迎，他已在门口躬身作揖。进了厅堂坐下，他总是立即褒扬教授新发表的论文，然后询问饮食起居。雅叙片刻，便起身离开。薪水，已由助手悄悄交给教授的家人，蔡校长口中绝不提及。

这一套礼仪，月月重复，不仅使那些教授深感校长对自己的尊重，而且也展示了作为五四新文化运动摇篮的北大仍在延续着传统文化中的美德嘉行，使教师队伍产生一种心理上的安全感、踏实感。

现在去欧洲，虽然也常遇偷盗，却更能见到不少具有善良礼仪的市民。有一次我们驾车在山道上问路，一位老者指路后我们感谢、前行。没想到，老者突然担心我们在前一个路口很容易走错，竟然攀越山坡台阶赶到我们前面，气喘吁吁地站在路口等待。这位白胡子老者一直没笑，却有一副很好听的嗓音。看着他，我突然对这片土地上数千年来曾经出现过的哲学家、艺术家产生整体亲近。我们在车窗口向他挥手，他在夕阳下的剪影立即让人想到了那些著名雕塑。他的行为礼仪，闪耀着一系列宏大的文化，从古代希腊、罗马，到十八世纪启蒙运动。

对此，我们常常会产生自愧。其实，该自愧的时间不必太长。很久以来，我们一直被称为"礼仪之邦"。这不是自夸，而是有事实根据。我在《中国文脉》一书中曾引述过一位比马可·波罗更早来中国的传教士鲁不鲁乞的一段话，说明在这位欧洲人眼中，当时的中国是什么样的：

　　一种出乎意料的情形是礼貌、文雅和恭敬中的亲热，这是他们在社交上的特征。在欧洲常见的争闹、打斗和流血的事，这里却不会发生，即使在酪酊大醉中也是一样。忠厚是随处可见的高贵品质。他们的车子和其他财物既不用锁，也无需看管，并没有人会偷窃。他们的牲畜如果走失了，大家会帮着寻找，很快就能物归原主。粮食虽然常见匮乏，但他们对于救济贫民，却十分慷慨。

——《中国文脉·乱麻背后的蕴藏》

这位外国人的记述使我们清楚了，"礼仪之邦"，并非虚言。

礼仪一走几百年，有没有可能回来？

我本来是悲观的。为此我要说得远一点儿。

礼仪的消失，初一看与兵荒马乱的时局有关，但这并不是主要原因。在兵荒马乱之中，人们越来越企盼着和平秩序的重建，而和平秩序的重要因素就是礼仪。因此，战后，人们往往比战前更讲究礼仪。第二次世界大战之后，很多家破人亡的欧洲人走进了还没有来得及完全修复的音乐厅，用贝多芬、巴赫、莫扎特来修复心灵。这些人中的大多数，成了当代社会的礼仪载体。连我们熟悉的日本，在第二次世界大战中践踏了多少亚洲国家，自己也挨了两颗原子弹，从精神面貌和城市面貌都是一片废墟。但很快，他们在废墟上建立起了让别国民众吃惊的礼仪。

我们中国，战争刚刚结束时的礼仪，也超过了今天。

礼仪消失的主要原因，既然不是兵荒马乱，那是什么呢？是文化误导。

明清两代在极端皇权主义和文化恐怖主义下滋生的鹰犬心理、咬人谋术本来还不敢明目张胆地登上大雅之堂，等到现代从西方歪曲引入的批斗哲学、极端思维、实用主义等与本土邪恶一结合，一切优秀传统中的文化礼仪迅速荡然无存。在这个过程中，一批"知识分子"起到了关键的负面作用。他们嘲谑天下大道，宣扬宫廷权谋，颠覆文化等级，甚至直接提出"宁要真小人，不要伪君子"的小人逻辑，而且发表的大量文章用语刺激，遣词恶浊，对很多年轻读者产生了极大诱惑。这正证明了一个道理，文化的最大敌人，在文化内部。

我曾经受邀参加过几个"精神文明建设高端座谈会"。那些当代著名的知识分子、公众人物，不仅在会场上抽烟，到了电梯还不按灭，服务员前来劝阻还用"最智慧的语言"予以还击，使服务员脸红而走。在发言中，更是把自己看成是天下一切文明的裁判者，故意用狠话、粗话哗众取宠，甚至主张要在黄浦江树立孔子的百米雕像与美国的自由女神抗衡。有人又尖声反对，主张树立孙悟空……

看到一位长住中国的西方学者写的评论，说中国社会目前的种种乱象，是一批自称文化精英的人在传媒上恶劣示范的结果。

不管这个外国人说得对不对，我还是要建议市长们在讨论城市文化建设的时候，尽量不要多找那些看起来最有资格参加讨论的人。

突然由悲观而转向有限度的乐观，倒是因为北京奥运。据反复调查，这么一个重大的国际盛典，给外来客人留下最深刻印象的，居然不是开幕式，不是赛场比分，不是北京古迹，也不是运作效能，而是那群年轻的志愿者。这些从全国各高校报名来参加的年轻人，经过适度训练，学会了表达友善、乐于服务的一整套行为礼仪，又用自己的青春热情把这种行为礼仪滋润得熠熠生辉。各国远道而来的客人，从他们身上直接感触了中华文化。或者说，他们成了中华文化的简要读本。

设计一座城市的集体礼仪，可以多层次、多方位齐头并进，然后经过实践比较一一筛选。但是不管哪一种，都需要遵循一些共同规范，例如：

第一，礼仪，只是善良和大爱的表现形式。坚守这一点，能使全部礼仪动作充溢着真诚，这是任何人一眼就可以看出来的。

第二，设计时应该尽量自然合度，简单易行，把握分寸。否则，集体礼仪就会成为一种脱离生活自然程序的僵化存在，很难被自觉地广泛采用。

第三，集体礼仪在现代需要符合国际规范，又要融入中华风格和东方风格。据我全方位的实地考察，目前在行为礼仪上值得我们借鉴的亚洲国家有日本、伊朗、韩国、以色列、新加坡；在中国的排位中，台湾和澳门占据一、二名。

第四，集体礼仪的推行，应该以年轻人领头。年轻人的生命感、创造力不仅能使这些礼仪增加审美感染力，也能展现礼仪的现代性和延续性。不能让老气横秋的一套，替代当代城市的集体礼仪。我从大量婚礼和节庆典仪中看到，当代年轻人对于集体礼仪非常渴求。只不过，到处都缺少高明的设计。

这又是市长的事了。

（在国家人事部主办的市长研修班上演讲，根据录音整理。）